中國語言文字研究輯刊

十二編

許錟輝 主編

第7冊

楊慎古音學文獻探賾（下）

叢培凱 著

花木蘭文化出版社

國家圖書館出版品預行編目資料

楊慎古音學文獻探賾（下）／叢培凱 著 -- 初版 -- 新北市：花木蘭文化出版社，2017〔民106〕

目4+216面；21×29.7公分

（中國語言文字研究輯刊 十二編；第7冊）

ISBN 978-986-404-981-3（精裝）

1. 漢語 2. 古音

802.08　　106001503

ISBN-978-986-404-981-3

中國語言文字研究輯刊

十二編　第七冊　ISBN：978-986-404-981-3

楊慎古音學文獻探賾（下）

作　　者　叢培凱

主　　編　許錟輝

總編輯　杜潔祥

副總編輯　楊嘉樂

編　　輯　許郁翎

出　　版　花木蘭文化出版社

社　　長　高小娟

聯絡地址　235 新北市中和區中安街七二號十三樓

電話：02-2923-1455／傳眞：02-2923-1452

網　　址　http://www.huamulan.tw 信箱 hml 810518@gmail.com

印　　刷　普羅文化出版廣告事業

初　　版　2017年3月

全書字數　318203字

定　　價　十二編12冊（精裝）台幣30,000元

版權所有，請勿翻印

楊慎古音學文獻探賾（下）

叢培凱 著

目次

上冊

下　冊

第四章　楊慎古音學文獻之檢討

楊慎古音學以「轉注古音」理論爲基，透過文獻蒐羅古今異音。其引用古籍多元，經、史、子、集等文獻皆屬他的察考範疇。雲南地處偏遠，楊慎仍能運用豐碩的文獻資料，實無愧博學之名。根據筆者研究，在楊慎的古音研究方法中，大量引用韻書資料，在古音學發展上實屬特殊現象。楊慎對於吳棫的古音文獻，以《轉注古音略》成果作爲依據準則，這也透露出對於自身研究的自信。在古音學史上，由於楊慎時代環境尚未脫離泛古音研究時期，因此檢討楊慎的古音結構前，必須釐清相關觀點，故於此章首節加以說明。

第一節　楊慎古音學說的盲點

前二章透過文獻的比較、校勘、輯佚等方式，對於楊慎古音學文獻作一系統分析，希冀進一步了解楊慎古音研究的方式與價值。本章藉此基礎，對楊慎古音學進行音韻檢討。楊慎古音學在中國語言學史研究上，因爲時代因素，仍有諸多未確之說。其中觀念若未闡明，探討其古音系統時，則易流於以今律古之弊，故此節企圖在前人基礎上，釐清研究盲點，藉此呈現此章研究的問題意識及價值。

壹、楊慎「古音」內涵界定

雷磊〈楊慎古音學源流考辨〉文中，認爲楊慎在中國語言學史中，其貢獻爲提出「古音」概念：

> 楊愼明確提出了「古音」概念。楊愼《韻學七書》有六書以「古音」標明即是明證。又有《古音後語》、《古音複字》、《古音駢字》、《古音拾遺》等書，均以「古音」標目。查《宋史・藝文志》有鄭庠《詩古音辨》一卷，然早已不傳，楊愼、陳第均未徵引此書。又《小學考》著錄程迥《古韻通式》亦佚。此二書大概繼吳氏《補音》、《韻補》而作。然至明代，在楊愼以前無繼響者。另外，從楊愼韻書本文考察，「古音之例」甚多。如「某古音（本音）某（某某切）」、「某古音某，今音某」、「古音某與某叶」、「某音某，古音也」、「某古音也（某古有此音也）」、「某古音（某），非叶」、「某古韻可證（可證古韻）」等等，俯拾即是，除前二例，都是將「古音」、「古韻」作爲一個詞使用。由此可證，「古音」觀念的自覺自楊愼始。〔註1〕

雷磊將楊愼視爲「古音」自覺的創始者，但張民權對此卻有更早的溯源之證，認爲直接用「古音」二字注釋經傳韻文者，始見南宋李如圭《儀禮集釋》，並舉其釋《儀禮・士冠禮》「冠子祝辭」爲例：

> 三加祝辭韻「服福德」，古音職部。李氏釋「始加祝」曰：「服古音蒲北反，下同。福古音拍逼反，下同。」又釋「三加」曰：「慶，古音羌，下同。此辭正與令叶福與德叶，將與慶叶。」魏了翁評曰：「李氏《儀禮集釋》，功夫緻密，附以古音，至不易得。」〔註2〕

筆者以爲此觀念或有繼續溯源的可能，如《經典釋文》中即具「古音」，《周禮・春官宗伯》「黃鐘爲角」，《經典釋文》即注「角」，「如字，古音鹿。」。不論如何，雷磊之說，尙有未確之處，但楊愼《轉注古音略》、《古音叢目》、《古音獵要》、《古音略例》、《古音略例》、《古音附錄》，《古音駢字》、《古音複字》等著作，的確大量賦與「古音」之名。令人質疑的是，楊愼所謂的「古音」究竟爲何？

關於此問題，劉青松〈晚明時代古音學思想發微〉試圖以學術史脈絡發展作一解釋：

〔註 1〕雷磊：〈楊愼古音學源流考辨〉，《湘潭大學學報（哲學社會科學版）》（2007 年 11 月第 31 卷第 3 期），頁 147。

〔註 2〕張民權：《宋代古音學與吳棫《詩補音》研究》（北京：商務印書館，2005 年），頁 84。

> 楊氏在一定程度上認識了《切韻》系韻書的音讀（今音）與上古音的不同。古今語音之不同的觀點是由來已久的，唐陸德明、宋吳棫、元戴侗對古今音的區別都有不同程度的認識。應該說楊氏深受了他們的影響的。《轉注古音略》等許多注音直接引用《韻補》，就能充分說明這一點。〔註3〕

劉青松所謂「一定程度」、「不同程度」等語呈現其考察的嚴謹性，楊慎確實認識古、今音差異，其言「故凡見經傳子集與今韻殊者，悉謂之古音轉注」，其古音著作目的亦即於此。學術史上，楊慎繼承著前人研究基礎，如雷磊言：「我們有足夠理由相信，楊慎的古音學出自吳棫。」〔註4〕在筆者考證裡，不論是《轉注古音略》、《古音叢目》皆可見吳棫對於楊慎研究的影響。雷磊曾概括吳棫的研究成果云：「吳棫是如何考訂古音？當然，押韻是最重要的手段。」〔註5〕金師周生對《韻補》評道：「《韻補》是一本古代五十種書中用韻現象，以補《集韻》等韻書收音不足的『補音』性質韻書。」〔註6〕《詩補音》、《楚辭釋音》亦是韻文音注之作。楊慎在前人基礎上，自然清楚認知古今音的差異，並致力於探尋失落的古音。由前二章考證發現，楊慎大量蒐羅前人音注材料，特別在韻書資料上用功頗深，但這卻屬引用、整理前人的音注材料，楊慎並未如吳棫般，對同一語料文獻，作全面的考訂整理。如第二章所言，楊慎的音變觀念不足，因此楊慎整理、認識的「古音」，屬複雜多元的音韻資料，並未能直指上古音研究。

陳師新雄《古音研究》曾對於「古音之界域」述說：

> 夫古今者，不定之名也。三代為古，則漢為今；漢、魏、晉為古，則唐宋以下為今。若擴大言之，凡今日以前之音皆可謂之古音，欲明古音確實之界域，請自明音變始。〔註7〕

古、今音觀念屬相對，欲明其界域，必先得音變之旨。楊慎音變觀念薄弱，其古音界域，較今人研究廣泛。楊慎〈轉注古音略題辭〉，言《轉注古音略》引據

〔註3〕劉青松：〈晚明時代古音學思想發微〉，《語言研究》（2001年第4期），頁19。

〔註4〕雷磊：〈楊慎古音學源流考辨〉，頁146。

〔註5〕雷磊：〈楊慎古音學源流考辨〉，頁146。

〔註6〕金師周生：《吳棫與朱熹音韻新論》（臺北：洪葉文化，2005年），頁99。

〔註7〕陳師新雄：《古音研究》（臺北：五南圖書有限公司，1999年），頁1。

標準爲「大抵詳於經典，而略於文集，詳於周漢，而略於晉以下也。」該語呈現語料時代的界定，但觀其下文所言，即知此與音變觀念無涉：

> 惟彼文人用韻，或苟以流便其辭，而於義於古實無當，如沈約之雌霓是已，又奚足以爲據邪？今之所采必於經有裨，必於古有考，扶微學廣異，是之取焉。〔註8〕

所以須時代劃分，乃因「沈約之韻」一出，古學則已失傳，故無所取焉。透過筆者引書考證，楊愼的語料，大都是由周、漢以後的音注材料而來。李運益曾以《古音略例》爲例，證明楊愼具有「時有古今」、「音有轉移」觀念：

> 又注《淮南子》「易爲求福」與肉爲韻云：「古福音偪，此音如今讀，蓋自漢世始有此音也。緯書『文阜之山，江出其腹，帝以會昌，神以建福』，福亦今音，可見緯書出於漢世。」皆同「時有古今」、「音有轉移」之論。〔註9〕

筆者以爲上文敘述，只能證明楊愼認爲漢代「福」音「偪」，未能爲楊愼存在音變觀念的證據。《轉注古音略．十三職》「福」字亦音「偪」，其云：「〈賈誼傳〉：『疏者或制大權以福天子。』注：『福古逼字。』秦〈琅邪刻石〉：『皇帝之德，存定四極，誅亂除害，興利致福。』」注文與《韻補》相關，《韻補．五質》云：「筆力切。祉也。漢〈賈誼傳〉：『疏者或制大權以福天子。』顏師古曰：『福古逼字。』《禮記》：『福者，備也。備者，百順之名也。』秦〈琅邪刻石〉：『皇帝之德，存定四極，誅亂除害，興利致福。』」楊愼此說僅於前人基礎上發揮，非音變觀的佐証。

在音變觀念不足下，楊愼蒐集的「古音」十分多元，如他在《轉注古音略．九屑》「霽」注，提出「互換轉注」的觀念：

> 結亦音髻，見〈霽韻〉，髻亦音結，謂之互換轉注也。

之所以有此說法，在於楊愼整理資料之時，發現「結」有「髻」音，「髻」有「結」音。以陳師新雄《古音研究》成果檢視，上古二者同屬見母質部，唯有〔iɐt〕、

〔註8〕〔明〕楊愼：《轉注古音略》（《函海》本）頁10940～10941。

〔註9〕王文才、萬光治等 編注：《楊升庵叢書（一）》（成都：天地出版社，2002年），頁984。

〔iɐts〕的韻尾差異，中古分化至屑、霽韻，但楊慎音變觀念不足，面對二韻之異則皆收之，並謂此現象為「互換轉注」。筆者綜合上述原因，楊慎整理的「古音」頗為紛雜。

貳、楊慎古音韻目釋疑

楊慎古音著作，韻目歸納有其特殊性質，關於楊慎古音學文獻韻目排列，盧淑美曾做表格比較，並云：

> 楊升菴考訂古音，所編排的韻書，皆以當時官方通行的平水韻（詩韻）排列。平水韻一般指各種 106 或 107 韻的韻書，他是文人作詩用韻的標準……今觀升菴所編的韻書，上下平聲共為三十、上聲二十九、去聲三十、入聲十七，皆與今詩韻同。〔註 10〕

盧淑美論及的詩韻，甯忌浮曾考究源流：

> 嘉慶間錢大昕發現金人王文郁《新刊韻略》，分一百六部，卷首有金正大六年（1229）許古序文。而劉淵《壬子新刊韻略》刻於元憲宗二年（壬子，1252）。錢大昕推論：「淵竊見文郁書而翻刻之。」拙文〈平水韻考辨〉以大量材料論證了錢大昕推論之正確。是劉淵刪除王文郁書前序文，又以上聲迥韻分出拯韻，成一百七部，更名為《壬子新刊韻略》。劉書與王書除韻部數目不同，別無差異。劉書已佚，王書上有元刻本存世。前人說詩韻源於劉淵《壬子新刊韻略》，不對，應當說源於王文郁《新刊韻略》。王文郁平水（今山西臨汾）人，故其書又稱《平水韻略》、《平水韻》。〔註 11〕

今考楊慎古音學文獻韻目，的確與詩韻有著密切聯繫，其中稍有不同處，即在於《古音複字》、《古音駢字》上聲分出拯韻，有韻改稱厚韻。甯忌浮的說明，可知《古音複字》、《古音駢字》依據的詩韻與其他古音文獻不同，但仍屬《平水韻》韻書範疇。

〔註 10〕盧淑美：《楊升菴古音學研究》（嘉義：中正大學中國文學研究所碩士論文，1993 年），頁 14。

〔註 11〕甯忌浮：《漢語韻書史．明代卷》（上海：上海人民，2009 年），頁 102。

楊慎古音學文獻何以要使用《平水韻》韻書，純以古音學角度探視，此舉無疑是走學術史發展的回頭路。劉青松對此現象只言；「在當時，這種情況是很普遍的，幾乎是不可避免的。」〔註 12〕楊慎古音研究既與吳棫有著密切關係，《韻補》乃以《廣韻》、《集韻》二百零六韻爲分韻基礎，楊慎何不參照？關於此現象，平田昌司〈音起八代之衰——復古詩論與元明清古音學〉提供了背景線索，該文強調歷史脈絡上，詩學對於音韻學的影響，如宋代音韻學即與復古學風息息相關：

> 迫使文人摒棄「世俗相傳，古詩不必拘於用韻」這種不嚴格詩法觀念的，似是宋代儒林的復古學風。正如黃侃《文字聲韻訓詁筆記》所指出，韻書大量采錄古字古音的傾向由丁度《集韻》開始。南宋初期的毛晃、毛居正父子《增修互註禮部韻略》依承這傳統，在《禮部韻略》裡大量增入古詩賦的韻讀。還有吳棫《韻補》以補充《集韻》之缺爲宗旨，「取古書自《易》、《書》、《詩》而下，以及本朝歐、蘇，凡五十種，其聲韻與今不同者，皆入焉。」其成就應該震撼南宋詩壇。〔註 13〕

平田昌司以爲吳棫的古音學成就影響朱熹及南宋古詩用韻，元代科舉考試制度亦與此相關：

> 元代科舉制度基本採納朱熹、眞德秀的文學觀念，全面罷去唐宋以來的律賦、律詩，規定了考試第二場「古賦、詔誥、章表內科一道。古賦、詔誥用古體；章表四六，參用古體。」古賦、古體的制度化，必然使人們認眞對待古韻的問題……元文宗志順二年（1331）翰林余謙奉敕校正黃公紹、熊忠《古今韻會舉要》三十卷，元統元年（1333）由江浙儒學提舉司刊刻。雖然其主要用途似是「學書者」的正字字典，我們還應該考慮其古詩賦押韻指南的性格。〔註 14〕

〔註 12〕 劉青松：〈晚明時代古音學思想發微〉，頁 19。

〔註 13〕 〔日〕平田昌司：〈音起八代之衰——復古詩論與元明清古音學〉，《中華文史論叢》（2007 年第 85 輯），頁 184。

〔註 14〕 〔日〕平田昌司：〈音起八代之衰——復古詩論與元明清古音學〉，《中華文史論叢》，頁 191。

由平田昌司的研究，發現《增修互註禮部韻略》、《古今韻會舉要》與復古文學有著密切關係。然至明代，李夢陽提倡復古，此舉影響楊慎古音學發展：

> 在弘治（1488～1505）年間復興古學的李夢陽主張「夫追古未有不先其體者也。」嚴格區分古、律的體格，必須區別古、律用韻……可是，吳棫《韻補》收字、舉證之少，難免掣肘古詩賦頌的寫作。楊慎所纂《轉注古音略》以及自矜「若臨文古韻，則此卷足矣。」的《古音獵要》，應該是以弘、正年間前七子的創作活動背景的工具書。〔註15〕

按平田昌司提供的學術背景脈絡，筆者推論楊慎古音學文獻之所以使用《平水韻》韻目，與復古詩風相關。雷磊《楊慎詩學研究》曾云：「明代七子，倡言復古，詩作痕跡宛然，但亦少明言，『擬某某之體』、『擬古』體不多，至楊慎、薛惠大量創作『擬古體』。」〔註16〕《增修互註禮部韻略》、《古今韻會舉要》爲當時復古文學的參考工具。故至楊慎著作古音文獻時，《平水韻》韻目自然成爲歸納綱目的首選。

楊慎古音學文獻韻目與《平水韻》有密切關係外，各文獻韻目分合亦有差異，對此盧淑美《楊升菴古音學研究》、王金旺《楊慎古音學研究》、筆者〈論楊慎「三品說」對吳棫叶音理論之改造〉皆提及。盧淑美只對其現象作一敘述，其云：「但在《古音叢目》、《古音獵要》、《古音複字》的韻目編排中，有數韻共一目的情形，不過並不統一。」〔註17〕王金旺與筆者提出各自不同見解，今附拙作整理楊慎古音學文獻韻目分合表格〔註18〕：

〔註15〕〔日〕平田昌司：〈音起八代之衰——復古詩論與元明清古音學〉，《中華文史論叢》，頁195。

〔註16〕雷磊：《楊慎詩學研究》（北京：中國社會科學，2006年），頁156。

〔註17〕盧淑美：《楊升菴古音學研究》，頁14。

〔註18〕叢培凱：〈論楊慎「三品說」對吳棫叶音理論之改造〉，《第十二屆國際暨第二十九屆全國聲韻學研討會論文集》（2011年11月），頁176～177。該表唯針對韻目合併狀況作整理，三書未有合併的韻目則不納入該表。

表 4-1-1　楊慎古音學文獻韻目分合表

<table>
<tr><th>《轉注古音略》</th><th>《古音叢目》</th><th>《古音獵要》</th></tr>
<tr><td colspan="3">卷一</td></tr>
<tr><td>一東</td><td>一東</td><td rowspan="2">一東二冬</td></tr>
<tr><td>二冬</td><td>二冬</td></tr>
<tr><td>六魚</td><td rowspan="2">六魚七虞</td><td rowspan="2">六魚七虞</td></tr>
<tr><td>七虞</td></tr>
<tr><td>十一眞</td><td>十一眞</td><td rowspan="2">十一眞十二文</td></tr>
<tr><td>十二文</td><td>十二文</td></tr>
<tr><td>十四寒</td><td>十四寒</td><td rowspan="2">十四寒十五刪</td></tr>
<tr><td>十五刪</td><td>十五刪</td></tr>
<tr><td colspan="3">卷二</td></tr>
<tr><td>二蕭</td><td>二蕭</td><td rowspan="3">二蕭三爻四豪</td></tr>
<tr><td>三肴</td><td>三肴</td></tr>
<tr><td>四豪</td><td>四豪</td></tr>
<tr><td>十三覃</td><td>十三覃</td><td rowspan="3">十三覃十四鹽十五咸</td></tr>
<tr><td>十四鹽</td><td>十四鹽</td></tr>
<tr><td>十五咸</td><td>十五咸</td></tr>
<tr><td colspan="3">卷三</td></tr>
<tr><td>一董</td><td rowspan="2">一董二腫</td><td rowspan="2">一董二腫</td></tr>
<tr><td>二腫</td></tr>
<tr><td>四紙</td><td>四紙</td><td rowspan="2">四紙五尾</td></tr>
<tr><td>五尾</td><td>五尾</td></tr>
<tr><td>六語</td><td rowspan="2">六語七麌</td><td rowspan="2">六語七麌</td></tr>
<tr><td>七麌</td></tr>
<tr><td>十一軫</td><td>十一軫</td><td rowspan="2">十一軫十二吻</td></tr>
<tr><td>十二吻</td><td>十二吻</td></tr>
<tr><td>十三阮</td><td>十三阮</td><td rowspan="3">十三阮十四旱十五潸</td></tr>
<tr><td>十四旱</td><td>十四旱</td></tr>
<tr><td>十五潸</td><td>十五潸</td></tr>
<tr><td>十七篠</td><td>十七篠</td><td rowspan="2">十七篠十八巧十九皓</td></tr>
<tr><td>十八巧</td><td>十八巧</td></tr>
</table>

<table>
<tr><td>十九皓</td><td>十九皓</td><td></td></tr>
<tr><td>二十三梗</td><td rowspan="2">二十三梗二十四迴</td><td rowspan="2">二十三梗二十四迴</td></tr>
<tr><td>二十四迴</td></tr>
<tr><td>二十七感</td><td>二十七感</td><td rowspan="3">二十七感二十八琰
二十九豏</td></tr>
<tr><td>二十八琰</td><td>二十八琰</td></tr>
<tr><td>二十九豏</td><td>二十九豏</td></tr>
<tr><td colspan="3">卷四</td></tr>
<tr><td>一送</td><td rowspan="2">一送二宋</td><td rowspan="2">一送二宋</td></tr>
<tr><td>二宋</td></tr>
<tr><td>六御</td><td rowspan="2">六御七遇</td><td rowspan="2">六御七遇</td></tr>
<tr><td>七遇</td></tr>
<tr><td>十二震</td><td>十二震</td><td rowspan="2">十二震十三問</td></tr>
<tr><td>十三問</td><td>十三問</td></tr>
<tr><td>十五翰</td><td>十五翰</td><td rowspan="2">十五翰十六諫</td></tr>
<tr><td>十六諫</td><td>十六諫</td></tr>
<tr><td>十八嘯</td><td>十八嘯</td><td rowspan="3">十八嘯十九效二十號</td></tr>
<tr><td>十九效</td><td>十九效</td></tr>
<tr><td>二十號</td><td>二十號</td></tr>
<tr><td>二十四敬</td><td>二十四敬</td><td rowspan="2">二十四敬二十五徑</td></tr>
<tr><td>二十五徑</td><td>二十五徑</td></tr>
<tr><td>二十八勘</td><td>二十八勘</td><td rowspan="3">二十八勘二十九豔
三十陷</td></tr>
<tr><td>二十九豔</td><td>二十九豔</td></tr>
<tr><td>三十陷</td><td>三十陷</td></tr>
<tr><td colspan="3">卷五</td></tr>
<tr><td>一屋</td><td>一屋</td><td rowspan="2">一屋二沃</td></tr>
<tr><td>二沃</td><td>二沃</td></tr>
</table>

此等韻目差異，王金旺認爲呈現出楊慎的上古韻部發展觀念：

據王文才考證，《轉注古音略》作於嘉靖庚寅年間，及公元 1530 年。《古音叢目》作於嘉靖乙未年十一月二十一日，即公元 1535 年。《古音獵要》作於嘉靖乙未年間，但略晚於《古音叢目》……如果我們按照楊慎著書的年代順序來看他合併韻部的情況，就可以

> 發現越往後的著作，對韻部合併越進步。楊慎對此雖沒有理論性的文字說明，我們也可以根據諸書得合併情況，整理出楊慎的上古韻部系統。〔註19〕

拙作〈論楊慎「三品說」對吳棫叶音理論之改造〉看法有異，認爲此現象與「古人韻緩」觀念接受有關：

> 吳棫則以回歸《廣韻》、《集韻》韻目作爲基礎，再進一步實行韻部分合。張民權曾云：「吳棫他們對於傳統古音學的貢獻，一方面是接受了唐人『古人韻緩』說，並將它運用於古韻分部的研究。」因而楊慎在此方面態度乃相對保守。但何以楊慎並未將韻緩觀念運用於「三品說」之中，本文以爲楊慎雖秉持著此等觀念，但要「緩」至何種程度，楊慎似對此有著不確定性，以致於在各著作使用韻目時有所差異。〔註20〕

筆者仍秉持此說，並認爲王金旺論述有疏漏處。楊慎古音內涵定義上，上文已有說明，王金旺直以上古韻部態度檢視，似失之過簡。按其理路，王金旺以爲楊慎上古韻部至後期合併越進步，王金旺判斷三書年代乃依據王文才《楊慎學譜》，王文才對《古音叢目》與《古音獵要》著作年代的認定，以其序、跋文爲證：

> 《叢目》慎序（又見《遺集》二十三）末題「嘉靖乙未（十四年）十月二十一日」，《獵要》自序（又見《遺集》二十三）題「嘉靖乙未長至之月」，並跋（又見《遺集》二十六），乃繼《古音略》三年而作。〔註21〕

楊慎另著有《古音駢字》，有〈古音駢字題辭〉一文，該文文末署嘉靖戊戌八月丙寅，爲明嘉靖十七年，公元1538年。就其〈題辭〉所署年份，楊慎此書著作年代晚於《轉注古音略》、《古音叢目》、《古音獵要》。觀其該書韻部卻只有〈卷

〔註19〕王金旺：《楊慎古音學研究》（蘭州：西北師範大學漢語語言文字學研究所碩士論文，2010年），頁46～47。

〔註20〕叢培凱：〈論楊慎「三品說」對吳棫叶音理論之改造〉，頁176。

〔註21〕王文才：《楊慎學譜》（上海：上海古籍出版社，1988年），頁204～205。

三〉一董、二腫韻合併，其他皆未有合併情形。故若以此言，王金旺論證似無法自圓。

關於楊慎古音學文獻韻目分合問題，筆者爲己身論證探尋新材料，即楊慎《韻林原訓》，此書王文才考釋云：

> 程啓充〈升菴詩話序〉云：「升菴戍南荒，十有八年，所著有《丹鉛餘錄》、《丹鉛續錄》、《韻林原訓》、《蜀藝文志》、《六書索隱》、《古音略》、《皇明詩鈔》、《南中稿》諸集。」末署嘉靖辛丑，則《韻林》成於嘉靖二十年前，且已刊行。《藝林學山》卷八「韻林原訓」條云：「是編凡五卷，《藝苑卮言》不錄，余嘗疑爲贋書，閱《丹鉛錄序》始信之。用修饒字學，所纂《轉注古音》等六種，余悉有之。」胡應麟因王世貞書及梁佐序文所列愼著，中無是目，即疑其僞，似亦太過。世貞雖不錄，而焦竑編目固有之，何宇度目又見其已刻。況啓充與愼至交，言必可信，而張紀《金石古文序》已舉是編，彰彰可考。〔註22〕

王文才未見其書，只能由編目、序文判斷楊愼確有此著作。甯忌浮《漢語韻書史・明代卷》發現此書藏於南開大學圖書館，甯忌浮對此書介紹云：

> 《韻林原訓》成書在《轉注古音略》成書之後吧？初刻時間也不可考。現在見到的唯有萬曆二十八年（1600）陳邦泰的重訂本。重訂本是「袖韻」，一函十冊，書高 9.5cm，寬 6.1cm，藏南開大學圖書館。卷首有《重訂韻林原訓・序》，計 3 頁 6 面，每面 5 行，行 9 字。然缺損較多，幾乎每行末尾都有缺損，或 2 字或 3 字。序文末尾署：「時萬曆庚子春杪如眞老人李登題。」是年李登七十二歲。序文後是《韻林原訓・凡例》，共八條。再後爲《韻林原訓・目錄》，一百零七韻，每韻下均注「古通某」。然後才是韻書正文。每面 5 行，每行有韻字（大字）3 個，小字（注釋）若干。〔註23〕

按甯忌浮所言，該書經過重訂已非楊愼原書。甯忌浮認爲「重訂本的增補改動

〔註22〕王文才：《楊愼學譜》，頁 210～211。

〔註23〕甯忌浮：《漢語韻書史・明代卷》，頁 107。

出自李登之手。」〔註 24〕李登序文今附於下〔註 25〕，□處表其脫落、佚文處，爲求字順，句讀處爲筆者臆測：

> 詩思何常，由所感□。□人行處，筆硯自□。□以□韻爲便而字□□，寔有遺憾。楊用修氏有韻林□□一編，用修博雅□學，收輯既閎，而訂□核，士林尚之，□□亦里中雅士也。□考茲刻袖韻，復取楊□，而酌其釋簡而□，□密而不繁，兼聲音考核既精，復要予□□是正，帙不逾掌，而古律文字之音義該焉。誠士林之一快也。嘗憶予王父栗齋之跋袖韻，以爲有袖中之詩韻，而無腹中之詩料。當如袖韻何？噫！亦唯有腹中之詩料者，然後知大來氏之苦心也。
>
> 萬曆庚子春抄如眞老人李登題。

甯忌浮發現明人陳士元、甘雨《古今韻分注撮要·凡例》曾云：「今韻準楊氏《韻林原訓》。」故將重訂本《韻林原訓》與之對比考察，最終認爲「重訂本的《韻林原訓·凡例》可能是楊慎原文。」〔註 26〕今錄於其重訂本的《韻林原訓·凡例》於下：

> 韻本爲詩而設，今所傳沈約四聲詩韻，相沿不改，律詩率嚴依之，若古詩賦文詞涉韻語者不與焉。然學者或考文、或審音、或訓義、或爲古文詞，皆賴於是，豈必爲律詩。故今所刻雖遵沈舊而兼該數者之用，徐列于后。古韻本寬，第取諧適今，於各題下，必綴曰古通某古通某〔註 27〕，俾爲古文詞者可以通用，其韻本不諧而古寔相通者，皆係叶音，如江通東冬佳通支微之類。
>
> 今之字畫相傳，僞舛不可勝正。此刻悉本六書考文是正，略無俗傳僞謬，識者鑒之。
>
> 時韻錯雜不知何音，此刻每于一音必擇人所共識字爲首，加以一匡，其下無匡者，皆從上音也，必無易識者，然後隨變音爲匡。

〔註 24〕甯忌浮：《漢語韻書史·明代卷》，頁 108。

〔註 25〕南開大學《韻林原訓》藏本原文，由南開大學博士生徐利華同學抄錄提供。

〔註 26〕甯忌浮：《漢語韻書史·明代卷》，頁 108。

〔註 27〕該〈凡例〉已有標點，本文以爲宜句讀爲「必綴曰古通某，古通某俾爲古文詞者可以通用。」

字有一字數音者，各分見於諸韻稍異者皆由古文詞而來，必綴別音二字。律詩起於近古，沈約韻爲律詩而設，所收字，皆今所通行常用之字。若本帙所收，如二音別音等字，則不專爲律詩。在閱者取用，如爲律詩，仍用約韻字，未宜泛及別音等字耳。

字除通用共識者，不煩訓釋。唯稍僻者，必加訓義。有通用共識而義則兩用三用者，則并注之。有包數義注不盡，多係常用字，并從簡者。字有所從來，後人或從省便，遂沿襲通行，而初字反隱，今皆收入，必綴曰本字，俾好古者知所考據云。

觀其〈凡例〉，第一則言沈約韻與古詩、賦、文、詞韻有異；第五則云一字數音者與古韻關係；第六則謂該韻書製作與古詩、賦、文、詞韻相關。這些論點，皆與筆者敘述楊慎古音學理論及環境背景不相違背，可證明筆者之說及甯忌浮的推斷，該凡例當屬楊慎原文。〈凡例〉第二則言因「古韻本寬」，故於各題之下，加註「古通某」，觀《韻林原訓・目錄》即有此作，今附於下：

表 4-1-2 《韻林原訓・目錄》表

上平聲							
韻目	注文	韻目	注文	韻目	注文	韻目	注文
一東	古通冬轉江	二冬	古通東	三江	古通陽轉東	四支	古通微、齊、灰轉佳
五微	古通支	六魚	古通虞	七虞	古通魚	八齊	古通支
九佳	古通支	十灰	古通支	十一眞	古通庚、青蒸、侵轉文、元	十二文	古轉眞
十三元	古轉眞	十四寒	古轉先	十五刪	古通覃、咸轉先		
下平聲							
韻目	注文	韻目	注文	韻目	注文	韻目	注文
一先	古通鹽轉寒、刪	二蕭	古通爻豪	三爻	古通蕭	四豪	古通蕭
五歌	古轉麻	六麻	古轉歌	七陽	古通江轉庚	八庚	古通眞轉陽
九青	古通眞	十蒸	古通眞	十一尤	古獨用	十二侵	古通眞
十三覃	古通刪	十四鹽	古通先	十五鹹	古通刪		

上聲							
韻目	注文	韻目	注文	韻目	注文	韻目	注文
一董	古通腫轉講	二腫	古通董	三講	古通養轉董	四紙	古通尾、薺、賄轉蟹
五尾	古通紙	六語	古通麌	七麌	古通語	八薺	古通紙
九蟹	古通紙	十賄	古通紙	十一軫	古通梗迥、寢、拯	十二吻	古通軫
十三阮	古通銑	十四旱	古通銑	十五潸	古通銑	十六銑	古通阮、琰、豏
十七篠	古通巧、皓	十八巧	古通篠	十九皓	古通篠	二十哿	古轉馬
廿一馬	古轉哿	廿二養	古通講	廿三梗	古通軫	廿四迥	古通軫、拯
廿五拯	古通軫	廿六有	古獨用	廿七寢	古通軫	廿八感	古轉銑
廿九琰	古通銑	三十豏	古通銑				
去聲							
韻目	注文	韻目	注文	韻目	注文	韻目	注文
一送	古通宋轉絳	二宋	古通送轉送	三絳	古通漾	四寘	轉送
五未	古通寘	六御	古通遇	七遇	古通御	八霽	古通寘
九泰	古通寘	十卦	古通寘	十一隊	古通寘	十二震	古通敬、徑、沁轉問
十三問	古轉震	十四願	古通霰	十五翰	古通勘	十六諫	古通陷轉霰
十七霰	古通原豔轉諫	十八嘯	古通效號	十九效	古通嘯	二十号	古通嘯
廿一箇	古通禡	廿二禡	古通箇	廿三漾	古通絳	廿四敬	古通震
廿五徑	古通震	廿六宥	古獨用	廿七沁	古通震	廿八勘	古通翰
廿九豔	古通霰	三十陷	古通諫				

入聲							
韻目	注文	韻目	注文	韻目	注文	韻目	注文
一屋	古通沃轉覺	二沃	古通屋	三覺	古通藥轉屋	四質	古通職緝
五物	古通質	六月	古通屑、藥、陌轉曷、黠	七曷	古轉月	八黠	古轉月
九屑	古通月	十藥	古通覺	十一陌	古通月	十二錫	古通職、緝
十三職	古通質	十四緝	古通質	十五合	古獨用	十六葉	古通月
十七洽	古獨用						

《韻林原訓·目錄》以《平水韻》爲綱目，如其〈凡例〉所言，皆註各韻關係。〈目錄〉主要註「通」、「轉」、「獨用」等術語，諸類術語，與吳棫《韻補》十分類似。關於《韻補》「通」、「轉」內涵，金師周生認爲「『通』與『轉』在韻部聯繫上有疏密程度上的差異的。」〔註 28〕陳文玫認爲「不論其疏密程度如何，其最終目的在於使作詩押韻更加和諧。」〔註 29〕楊愼古音韻目的合併、甚至至於「通」、「轉」，皆是因「古韻本寬」所致，即是「韻緩」觀念下的產物，因此張民權言：

> 無論是鄭庠的古韻六部，還是吳棫的「古韻通轉」，抑或是程迥的「切響通用」，其實都是「韻緩」說的產物。〔註 30〕

韻目分合的變化，代表楊愼在《平水韻》的韻目綱目下，「韻緩」程度的不確定性。故其〈凡例〉云：「其韻本不諧而古寔相通者，皆係叶音，如江通東冬、佳通支微之類。」這條件較其〈目錄〉註文更加寬泛，筆者以爲這與楊愼古詩、賦、文、詞用韻觀念相關。陽旖晨《楊愼詩歌用韻研究》，曾對楊愼詩歌用韻作一全面分析：

> 經過對其韻腳字進行歸併，我們發現楊愼近體詩用韻十分嚴謹，一韻到底，押平聲韻，基本按照平水韻進行押韻。其獨用同用的情況

〔註 28〕金師周生：《吳棫與朱熹音韻新論》，頁 85。

〔註 29〕陳文玫：《吳棫《韻補》研究》（臺北：中國文化大學中國文學研究所碩士論文，2003 年），頁 106。

〔註 30〕張民權：《宋代古音學與吳棫《詩補音》研究》，頁 88。

> 與《廣韻》基本保持一致。擬古詩卻恰恰相反，有換韻。而無論近體詩還是擬古詩，其同用的範圍相比《廣韻》要大得多，即要同攝即可相押，某些擬古詩的押韻更是突破了攝的限制。不僅如此，聲調方面也不限押平聲，既可以單獨押「上」聲、「去」聲、「入」聲，不同聲調也可以混押。〔註 31〕

從楊慎實際創作擬古詩中，可觀察用韻的寬泛，「韻緩」的特徵，及其中呈現的不確定態度。楊慎《丹鉛餘錄》曾云：

> 今有迂士呼「他」必以「拖」音，至於臨下語，衆不省其語爲何等語。反自詑曰：「予所呼古音也。」予笑曰：「《毛詩》、《楚辭》、《韻補》古音五千有餘，君皆不省，而獨一他字爲古音，以對俗人僕隸，何異施粉黛於足脛，綴靨子於眉目哉！」李文正先生嘗云：「古字不可不知其音義，但不可著意用之於文字中。」古音亦然，然則詩文用古字古韻者，必自然諧協若出於己可也。〔註 32〕

「自然諧協若出於己」一語呈現楊慎古韻應用的「韻緩」現象。整體而論，筆者對於楊慎古音韻目、及其分合現象，認爲與「復古」學風影響及「韻緩」觀念傳承有著密切關係。

參、楊慎古音體系分析

根據以上探討，筆者以爲在分析楊慎古音體系時，不可囿於「古音」之名，若直以至今古音成就探索楊慎古音體系，可能失之過偏，由筆者研究可知，楊慎雖知古、今之別，但音變觀念薄弱，透過引書等考證可知，楊慎主要研究方式爲蒐集古今異音語料，且與後人音注有密切關係。如此紛雜之材料，是否有分別部居的觀念，筆者以爲是否定的，楊慎《丹鉛總錄》曾云：

> 《抱朴子》：「舉秀才不知書，舉孝廉父別居。寒素清白濁如泥，高第良將怯如黽。」泥音涅。《後漢書》引《論語》：「涅而不緇」作「泥而

〔註 31〕陽旖晨：《楊慎詩歌用韻研究》（長沙：湖南師範大學漢語言文字學究所碩士論文，2011 年），頁 33。

〔註 32〕〔明〕楊慎：《丹鉛餘錄》（《四庫》本），見《景印文淵閣四庫全書》第 855 冊，頁 67。

不滓」可證也。黽音蔑，《爾雅》注引「黽勉從事」或作「蠠没」又作「密勿」可證也。泥音涅，則黽當音蔑。黽或音密，則泥當音匿，古音例無定也。《晉書》作「怯」如「雞」，蓋不得其音而改之。〔註33〕

就楊慎而言，「黽」音「蔑」又音「密」，「泥」音「涅」又音「匿」，楊慎面對蒐集的語料，所下判斷爲「古音例無定」。筆者以爲若純以至今上古音成就對楊慎古音體系進行分析，即使二者相符，僅是因爲楊慎擇取的語料所呈現的現象，未能代表楊慎自身已具備此觀念。且觀筆者考證，楊慎引用的音注書籍，包含中古音時代，這些語料相對楊慎時代而言，亦屬異音範疇，故探討楊慎古音體系時，此應納入考慮。前人對於楊慎古音體系的探究，筆者有不同的看法意見，以下論述之，並作爲本章研究之基石。研究者各言其志，不落陳言，況前人研究之基礎，爲後學拓展之可能。

盧淑美《楊升菴古音學研究》文中探討楊慎考求古音之法，文中第四章分爲〈研究「韻例」以考求古音〉、〈利用駢字疊詞同音異形以求古音〉、〈藉「古今字」音義相同之特性以求古音〉三節。該文未進入第一節時，盧淑美透過「窾」、「毹」二字，發現該音注與師承韻讀、韻書相關，惜未能擴展發揮。該章主要強調楊慎求古音之法，楊慎的古音體系究竟爲何，並非探討重心，但各節舉例，輔以唐作藩《上古音手冊》等古音成就進行檢視。「古今字」的研究方式檢討，前章已述，不再贅言。筆者認爲，「韻例」、「駢字疊詞」對研究楊慎古音體系，並非重心所在。「韻例」方面，楊慎著有《古音略例》，盧淑美強調其研究方式，但楊慎「韻例」方式未能呈現其古音體系，盧淑美亦云：

韻例研究很重要，但由於升菴的主要目的是爲了破解「叶韻」說之謬誤，而非有意歸納先秦上古韻部，且由於時代觀念所囿，在草創之初，祇列舉一些罕見之韻例，來加以說明。〔註34〕

劉青松〈晚明時代古音學思想發微〉云：「楊氏未對《詩經》、《楚辭》等上古詩歌的韻字進行全面的、系統的考察，僅僅侷限於少數字的音讀，而未能據少數

〔註33〕〔明〕楊慎：《丹鉛總錄》（《四庫》本），見《景印文淵閣四庫全書》第855冊，頁514。

〔註34〕盧淑美：《楊升菴古音學研究》，頁121。

字的音讀加以歸納、推理。」〔註 35〕此研究方式，自然無法呈現其古音體系。張民權、田迪〈論韻譜歸納法在古韻部研究中的意義和作用〉文中，以時代脈絡對此現象說明：

> 自宋元明清以來，學者研究古音，主要地是通過考證的方法，觀察某些漢字的古音或古韻部情況，還不懂得以完全歸納法將《詩經》韻腳字加以系聯類聚，劃分古韻部，製作成古韻譜的形式。那時，古韻部的研究並不深入，人們還是停留在吳棫古韻通轉說的認識水準上，還沒有形成科學的古韻部類研究。〔註 36〕

關於《古音略例》，楊愼自言：「予既組《古音叢目》、《古音獵要》二書，又取《易・象傳》、《毛詩》，下逮漢、唐文人用韻之古者，一百八十五條，爲《古音略例》。蓋於二書，有相發明者焉。」筆者發現《轉注古音略》某些注釋文，即引用至《古音略例》，如《轉注古音略・七陽》「障」注：「日初出，炎以陽。忠直進，不蔽障。」《古音略例》亦有此文，《古音略例》確於《轉注古音略》上發揮。楊愼所以著如此零散韻文的《古音略例》，與前述「復古」學風相關。根據平田昌司研究「在吳棫等儒林音韻研究的強烈衝擊之下，宋元江浙地區有些文人開始琢磨前賢韻法，然後下筆作古詩。」〔註 37〕而南宋「朱熹先琢磨漢魏韻例，然後寫自己的古詩；先參閱吳棫《詩補音》、《韻補》等所舉的確鑿例證，然後解釋《毛詩》、《楚辭》的韻讀。」〔註 38〕平田昌司舉《程式家塾讀書分年日程》爲例，認爲「元代大德年間似不存在朝野公認的古賦韻範，應考士子不得不各自參考古人的騷賦去摸索韻法。」〔註 39〕故至明朝，受當時學風影響，楊愼於古文韻文中探求其韻例，就時代脈絡而言，楊愼明顯以繼承、改進態度著作《古音略例》，因此李運益校《古音略例》時發現：

> 〈詩叶音例〉中，凡所云舊叶音某，舊叶某某切，均見朱熹《詩集

〔註 35〕劉青松：〈晚明時代古音學思想發微〉，頁 19。

〔註 36〕張民權、田迪：〈論韻譜歸納法在古韻部研究中的意義和作用〉，《古漢語研究》（2013 年第 1 期），頁 14。

〔註 37〕〔日〕平田昌司：〈音起八代之衰——復古詩論與元明清古音學〉，頁 185。

〔註 38〕〔日〕平田昌司：〈音起八代之衰——復古詩論與元明清古音學〉，頁 189。

〔註 39〕〔日〕平田昌司：〈音起八代之衰——復古詩論與元明清古音學〉，頁 192。

> 傳》，此類甚多。〔註 40〕

楊慎《古音略例》著作背景爲此，故以《古音略例》求楊慎古音體系，具有非常大的侷限性。

盧淑美認爲楊慎利用駢字、疊字同音異形的特性以求古音，即針對楊慎《古音駢字》、《古音複字》二書，並且舉《古音駢字》聯綿字異文爲例，以上古音研究進行檢視。但筆者以爲此種方式只能證明異文本身的聲韻聯繫，並未能說明楊慎擇音的體系。若觀察《古音駢字》、《古音複字》注文，會發現與《轉注古音略》、《古音叢目》有著音注差距，許多《古音駢字》、《古音複字》注文，楊慎並未附其音讀，筆者認爲此二書著作主旨，與古音研究並不相關，楊慎〈古音駢字題辭〉云：

> 古人臨文用字，或以同音而假借，或以異音而轉注。如嗚呼助語，書之人人殊，猗儺聯文，考之篇篇異，若此之儔，實紛有條，寮几閒隙，因隨筆而韻分之，稍見古哲匠文人，臨文用字之流例云。〔註 41〕

由此可見，楊慎此書著作原因，因文字異文，爲求「古人臨文用字」之特色，而「隨筆韻分之」，非以此求古音。李調元亦了解其書旨趣，〈古音駢字序〉云：

> 昌黎有言，作文必先識字，予謂識字之難，甚於文也。蝌蚪變爲篆隸，篆隸變爲俗書，愈趨愈滅，取便臨文。至有不識古字爲何物者，往往以古今通用之字，稍自博雅者出之，後人目不經見，遂乃色然而駭，少所見必多所怪也。先生有慨於此，博采群書，旁及鐘鼎銘識，於是其字而互用者，作爲《古音駢字》四卷。〔註 42〕

駢字、複字，並非楊慎求古音之法，而是將古代異文、複字作一歸韻分類，故以上古音韻觀念檢視，只是分析中國文字間的音韻關係，與楊慎古韻觀無涉。

盧淑美研究，著重楊慎研究方式的探尋。王金旺《楊慎古音學研究》第二章〈楊慎古音學內容〉，試圖以上古音研究檢視楊慎古音體系，從中以舉例方式證其成就，並歸納出「古無輕唇音之例」、「古無舌上音之例」、「古人多舌音之

〔註 40〕王文才、萬光治等 編注：《楊升庵叢書（一）》，頁 985。

〔註 41〕〔明〕楊慎：《古音駢字》（《函海》本），頁 11569。

〔註 42〕〔明〕楊慎：《古音駢字》（《函海》本），頁 11571。

例」、「喻四歸定之例」、「照二歸精之例」，並透過韻部分合，認爲楊慎上古韻部爲七十六韻。筆者以爲此種研究方式，有以今律古之嫌。按筆者研究，楊慎古音以整理古今異音爲目的，因此《轉注古音略》、《古音叢目》時有一字數音情況產生，就王金旺研究而言，應如何歸其聲韻？面對這種以舉例歸納的研究方式，王金旺在聲母研究後云：「楊慎的這些擬音雖然蘊含一些上古聲母的初步認識，也沒有形成相應的理論，同時，在他的擬音中，也存在這些注音字和被注字之間的聲母沒有任何聯繫的情況。」〔註 43〕這些被認定沒有聯繫的韻字音，即屬楊慎語料中，與上古音無涉、在楊慎時代屬異音字的情形，自然不能由上古音音韻一味概括。今舉其文一例，王金旺曾以《轉注古音略・六魚》「衙」字，及其他相關字例，認爲這些韻字「均在《廣韻》麻部，因此它們在《平水韻》也屬麻部，經過考證上古文獻，楊慎把它們歸部到魚部之中，又和魚部之字相互系連，至此上古魚部就基本建立起來了。」〔註 44〕《轉注古音略・六魚》「衙」字注「魚」音，根據第二章考證，此音注與《古今韻會舉要》相關，從其韻首「魚居切」「魚」字，彼此釋文相似：

《轉注古音略》	《古今韻會舉要》
《說文》：「衙衙，行貌。」宋玉〈九辯〉：「屬雷師之闐闐兮，通飛廉之衙衙。」韓愈文：「魚魚雅雅。」魚魚，亦衙衙也。	衙衙行貌。宋玉〈九辯〉：「屬雷師之闐闐兮，通飛廉之衙衙。」徐邈讀。又《釋名》：「敔，衙也。衙，止也。所以止樂。」

筆者考證過程與王金旺敘述不同，考察《廣韻》「衙」字，即有「語居切」，作三等開口魚韻，楊慎自《古今韻會舉要》中探取的異音，與《廣韻》實爲同音。楊慎「古音」內涵紛雜，他引用的語料雖有存古之跡，但不能直以上古音方式作爲檢視手段，亦不可直視爲楊慎的研究態度。此外，王金旺還藉由舉楊慎韻字與音注字間的聲調差異，認定爲有陰陽對轉的情況：

> 楊慎這些擬音，如果拋開聲母不究，那麼注音字和被注字的韻母雖然不同，但卻有一定的聯繫，有陰入對轉、陽入對轉、陰陽對轉。但這些都是一些零散的材料，是楊慎對古韻之間關係的直觀認識，

〔註 43〕王金旺：《楊慎古音學研究》，頁 42。

〔註 44〕王金旺：《楊慎古音學研究》，頁 44。

對後人的研究有一定啓發作用。〔註45〕

觀其敘述可發現，王金旺對於「陰陽對轉」的條件十分寬鬆。江美儀《孔廣森之生平及其古音學研究》將「陰陽對轉」的源流闡釋甚明，「孔廣森推究古韻，認爲這些被視作是出韻或無韻之篇章是摻雜方音以叶韻的詩作，創陰陽對轉之理，企圖對上古例外押韻提出解釋。」〔註46〕此與楊愼的研究背景態度實有差距。陳師新雄云:「所謂陰陽對轉，並不是一個陰聲字可以隨便變成一個陽聲字，或是一個陽聲字，可以隨便變成一個陰聲字。對轉之間，是有一定的對轉和條例的。」〔註47〕綜觀王金旺研究，與筆者認知不同，癥結在於他將楊愼的音注材料定位成「擬音」，但由筆者考證可知，楊愼音注材料，並非由構擬而來，許多證據證明，與引用前人資料有十分密切關係。綜觀上述，筆者以爲關於楊愼的古音觀研究，仍有許多須探討的空間。

第二節　楊愼「古韻」探析

楊愼古音學內涵複雜，不能直以上古音韻標準檢視。第二章研究中，筆者考釋《轉注古音略》切語、直音的原委，藉此知悉《轉注古音略》直音的切語依據。本節以此爲基，配合考釋凡例，擇選楊愼《轉注古音略》例字。以《廣韻》歸韻分類爲樞紐，分析《轉注古音略》例字及切語，比較其中的差異。二者若屬調同韻異關係，則以陳師新雄《古音研究》的上古韻部理論作檢視，觀察是否與上古音韻相關。

壹、考釋凡例

本節以第二章《轉注古音略》直音、切語考釋成果爲基，《廣韻》歸韻分類爲樞紐，上古音研究爲佐證，考究楊愼古韻觀念。關於《轉注古音略》例字標準如下：

一、本文研究《轉注古音略》闕疑韻字不收。

二、韻字注文須與引書釋文相關。

〔註45〕王金旺：《楊愼古音學研究》，頁49。

〔註46〕江美儀：《孔廣森之生平及其古音學研究》（臺北：國立臺灣師範大學國文學系碩士論文，2010年），頁238。

〔註47〕陳師新雄：《古音研究》，頁110。

三、韻字引書資料須具切語爲證。

四、《轉注古音略》直音考釋方面，引書若爲「轉引又音」、「轉引他字」者不收。

五、《廣韻》若無該韻字，或《廣韻》又音影響對照者不收

六、韻部分類方式舉平賅上去，入聲獨立分析。

七、若例字與切語韻母相同，則比較二者聲母關係。

八、若例字與切語聲母相同，則比較二者韻母關係。

九、例字具切語，而無直音者，以◎符號替代。

十、各表附引書來源，爲求行文簡便，均以省稱，以下分述：

省稱	書目	省稱	書目
《經》	《經典釋文》	《廣》	《廣韻》
《集》	《集韻》	《韻》	《韻補》
《增》	《增修互註禮部韻略》	《五》	《五音集韻》
《古》	《古今韻會舉要》	《洪》	《洪武正韻》
《說》	大徐本《說文解字》	《繫》	《說文繫傳》
《玉》	《玉篇》	《雅》	《廣雅》注
《史》	《史記》三家注	《漢》	《漢書》注
《後》	《後漢書》注	《山》	《山海經》注
《文》	《文選》注	《詩》	《詩經集傳》
《周》	《周易本義》	《苑》	《古文苑》
《示》	《示兒編》		

以上標準設立，雖使《轉注古音略》部分韻字無法納入考察，卻可嚴謹對照，使其例字，形、音、義三方面信而有徵，減低誤讀因素。

貳、《轉注古音略》古韻考

一、東　韻

<table>
<tr><th>韻</th><th>序號</th><th>例字</th><th>直音</th><th>引書</th><th>切語</th><th>例字
歸韻</th><th>切語
歸韻</th><th>例字
聲母</th><th>切語
聲母</th></tr>
<tr><td rowspan="4">一東</td><td rowspan="2">1</td><td rowspan="2">瞢</td><td rowspan="2">蒙</td><td>《集》</td><td>謨蓬切</td><td rowspan="2">三等開
口東韻</td><td rowspan="2">一等開
口東韻</td><td rowspan="2">明</td><td rowspan="2">明</td></tr>
<tr><td>《五》</td><td>莫紅切</td></tr>
<tr><td rowspan="2">2</td><td rowspan="2">窾</td><td rowspan="2">空</td><td>《集》</td><td>枯公切</td><td rowspan="2">一等合
口緩韻</td><td rowspan="2">一等開
口東韻</td><td rowspan="2">溪</td><td rowspan="2">溪</td></tr>
<tr><td>《五》</td><td>苦紅切</td></tr>
</table>

3	眾	中	《古》	陟隆切	三等開口東韻	三等開口東韻	照	知
4	毧	戎	《集》	而融切	三等合口腫韻	三等開口東韻	日	日
			《五》	如融切				
5	凍	東	《集》	都籠切	一等開口東韻	一等開口東韻	端	端
			《古》					
			《五》	德紅切				
6	渢	馮	《古》	符風切	三等開口東韻	三等開口東韻	奉	奉
7	汎	馮	《古》	符風切	三等開口東韻	三等開口東韻	奉	奉
8	總	嵏	《集》	祖叢切	一等開口董韻	一等開口東韻	精	精
			《古》					
			《五》	子紅切				
9	蝱	雺	《集》	謨蓬切	三等開口尤韻	一等開口東韻	明	明
			《五》	莫紅切				
10	洞	同	《韻》	徒紅切	一等開口東韻	一等開口東韻	定	定
11	厖	蒙	《韻》	謨逢切	二等開口江韻	二等開口江韻	明	明
12	梵	芃	《集》	符風切	三等開口東韻	三等開口東韻	奉	奉
			《五》	房戎切				
13	鞠	芎	《古》	丘弓切	三等開口屋韻	三等開口東韻	溪	溪
14	訟	公	《古》	沽紅切	三等合口鍾韻	一等開口東韻	邪	見
15	寵	◎	《韻》	癡凶切	三等合口腫韻	三等合口鍾韻	徹	徹
16	邦	◎	《韻》	悲工切	二等開口江韻	一等開口東韻	幫	幫
17	橦	◎	《韻》	傳容切	三等合口鍾韻	三等合口鍾韻	照	知、澄〔註48〕

〔註48〕表格如有聲母、韻母屬二音以上者，為《廣韻》又音或於引書中，反切呈現不同差異者，但皆未影響本表分析。如東韻序號【17】「傳」於《廣韻》有知、澄二母。紙韻序號【6】《增修互註禮部韻略》作「式軌切」，《古今韻會舉要》作「數軌切」，分別屬審、疏母二母等例。

<table>
<tr><td></td><td>18</td><td>[illegible]</td><td>◎</td><td>《漢》</td><td>胡工切</td><td>一等開口東韻</td><td>一等開口東韻</td><td>匣</td><td>匣</td></tr>
<tr><td rowspan="11">一董</td><td rowspan="2">1</td><td rowspan="2">從</td><td rowspan="2">總</td><td>《集》</td><td>祖動切</td><td rowspan="2">三等合口鍾韻
三等合口用韻</td><td rowspan="2">一等開口董韻</td><td rowspan="2">從</td><td rowspan="2">精</td></tr>
<tr><td>《五》</td><td>作孔切</td></tr>
<tr><td rowspan="4">2</td><td rowspan="4">縱</td><td rowspan="4">總</td><td>《集》</td><td rowspan="2">祖動切</td><td rowspan="4">三等合口用韻
三等合口鍾韻</td><td rowspan="4">一等開口董韻</td><td rowspan="4">精</td><td rowspan="4">精</td></tr>
<tr><td>《古》</td></tr>
<tr><td>《增》</td><td rowspan="2">作孔切</td></tr>
<tr><td>《五》</td></tr>
<tr><td>3</td><td>駷</td><td>竦</td><td>《古》</td><td>荀勇切</td><td>三等合口腫韻</td><td>三等合口腫韻</td><td>心</td><td>心</td></tr>
<tr><td>4</td><td>翁</td><td>蓊</td><td>《古》
《增》</td><td>烏孔切</td><td>一等開口東韻</td><td>一等開口董韻</td><td>影</td><td>影</td></tr>
<tr><td>5</td><td>厖</td><td>◎</td><td>《後》</td><td>亡孔切</td><td>二等開口江韻</td><td>一等開口董韻</td><td>明</td><td>微</td></tr>
<tr><td>6</td><td>鴻</td><td>◎</td><td>《文》
《後》</td><td>胡孔切</td><td>一等開口董韻</td><td>一等開口董韻</td><td>匣</td><td>匣</td></tr>
<tr><td></td><td colspan="9"></td></tr>
<tr><td rowspan="7">一送</td><td>1</td><td>矼</td><td>控</td><td>《五》
《集》</td><td>苦貢切</td><td>二等開口江韻</td><td>一等開口送韻</td><td>見</td><td>溪</td></tr>
<tr><td>2</td><td>挏</td><td>洞</td><td>《古》</td><td>徒弄切</td><td>一等開口東韻</td><td>一等開口送韻</td><td>定</td><td>定</td></tr>
<tr><td>3</td><td>鴻</td><td>贛</td><td>《韻》</td><td>古送切</td><td>一等開口東韻
一等開口董韻</td><td>一等開口送韻</td><td>匣</td><td>見</td></tr>
<tr><td>4</td><td>衷</td><td>仲</td><td>《古》</td><td>陟仲切</td><td>三等開口送韻</td><td>三等開口送韻</td><td>知</td><td>知</td></tr>
<tr><td>5</td><td>攏</td><td>弄</td><td>《五》
《集》</td><td>盧貢切</td><td>一等開口屋韻</td><td>一等開口送韻</td><td>來</td><td>來</td></tr>
<tr><td>6</td><td>風</td><td>◎</td><td>《經》</td><td>方鳳切</td><td>三等開口東韻
三等開口送韻</td><td>三等開口送韻</td><td>非</td><td>非</td></tr>
<tr><td>7</td><td>忡</td><td>◎</td><td>《韻》</td><td>敕眾切</td><td>三等開口東韻</td><td>三等開口送韻</td><td>徹</td><td>徹</td></tr>
</table>

平聲一東韻，共有十八例韻字，切語與例字同韻者有九例，而聲母相同佔七例。聲調相異者有五例。「瞢」、「蝨」、「訟」、「邦」韻字屬平聲異韻關係，分別與登、尤、鍾、江韻相切，今以上古韻部成果視之，「瞢」屬蒸部、「蒙」屬東部；「蝨」屬幽部、「雺」屬侯部；「訟」、「公」同屬東部，但分爲〔i̯auŋ〕、〔auŋ〕，介音有異；「邦」、「悲工切」同屬東部，但分爲〔rauŋ〕、〔auŋ〕。

上聲一董韻，共有六例韻字，切語與例字同韻者二例，聲母皆相同，其餘四例屬聲調相異者。

去聲一送韻，共有七例韻字，切語與例字同韻者二例，聲母皆相同，其餘五例同上聲，屬聲調相異。

二、冬　韻

韻	序號	例字	直音	引書	切語	例字歸韻	切語歸韻	例字聲母	切語聲母
二冬	1	釭	工	《五》	古冬切	一等合口冬韻	一等合口冬韻	見	見
	2	洚	宗	《集》	祖賨切	一等合口冬韻	一等合口冬韻	匣	精
				《五》	作冬切				
	3	龐	龍	《五》	力鐘切	二等開口江韻	三等合口鍾韻	並	來
				《古》	盧容切				
	4	童	鍾	《韻》	諸容切	一等開口東韻	三等合口鍾韻	定	照
	5	膺	◎	《韻》	於容切	三等開口蒸韻	三等合口鍾韻	影	影
	6	犛	◎	《集》	鳴龍切	二等開口肴韻	三等合口鍾韻	明	明
				《五》					
	7	慒	◎	《廣》	藏宗切	一等合口冬韻	一等合口冬韻	從	從
				《五》					
二腫	1	臾	湧	《古》	尹竦切	三等合口虞韻	三等合口腫韻	喻	喻
	2	氄	◎	《說》	而隴切	三等合口腫韻	三等合口腫韻	日	日
	3	覂	◎	《漢》	方勇切	三等合口腫韻	三等合口腫韻	非	非

韻	序號	例字	直音	引書	切語	例字歸韻	切語歸韻	例字聲母	切語聲母
	4	衝	◎	《廣》 《五》	余隴切	三等合口腫韻	三等合口腫韻	喻	喻
二宋	1	錝	縱	《五》	子宋切	一等合口宋韻	一等合口宋韻	精	精
	2	雺	◎	《五》	莫綜切	一等合口宋韻	一等合口宋韻	明	明
	3	統	◎	《古》	他綜切	一等合口宋韻	一等合口宋韻	透	透
	4	恐	◎	《增》 《古》	欺用切	三等合口用韻	三等合口用韻	溪	溪

平聲二冬韻共有七韻字例，切語與例字同韻者三例，而聲母相同佔二例。其餘四例平聲異韻，蒸、肴、鍾、江、東韻，分有相切，今以上古韻部成果視之，「膺」屬蒸部、「於容切」屬東部；「犛」屬宵部、「鳴龍切」屬東部；「龐」、「龍」同屬東部，但〔rauŋ〕、〔i̯auŋ〕介音有異；「童」、「鍾」同屬東部，但〔auŋ〕、〔i̯auŋ〕介音有異。

上聲二腫韻共四例，切語與例字同韻者三例，皆聲母相同。聲調相異者一例。

去聲二宋韻共四例，切語皆與例字同韻，皆聲母相同。

三、江　韻

韻	序號	例字	直音	引書	切語	例字歸韻	切語歸韻	例字聲母	切語聲母
三江	1	舡	肛	《古》	虛江切	二等開口江韻	二等開口江韻	曉	曉
	2	從	淙	《古》	傳江切	三等合口鍾韻	二等開口江韻	從	知、澄
三講	1	滰	◎	《說》	其兩切	三等開口養韻	三等開口養韻	群	群
	2	棓	◎	《廣》 《五》	步項切	二等開口講韻	二等開口講韻	並	並
三絳	1	瞳	惷	《集》 《五》	丑降切 丑絳切	一等開口東韻	二等開口絳韻	定	徹
	2	紅	◎	《五》	古巷切	一等開口東韻	二等開口絳韻	匣	見

韻	序號	例字	直音	引書	切語	例字歸韻	切語歸韻	例字聲母	切語聲母
	3	雙	◎	《五》	色絳切	二等開口江韻	二等開口絳韻	疏	疏
	4	惷	◎	《說》	陟絳切	三等合口準韻	二等開口絳韻	穿	知
	5	閧	◎	《廣》 《五》 《古》	胡降切	二等開口絳韻	二等開口絳韻	匣	匣

平聲三江韻共二例，切語與例字同韻者一例，而聲母相同。其餘一例平聲異韻，江韻與鍾韻相切，今以上古韻部成果視之，「從」屬東部，「淙」爲冬部。

上聲三講韻共二例，切語與例字同韻者二例，而聲母相同。

去聲三絳韻共五例，切語與例字同韻者一例，而聲母相同，其餘四例爲聲調相異。

四、支　韻

韻	序號	例字	直音	引書	切語	例字歸韻	切語歸韻	例字聲母	切語聲母
四支	1	巵	欹	《集》 《五》	丘奇切 去奇切	三等開口支韻	三等開口支韻	照	溪
	2	示	時	《五》 《集》	市之切	三等開口至韻	三等開口之韻	神	禪
	3	支	岐	《集》 《五》	翹移切 巨支切	三等開口支韻	三等開口支韻	照	群
	4	跪	危	《集》 《五》	虞爲切 魚爲切	三等合口紙韻	三等合口支韻	溪、群	疑
	5	曬	痴	《集》 《五》	抽知切 丑知切	三等開口寘韻	三等開口支韻	疏	徹
	6	觜	崔	《五》	醉綏切	三等開口支韻	三等開口脂韻	精	精
	7	柴	崔	《五》	醉綏切	三等開口支韻	三等開口脂韻	精	精
	8	蠡	離	《五》	呂支切	三等開口支韻	三等開口支韻	來	來
	9	谷	鹿	《五》	盧谷切	一等開口屋韻	一等開口屋韻	來	來

<table>
<tr><td>10</td><td>祗</td><td>支</td><td>《古》</td><td>章移切</td><td>三等開口脂韻</td><td>三等開口支韻</td><td>照</td><td>照</td></tr>
<tr><td rowspan="2">11</td><td rowspan="2">异</td><td rowspan="2">怡</td><td>《增》</td><td rowspan="2">盈之切</td><td rowspan="2">三等開口之韻</td><td rowspan="2">三等開口之韻</td><td rowspan="2">喻</td><td rowspan="2">喻</td></tr>
<tr><td>《古》</td></tr>
<tr><td>12</td><td>婁</td><td>羸</td><td>《集》</td><td>倫爲切</td><td>一等開口侯韻</td><td>三等合口支韻</td><td>來</td><td>來</td></tr>
<tr><td rowspan="5">13</td><td rowspan="5">麗</td><td rowspan="5">离</td><td>《集》</td><td rowspan="3">鄰知切</td><td rowspan="5">三等開口支韻</td><td rowspan="5">三等開口支韻</td><td rowspan="5">來</td><td rowspan="5">來</td></tr>
<tr><td>《古》</td></tr>
<tr><td>《增》</td></tr>
<tr><td>《廣》</td><td rowspan="2">呂支切</td></tr>
<tr><td>《五》</td></tr>
<tr><td>14</td><td>齊</td><td>慈</td><td>《五》</td><td>疾之切</td><td>四等開口齊韻</td><td>三等開口之韻</td><td>從</td><td>從</td></tr>
<tr><td rowspan="2">15</td><td rowspan="2">羅</td><td rowspan="2">籬</td><td>《集》</td><td>鄰知切</td><td rowspan="2">一等開口歌韻</td><td rowspan="2">三等開口支韻</td><td rowspan="2">來</td><td rowspan="2">來</td></tr>
<tr><td>《五》</td><td>呂支切</td></tr>
<tr><td rowspan="3">16</td><td rowspan="3">氏</td><td rowspan="3">支</td><td>《古》</td><td rowspan="3">章移切</td><td rowspan="3">三等開口支韻</td><td rowspan="3">三等開口支韻</td><td rowspan="3">照</td><td rowspan="3">照</td></tr>
<tr><td>《增》</td></tr>
<tr><td>《集》</td></tr>
<tr><td rowspan="2">17</td><td rowspan="2">趍</td><td rowspan="2">馳</td><td>《廣》</td><td>直離切</td><td rowspan="2">三等開口支韻</td><td rowspan="2">三等開口支韻</td><td rowspan="2">澄</td><td rowspan="2">澄</td></tr>
<tr><td>《集》</td><td>陳知切</td></tr>
<tr><td rowspan="2">18</td><td rowspan="2">噫</td><td rowspan="2">醫</td><td>《古》</td><td>於其切</td><td rowspan="2">三等開口之韻</td><td rowspan="2">三等開口之韻</td><td rowspan="2">影</td><td rowspan="2">影</td></tr>
<tr><td>《增》</td><td>於基切</td></tr>
<tr><td>19</td><td>治</td><td>持</td><td>《古》</td><td>澄之切</td><td>三等開口之韻</td><td>三等開口之韻</td><td>澄</td><td>澄</td></tr>
<tr><td>20</td><td>寅</td><td>夷</td><td>《古》</td><td>延知切</td><td>三等開口眞韻</td><td>三等開口支韻</td><td>喻</td><td>喻</td></tr>
<tr><td>21</td><td>夤</td><td>夷</td><td>《古》</td><td>延知切</td><td>三等開口眞韻</td><td>三等開口支韻</td><td>喻</td><td>喻</td></tr>
<tr><td>22</td><td>禠</td><td>斯</td><td>《古》</td><td>相支切</td><td>三等開口支韻</td><td>三等開口支韻</td><td>心</td><td>心</td></tr>
<tr><td>23</td><td>怠</td><td>怡</td><td>《韻》</td><td>盈之切</td><td>一等開口海韻</td><td>三等開口之韻</td><td>定</td><td>喻</td></tr>
<tr><td>24</td><td>提</td><td>時</td><td>《五》</td><td>市之切</td><td>四等開口齊韻</td><td>三等開口之韻</td><td>定</td><td>禪</td></tr>
</table>

<table>
<tr><td rowspan="17"></td><td rowspan="1">25</td><td>邸</td><td>踟</td><td>《古》</td><td>陳知切</td><td>四等開
口薺韻</td><td>三等開
口支韻</td><td>端</td><td>澄</td></tr>
<tr><td>26</td><td>皆</td><td>箕</td><td>《韻》</td><td>堅奚切</td><td>二等開
口皆韻</td><td>四等刊
口齊韻</td><td>見</td><td>見</td></tr>
<tr><td>27</td><td>多</td><td>祇</td><td>《韻》</td><td>章移切</td><td>一等開
口歌韻</td><td>三等開
口支韻</td><td>端</td><td>照</td></tr>
<tr><td>28</td><td>來</td><td>釐</td><td>《韻》</td><td>陵之切</td><td>一等開
口咍韻</td><td>三等開
口之韻</td><td>來</td><td>來</td></tr>
<tr><td>29</td><td>台</td><td>怡</td><td>《古》</td><td>盈之切</td><td>三等開
口之韻</td><td>三等開
口之韻</td><td>喻</td><td>喻</td></tr>
<tr><td>30</td><td>純</td><td>緇</td><td>《古》</td><td>莊持切</td><td>三等合
口諄韻</td><td>三等開
口之韻</td><td>禪、照</td><td>莊</td></tr>
<tr><td rowspan="2">31</td><td rowspan="2">焉</td><td rowspan="2">夷</td><td>《增》</td><td rowspan="2">延知切</td><td rowspan="2">三等開
口元韻</td><td rowspan="2">三等開
口支韻</td><td rowspan="2">影</td><td rowspan="2">喻</td></tr>
<tr><td>《古》</td></tr>
<tr><td rowspan="2">32</td><td rowspan="2">意</td><td rowspan="2">噫</td><td>《增》</td><td>於基切</td><td rowspan="2">三等開
口志韻</td><td rowspan="2">三等開
口之韻</td><td rowspan="2">影</td><td rowspan="2">影</td></tr>
<tr><td>《古》</td><td>於其切</td></tr>
<tr><td>33</td><td>懿</td><td>噫</td><td>《古》</td><td>於其切</td><td>三等開
口至韻</td><td>三等開
口之韻</td><td>影</td><td>影</td></tr>
<tr><td>34</td><td>荄</td><td>皆</td><td>《韻》</td><td>堅奚切</td><td>二等開
口皆韻</td><td>四等開
口齊韻</td><td>見</td><td>見</td></tr>
<tr><td>35</td><td>奎</td><td>◎</td><td>《說》</td><td>許規切</td><td>三等合
口支韻</td><td>三等合
口支韻</td><td>曉</td><td>曉</td></tr>
<tr><td rowspan="2">36</td><td rowspan="2">戲</td><td rowspan="2">◎</td><td>《經》</td><td rowspan="2">許宜切</td><td rowspan="2">三等開
口支韻</td><td rowspan="2">三等開
口支韻</td><td rowspan="2">曉</td><td rowspan="2">曉</td></tr>
<tr><td>《漢》</td></tr>
<tr><td rowspan="7">四紙</td><td>1</td><td>蛾</td><td>蟻</td><td>《增》</td><td>魚猗切</td><td>三等開
口紙韻</td><td>三等開
口紙韻</td><td>疑</td><td>疑</td></tr>
<tr><td>2</td><td>頃</td><td>跬</td><td>《增》</td><td>犬蘂切</td><td>三等合
口靜韻</td><td>三等合
口紙韻</td><td>溪</td><td>溪</td></tr>
<tr><td>3</td><td>醫</td><td>倚</td><td>《古》</td><td>隱綺切</td><td>三等開
口之韻</td><td>三等合
口紙韻</td><td>影</td><td>影</td></tr>
<tr><td>4</td><td>醫</td><td>醷</td><td>《古》</td><td>隱綺切</td><td>三等開
口之韻</td><td>三等合
口紙韻</td><td>影</td><td>影</td></tr>
<tr><td>5</td><td>啚</td><td>鄙</td><td>《古》</td><td>補美切</td><td>三等開
口旨韻</td><td>三等開
口旨韻</td><td>非</td><td>幫</td></tr>
<tr><td rowspan="2">6</td><td rowspan="2">準</td><td rowspan="2">水</td><td>《增》</td><td>式軌切</td><td rowspan="2">三等合
口準韻</td><td rowspan="2">三等合
口旨韻</td><td rowspan="2">照</td><td rowspan="2">審、疏</td></tr>
<tr><td>《古》</td><td>數軌切</td></tr>
</table>

	7	緇	滓	《增》	壯士切	三等開口之韻	三等開口止韻	莊	莊
				《古》	壯仕切				
	8	巳	己	《韻》	養里切	三等開口止韻	三等開口止韻	邪	喻
	9	麗	蠡	《集》	里弟切	四等開口霽韻	四等開口薺韻	來	來
				《五》	盧啓切				
	10	窺	跬	《古》	夫蘂切	三等合口支韻	三等合口紙韻	溪	非、奉
	11	卑	婢	《增》	部弭切	三等開口支韻	三等開口紙韻	幫	並
	12	移	◎	《經》	昌氏切	三等開口支韻	三等開口紙韻	喻	穿
	13	肥	◎	《五》	甫委切	三等合口微韻	三等合口紙韻	奉	幫
	14	矦	◎	《五》	鉏里切	一等開口侯韻	三等開口止韻	匣	牀
	15	披	◎	《古》	普靡切	三等開口紙韻	三等開口紙韻	滂	滂
	16	有	◎	《韻》	羽軌切	三等開口有韻	三等合口旨韻	爲	爲
	17	施	◎	《韻》	尸是切	三等開口支韻 三等開口寘韻	三等開口紙韻	審	審
	18	士	◎	《韻》	上止切	三等開口止韻	三等開口止韻	牀	禪
	19	揣	◎	《文》	初毁切	三等合口紙韻	三等合口紙韻	初	初
四寘	1	帥	帨	《古》	所類切	三等合口至韻	三等合口至韻	疏	疏
	2	率	類	《古》	五遂切	三等合口至韻	三等合口至韻	疏	疑
	3	移	易	《古》	以豉切	三等開口支韻	三等開口寘韻	喻	喻
	4	波	賁	《古》	彼義切	一等合口戈韻	三等開口寘韻	幫	幫

	5	隸	肄	《集》	息利切	三等開口至韻	三等開口至韻	心	心
	6	織	志	《古》	職吏切	三等開口志韻	三等開口志韻	照	照
	7	諫	刺	《廣》 《集》 《增》	七賜切	三等開口寘韻	三等開口寘韻	清	清
	8	質	贄	《增》 《古》	脂利切	三等開口至韻	三等開口至韻	知	照
	9	隋	◎	《經》 《集》	呼恚切	三等合口支韻	三等開口寘韻	邪	曉
	10	披	◎	《經》	方寄切	三等開口支韻 三等開口紙韻	三等開口寘韻	滂	非
	11	漑	◎	《韻》	居氣切	一等開口代韻	三等開口未韻	見	見
	12	拙	◎	《韻》	朱類切	三等合口薛韻	三等合口至韻	照	照
	13	態	◎	《韻》	他計切	一等開口代韻	四等開口霽韻	透	透
	14	愛	◎	《韻》	許既切	一等開口代韻	三等開口未韻	影	曉
	15	出	◎	《經》 《廣》 《集》	尺類切	三等合口至韻	三等合口至韻	穿	穿

平聲四支韻字共三十六例，切語與例字同韻者十三例，而聲母相同佔十例。聲調相異者七例，其餘爲平聲異韻關係，支、脂、侯、之、齊、歌、皆、咍、元、眞韻彼此相切，今以上古韻部視之，「觜」屬支部，「崔」屬微部；「柴」屬錫部，「崔」屬微部；「祗」屬脂部，「支」屬支部；「婁」屬侯部，「羸」屬歌部；「齊」屬脂部，慈屬之部；「羅」、「籬」同屬歌部，但分爲〔ai〕、〔rjai〕，介音有異；「寅」屬眞部、「夷」屬脂部；「夤」屬眞部、「夷」屬脂部；「提」屬支部，「時」屬之部；「皆」屬脂部，「箕」屬之部；「多」屬歌部，「祗」屬脂部；「來」「釐」同屬之部，但分爲〔ə〕、〔jə〕，介音有異；「純」屬諄部，「緇」

屬之部；「焉」屬元部，「夷」屬脂部；「荄」屬之部，「皆」屬脂部。

上聲四紙韻共十九例，切語與例字同韻者六例，而聲母相同佔三例。聲調相異者十例，其餘三例爲爲上聲異韻關係，静、準、有、旨韻彼此相切，今以上古韻部成果視之，「頃」屬耕部，「跬」屬支部；「準」、「水」同屬微部；「有」屬之部，「羽軌切」屬幽部。

去聲四寘韻共十五例，切語與例字同韻者七例，而聲母相同佔五例。聲調相異者五例，其於三例屬去聲異韻，寘、至、未、代、霽彼此相切，今以上古韻部成果視之，「態」屬職部，「他計切」屬質部；「溉」、「居氣切」、「愛」、「許既切」同屬沒部，但分爲〔əts〕、〔i̯əts〕，介音有異。

五、微 韻

<table>
<tr><th>韻</th><th>序號</th><th>例字</th><th>直音</th><th>引書</th><th>切語</th><th>例字
歸韻</th><th>切語
歸韻</th><th>例字
聲母</th><th>切語
聲母</th></tr>
<tr><td rowspan="10">五
微</td><td>1</td><td>蕡</td><td>肥</td><td>《古》</td><td>符非切</td><td>三等合
口微韻</td><td>三等合
口微韻</td><td>奉</td><td>奉</td></tr>
<tr><td>2</td><td>匪</td><td>霏</td><td>《古》
《增》</td><td>芳微切</td><td>三等合
口尾韻</td><td>三等合
口微韻</td><td>非</td><td>敷</td></tr>
<tr><td>3</td><td>悕</td><td>希</td><td>《集》</td><td>香依切</td><td>三等開
口微韻</td><td>三等開
口微韻</td><td>曉</td><td>曉</td></tr>
<tr><td>4</td><td>俟</td><td>祈</td><td>《廣》
《五》</td><td>渠希切</td><td>三等開
口微韻</td><td>三等開
口微韻</td><td>群</td><td>群</td></tr>
<tr><td>5</td><td>磑</td><td>機</td><td>《五》</td><td>居依切</td><td>一等合
口灰韻</td><td>三等開
口微韻</td><td>疑</td><td>見</td></tr>
<tr><td>6</td><td>棐</td><td>非</td><td>《五》</td><td>甫微切</td><td>三等合
口尾韻</td><td>三等合
口微韻</td><td>敷</td><td>幫</td></tr>
<tr><td>7</td><td>驒</td><td>揮</td><td>《集》
《五》</td><td>吁韋切
許歸切</td><td>一等合
口魂韻</td><td>三等合
口微韻</td><td>匣</td><td>曉</td></tr>
<tr><td>8</td><td>魏</td><td>巍</td><td>《集》
《五》
《古》</td><td>語韋切</td><td>三等合
口未韻</td><td>三等合
口微韻</td><td>疑</td><td>疑</td></tr>
<tr><td>9</td><td>運</td><td>圍</td><td>《韻》</td><td>于非切</td><td>三等合
口問韻</td><td>三等合
口微韻</td><td>影</td><td>爲</td></tr>
<tr><td>10</td><td>幾</td><td>祈</td><td>《古》
《增》</td><td>渠希切</td><td>三等開
口微韻</td><td>三等開
口微韻</td><td>群</td><td>群</td></tr>
</table>

	11	磑	◎	《五》	居依切	一等合口灰韻	三等開口微韻	疑	見
	12	斐	◎	《古》	符非切	三等合口尾韻	三等合口微韻	敷	奉
	13	偯	◎	《集》 《五》	於希切	三等開口尾韻	三等開口微韻	影	影
	14	磑	◎	《五》 《集》	魚衣切	一等合口灰韻	三等開口微韻	疑	疑
五尾	1	依	扆	《古》	隱豈切	三等開口微韻	三等開口尾韻	影	影
	2	狶	◎	《古》	許豈切	三等開口尾韻	三等開口尾韻	曉	曉
五味	1	佛	費	《五》 《集》	芳未切	三等合口物韻	三等合口未韻	奉	敷
	2	由	沸	《集》 《五》	方未切 方味切	三等合口物韻	三等合口未韻	非	非
	3	刉	暨	《五》 《集》 《古》 《增》	其旣切	三等開口微韻	三等開口未韻	見	群
	4	威	畏	《韻》	紆胃切	三等合口微韻	三等合口未韻	影	影
	5	掣	◎	《經》	昌逝切	三等開口祭韻	三等開口祭韻	穿	穿
	6	黖	◎	《古》	於既切	三等開口志韻	三等開口未韻	影	影
	7	威	◎	《韻》	紆胃切	三等合口微韻	三等合口未韻	影	影
	8	哺	◎	《後》	孚廢切	一等合口暮韻	三等合口廢韻	並	並
	9	機	◎	《增》 《古》	其既切	三等開口微韻	三等開口未韻	見	群

平聲五微韻計十四韻字例，切語與例字同韻者四例，而聲母皆相同。聲調相異六例，其於四例爲平聲異韻關係，分與灰、微、魂韻相切，今以上古韻部成果檢視，「驒」、「揮」同屬諄部；「磑」、「機」、「居依切」、「魚依切」同屬微

部，但分爲〔uəi〕、〔i̯uəi〕，介音有異。

上聲五尾韻計二韻字例，切語與例字同韻者一例，而聲母相同。聲調相異者一例。

去聲五味韻計九韻字例，切語與例字同韻者一例，而聲母相同。聲調相異者六例，其於二例爲去聲異韻關係，分與志、未、暮、廢韻相切，今以上古上韻部成果檢視，「㸃」屬質部，「於既切」屬沒部；「哺」屬魚部，「孚廢切」屬月部。

六、魚　韻

韻	序號	例字	直音	引書	切語	例字歸韻	切語歸韻	例字聲母	切語聲母
六魚	1	蘇	蔬	《古》	山於切	一等合口模韻	三等開口魚韻	心	疏
				《集》					
				《五》	所葅切				
	2	盧	纑	《增》	龍都切	三等開口魚韻	一等合口模韻	來	來
	3	衙	魚	《古》	魚居切	三等開口魚韻	三等開口魚韻	疑	疑
	4	絮	如	《古》	人余切	三等開口御韻	三等開口魚韻	心、徹、娘	日
	5	余	徐	《集》	商居切	三等開口魚韻	三等開口魚韻	喻	審
				《五》	傷魚切				
	6	邪	徐	《韻》	詳余切	三等開口麻韻	三等開口魚韻	邪	邪
	7	去	◎	《增》	丘於切	三等開口語韻	三等開口魚韻	溪	溪
				《韻》	邱於切	三等開口遇韻			
六語	1	庶	煮	《集》	掌與切	三等開口御韻	三等開口語韻	照	照
				《五》					
	2	桃	杼	《古》	士與切	一等開口豪韻	三等開口語韻	定	牀
	3	衙	語	《增》	偶許切	三等開口語韻	三等開口語韻	疑	疑
				《古》	魚許切				
				《五》	魚巨切				

	4	貶	◎	《古》	爽阻切	三等開口語韻	三等開口語韻	疏	疏
	5	紵	◎	《古》	展呂切	三等開口語韻	三等開口語韻	澄	知
	6	者	◎	《韻》	掌與切	三等開口馬韻	三等開口語韻	照	照
	7	咎	◎	《韻》	跽許切	三等開口有韻	三等開口語韻	群	群
	8	芧	◎	《增》 《古》	象呂切	三等開口語韻	三等開口語韻	澄	邪
六御	1	椐	據	《廣》 《集》 《五》	居御切	三等開口御韻	三等開口御韻	見	見
	2	譽	豫	《五》 《廣》	羊如切 羊洳切	三等開口御韻	三等開口御韻	喻	喻
	3	迓	御	《五》	牛倨切	二等開口禡韻	三等開口御韻	疑	疑
	4	錄	慮	《古》	良橡切	三等合口燭韻	三等開口養韻	來	來
	5	舒	豫	《古》	羊茹切	三等開口魚韻	三等開口御韻	審	喻
	6	居	倨	《古》	居御切	三等開口魚韻	三等開口御韻	見	見
	7	舉	◎	《古》	居御切	三等開口語韻	三等開口御韻	見	見
	8	女	◎	《古》	尼據切	三等開口御韻	三等開口御韻	娘	娘
	9	楚	◎	《增》 《古》	創據切	三等開口御韻	三等開口御韻	初	初

平聲六魚韻計七韻字例，切語與例字同韻者二例，而聲母相同佔一例。聲調相異者二例，其於三例爲平聲異韻關係，分與魚、模、麻韻相切，今以上古韻部成果檢視，「蘇」、「蔬」同屬魚部，但分爲〔a〕、〔ri̯a〕，介音有異；「廬」、「纑」同屬魚部，但分爲〔ri̯a〕、〔a〕，介音有異；「邪」、「徐」同屬魚部，但分爲〔i̯a〕、〔ri̯a〕，介音有異。

上聲六語韻計八韻字例，切語與例字同韻者四例，而聲母相同佔二例。聲調相異者二例，其餘二例上聲異韻，分與語、馬、有韻相切，今以上古韻部成果檢視，「者」、「掌與切」同屬魚部，但分爲〔i̯a〕、〔ri̯a〕，介音有異；「咎」屬幽部，「跽許切」屬魚部。

去聲六御韻計有九韻字例，切語與例字同韻者四例，而聲母皆相同。聲調相異者四例，「迓」、「御」去聲異韻關係，禡、御韻相切，今以上古韻部成果檢視，「迓」、「御」同屬魚部，但分爲〔ra〕、〔ri̯a〕，介音有異。

七、虞　韻

韻	序號	例字	直音	引書	切語	例字歸韻	切語歸韻	例字聲母	切語聲母
七虞	1	母	模	《古》	蒙晡切	一等開口厚韻	一等合口模韻	明	明
				《集》					
				《增》	莫胡切				
				《五》					
	2	臺	胡	《增》	洪孤切	一等開口咍韻	一等合口模韻	定	匣
	3	救	拘	《集》	恭于切	三等開口宥韻	三等合口虞韻	見	見
				《五》	舉朱切				
	4	朝	株	《集》	追輸切	三等開口宵韻	三等合口虞韻	知	知
				《五》	陟輸切				
	5	皐	辜	《集》	攻乎切	一等開口豪韻	一等合口模韻	見	見
	6	杜	屠	《五》	同都切	一等合口姥韻	一等合口模韻	定	定
				《集》					
	7	余	塗	《五》	同都切	三等開口魚韻	一等合口模韻	喻	定
				《集》					
	8	幠	呼	《古》	荒胡切	一等合口模韻	一等合口模韻	曉	曉
	9	句	劬	《古》	權俱切	三等合口虞韻	三等合口虞韻	群	群
	10	懼	癯	《古》	權俱切	三等合口遇韻	三等合口虞韻	群	群

	11	鍍	塗	《廣》 《古》 《增》 《五》 《集》	同都切	一等合口模韻	一等合口模韻	定	定
	12	墓	嫫	《古》	蒙哺切	一等合口暮韻	一等合口模韻	明	明
	13	惡	烏	《古》	汪胡切	一等合口模韻	一等合口模韻	影	影
	14	著	除	《古》 《增》	陳如切	三等開口魚韻	三等開口魚韻	澄	澄
	15	武	無	《增》 《古》	微夫切	三等合口麌韻	三等合口虞韻	微	微
	16	樸	蒲	《集》	蓬逋切	一等合口模韻	一等合口模韻	並	並
	17	取	趨	《集》 《增》 《五》	逡須切 七逾切	三等合口麌韻	三等合口虞韻	清	清
	18	杅	污	《集》 《古》	雲俱切	三等合口虞韻	三等合口虞韻	爲	爲
	19	婁	盧	《洪》	淩如切	三等合口虞韻	三等開口魚韻	來	來
	20	惡	◎	《集》	荒胡切	一等合口模韻	一等合口模韻	影	曉
	21	臺	◎	《韻》	同都切	一等開口咍韻	一等合口模韻	定	定
七麌	1	蛡	詡	《集》 《五》	火羽切 况羽切	三等開口職韻	三等合口麌韻	爲	曉
	2	羽	戶	《集》 《五》	後五切 侯古切	三等合口麌韻	一等合口姥韻	爲	匣
	3	莽	姆	《古》	滿補切	一等合口姥韻	一等合口姥韻	明	明
	4	罻	侮	《五》 《古》	文甫切 罔甫切	一等合口灰韻 一等合口隊韻	三等合口麌韻	明	微

	5	埊	侮	《古》	罔甫切	一等開口豪韻 三等開口尤韻	三等合口麌韻	明	微
	6	苄	戶	《古》 《集》	後五切	一等合口姥韻	一等合口姥韻	匣	匣
	7	婁	縷	《古》	隴主切	三等合口虞韻	三等合口麌韻	來	來
	8	沽	估	《古》	果五切	一等合口姥韻	一等合口姥韻	見	見
	9	苦	古	《增》 《古》	公土切 果五切	一等合口姥韻	一等合口姥韻	溪	見
	10	土	堵	《古》	董伍切	一等合口姥韻	一等合口姥韻	透	端
	11	粗	◎	《古》	坐五切	一等合口姥韻	一等合口姥韻	從	從
	12	蒲	◎	《韻》	頗五切	一等合口模韻	一等合口姥韻	並	滂
	13	寫	◎	《韻》	洗與切	三等開口馬韻	三等開口語韻	心	心
七遇	1	斁	妒	《古》 《集》	都故切	一等合口暮韻	一等合口暮韻	端	端
	2	燭	炷	《增》	朱戍切	三等合口燭韻	三等合口遇韻	照	照
	3	婦	負	《韻》	符遇切	三等開口有韻	三等合口遇韻	奉	奉
	4	壴	注	《五》	中句切	三等合口遇韻	三等合口遇韻	知	知
	5	狙	覰	《古》	七慮切	三等開口魚韻	三等開口御韻	清	清
	6	束	◎	《古》	詩注切	三等合口燭韻	三等合口遇韻	審	審
	7	足	◎	《古》	子遇切	三等合口遇韻	三等合口遇韻	精	精
	8	朔	◎	《韻》	蘇故切	二等開口覺韻	一等合口暮韻	疏	心
	9	瞿	◎	《後》	久住切	三等合口遇韻	三等合口遇韻	見	見

	10	作	◎	《列》	即具切	一等開口箇韻	三等合口遇韻	精	精
	11	雩	◎	《增》	王遇切	三等合口虞韻	三等合口遇韻	爲	爲
				《古》					

平聲七虞韻計二十一韻字例，切語與例字同韻者共八例，而聲母相同佔七例。聲調相異者七例，其餘六例屬平聲異韻，分別與咍、模、宵、虞、豪、魚韻相切，今以上古韻部研究檢視，「臺」屬之部，「胡」、「同都切」屬魚部；「朝」屬宵部，「株」屬侯部；「臯」屬幽部，「辜」屬魚部；「余」、「塗」同屬魚部，但分爲〔ri̯a〕、〔a〕，介音有異；「婁」屬侯部，「盧」屬魚部。

上聲七麌韻計十三韻字例，切語與例字同韻者六例，而聲母相同佔三例。聲調相異者五例，其於二例屬上聲異韻例，分別與馬、麌、姥韻相切，今以上古韻部研究檢視，「羽」屬陽部，「戶」屬魚部；「寫」屬鐸部，「冼與切」屬魚部。

去聲七遇韻計十一字例，切語與例字同韻者四例，而聲母相同佔四例。聲調相異者六例，「作」、「即具切」屬去聲異韻例，箇、遇韻相切，今以上古韻部檢視，「作」屬鐸部，「即具切」屬侯部。

八、齊　韻

韻	序號	例字	直音	引書	切語	例字歸韻	切語歸韻	例字聲母	切語聲母
八齊	1	鯢	倪	《集》	研奚切	四等開口齊韻	四等開口齊韻	疑	疑
	2	蟬	提	《集》	田黎切	三等開口仙韻	四等開口齊韻	禪	定
				《五》	杜奚切				
	3	是	提	《集》	田黎切	三等開口紙韻	四等開口齊韻	禪	定
				《五》	杜奚切				
	4	折	提	《廣》	杜奚切	四等開口齊韻	四等開口齊韻	定	定
				《古》	田黎切				
	5	奚	兮	《廣》	胡雞切	四等開口齊韻	四等開口齊韻	匣	匣
				《五》					
	6	鷄	笄	《古》	堅奚切	四等開口齊韻	四等開口齊韻	見	見
	7	紙	◎	《說》	都兮切	四等開口齊韻	四等開口齊韻	端	端

<table>
<tr><td rowspan="3"></td><td>8</td><td>蠡</td><td>◎</td><td>《漢》</td><td>洛奚切</td><td>三等開口支韻</td><td>四等開口齊韻</td><td>來</td><td>來</td></tr>
<tr><td rowspan="2">9</td><td rowspan="2">卯</td><td rowspan="2">◎</td><td>《玉》</td><td rowspan="2">子兮切</td><td rowspan="2">二等開口巧韻</td><td rowspan="2">四等開口齊韻</td><td rowspan="2">明</td><td rowspan="2">精</td></tr>
<tr><td>《增》</td></tr>
<tr><td rowspan="16">八薺</td><td rowspan="3">1</td><td rowspan="3">卯</td><td rowspan="3">濟</td><td>《廣》</td><td rowspan="3">子禮切</td><td rowspan="3">二等開口巧韻</td><td rowspan="3">四等開口薺韻</td><td rowspan="3">明</td><td rowspan="3">精</td></tr>
<tr><td>《集》</td></tr>
<tr><td>《五》</td></tr>
<tr><td>2</td><td>提</td><td>抵</td><td>《古》</td><td>典禮切</td><td>四等開口薺韻</td><td>四等開口薺韻</td><td>端</td><td>端</td></tr>
<tr><td rowspan="4">3</td><td rowspan="4">彌</td><td rowspan="4">敉</td><td>《集》</td><td rowspan="2">母婢切</td><td rowspan="4">三等開口支韻</td><td rowspan="4">三等開口紙韻</td><td rowspan="4">明</td><td rowspan="4">明</td></tr>
<tr><td>《古》</td></tr>
<tr><td>《五》</td><td>綿婢切</td></tr>
<tr><td>《增》</td><td>緜婢切</td></tr>
<tr><td>4</td><td>掜</td><td>擬</td><td>《古》</td><td>吾禮切</td><td>四等開口薺韻</td><td>四等開口薺韻</td><td>疑</td><td>疑</td></tr>
<tr><td>5</td><td>泥</td><td>濔</td><td>《古》</td><td>乃禮切</td><td>四等開口薺韻</td><td>四等開口薺韻</td><td>泥</td><td>泥</td></tr>
<tr><td rowspan="2">6</td><td rowspan="2">䭲</td><td rowspan="2">啓</td><td>《集》</td><td>遣禮切</td><td rowspan="2">四等開口薺韻</td><td rowspan="2">四等開口薺韻</td><td rowspan="2">溪</td><td rowspan="2">溪</td></tr>
<tr><td>《五》</td><td>康禮切</td></tr>
<tr><td>7</td><td>洒</td><td>洗</td><td>《古》</td><td>山禮切</td><td>四等開口薺韻</td><td>四等開口薺韻</td><td>心</td><td>疏</td></tr>
<tr><td>8</td><td>柅</td><td>◎</td><td>《周》</td><td>乃李切</td><td>三等開口旨韻</td><td>三等開口止韻</td><td>娘</td><td>泥</td></tr>
<tr><td rowspan="2">9</td><td rowspan="2">掜</td><td rowspan="2">◎</td><td>《玉》</td><td rowspan="2">吾禮切</td><td rowspan="2">四等開口薺韻</td><td rowspan="2">四等開口薺韻</td><td rowspan="2">疑</td><td rowspan="2">疑</td></tr>
<tr><td>《古》</td></tr>
<tr><td rowspan="8">八霽</td><td rowspan="2">1</td><td rowspan="2">决</td><td rowspan="2">桂</td><td>《集》</td><td>涓惠切</td><td rowspan="2">四等合口屑韻</td><td rowspan="2">四等合口霽韻</td><td rowspan="2">見</td><td rowspan="2">見</td></tr>
<tr><td>《五》</td><td>古惠切</td></tr>
<tr><td rowspan="2">2</td><td rowspan="2">[illegible]</td><td rowspan="2">霽</td><td>《五》</td><td rowspan="2">子計切</td><td rowspan="2">四等開口霽韻</td><td rowspan="2">四等開口霽韻</td><td rowspan="2">精</td><td rowspan="2">精</td></tr>
<tr><td>《集》</td></tr>
<tr><td rowspan="2">3</td><td rowspan="2">祭</td><td rowspan="2">瘵</td><td>《廣》</td><td rowspan="2">側界切</td><td rowspan="2">三等開口祭韻</td><td rowspan="2">二等開口怪韻</td><td rowspan="2">精</td><td rowspan="2">莊</td></tr>
<tr><td>《五》</td></tr>
<tr><td rowspan="2">4</td><td rowspan="2">帠</td><td rowspan="2">詣</td><td>《增》</td><td rowspan="2">研計切</td><td rowspan="2">四等開口霽韻</td><td rowspan="2">四等開口霽韻</td><td rowspan="2">疑</td><td rowspan="2">疑</td></tr>
<tr><td>《古》</td></tr>
</table>

<table>
<tr><td rowspan="16"></td><td rowspan="3">5</td><td rowspan="3">淚</td><td rowspan="3">麗</td><td>《五》</td><td rowspan="3">郎計切</td><td rowspan="3">三等合口至韻</td><td rowspan="3">四等開口霽韻</td><td rowspan="3">來</td><td rowspan="3">來</td></tr>
<tr><td>《集》</td></tr>
<tr><td>《古》</td></tr>
<tr><td rowspan="2">6</td><td rowspan="2">盻</td><td rowspan="2">系</td><td>《增》</td><td rowspan="2">胡計切</td><td rowspan="2">四等開口霽韻</td><td rowspan="2">四等開口霽韻</td><td rowspan="2">匣</td><td rowspan="2">匣</td></tr>
<tr><td>《古》</td></tr>
<tr><td>7</td><td>列</td><td>◎</td><td>《經》</td><td>祿計切</td><td>三等開口薛韻</td><td>四等開口霽韻</td><td>來</td><td>來</td></tr>
<tr><td>8</td><td>毳</td><td>◎</td><td>《史》</td><td>子芮切</td><td>三等合口祭韻</td><td>三等合口祭韻</td><td>清</td><td>精</td></tr>
<tr><td rowspan="3">9</td><td rowspan="3">殺</td><td rowspan="3">◎</td><td>《漢》</td><td rowspan="3">所例切</td><td rowspan="3">二等合口怪韻</td><td rowspan="3">三等開口祭韻</td><td rowspan="3">疏</td><td rowspan="3">疏</td></tr>
<tr><td>《經》</td></tr>
<tr><td>《古》</td></tr>
<tr><td rowspan="2">10</td><td rowspan="2">逮</td><td rowspan="2">◎</td><td>《經》</td><td rowspan="2">大計切</td><td rowspan="2">四等開口霽韻</td><td rowspan="2">四等開口霽韻</td><td rowspan="2">定</td><td rowspan="2">定</td></tr>
<tr><td>《古》</td></tr>
</table>

平聲八齊韻計九例，切語與例字同韻五例，而聲母相同佔五例。聲調相異二例，其餘二例屬平聲異韻關係，分別與支、齊、仙韻相切，今以上古韻部研究檢視，「蟬」薯元部，「提」屬支部；「蠡」屬歌部，「洛奚切」屬支部。

上聲八薺韻計九例，切語與例字同韻六例，而聲母相同佔五例。聲調相異一例，其餘二例屬上聲異韻關係，分別與薺、巧、止、旨韻相切，今以上古韻部檢視，「卯」屬幽部，「濟」屬脂部；「柅」屬脂部，「乃李切」屬之部。

去聲霽韻計十例，切語與例字同韻五例，而聲母相同佔四例。聲調相異二例，其餘三例屬去聲異韻關係，分別與霽、祭、怪、至韻相切，今以上古韻部研究檢視，「祭」、「瘵」、「殺」、「所例切」同屬月部；「淚」屬質部，「麗」屬歌部。

九、泰　韻

<table>
<tr><th>韻</th><th>序號</th><th>例字</th><th>直音</th><th>引書</th><th>切語</th><th>例字歸韻</th><th>切語歸韻</th><th>例字聲母</th><th>切語聲母</th></tr>
<tr><td rowspan="5">九泰</td><td rowspan="2">1</td><td rowspan="2">栽</td><td rowspan="2">在</td><td>《古》</td><td rowspan="2">昨代切</td><td rowspan="2">一等開口代韻</td><td rowspan="2">一等開口代韻</td><td rowspan="2">從</td><td rowspan="2">從</td></tr>
<tr><td>《增》</td></tr>
<tr><td rowspan="3">2</td><td rowspan="3">兌</td><td rowspan="3">娧</td><td>《集》</td><td rowspan="2">吐外切</td><td rowspan="3">一等合口泰韻</td><td rowspan="3">一等合口泰韻</td><td rowspan="3">定</td><td rowspan="3">透</td></tr>
<tr><td>《古》</td></tr>
<tr><td>《五》</td><td>他外切</td></tr>
</table>

3	刉	蓋	《集》	居太切	一等開口歌韻	一等開口泰韻	見	見
4	渴	愒	《五》	苦蓋切	一等開口曷韻	一等開口泰韻	溪	溪
5	叢	倅	《五》	祖外切	一等開口東韻	一等合口泰韻	從	精
6	厲	賴	《五》 《集》 《古》 《增》	落蓋切	三等開口祭韻	一等開口泰韻	來	來
7	黴	昧	《集》 《五》	蒲蓋切 莫貝切	三等開口脂韻	一等開口泰韻	明	並
8	椒	◎	《集》 《增》 《五》 《古》	祖外切	一等開口厚韻	一等合口泰韻	心	精
9	祋	◎	《說》 《廣》 《五》 《漢》 《後》	丁外切	一等合口泰韻	一等合口泰韻	端	端
10	稅	◎	《經》 《增》	他外切	三等合口祭韻	一等合口泰韻	審	透
11	兊	◎	《集》 《增》 《古》 《詩》 《經》	吐外切	一等合口泰韻	一等合口泰韻	定	透
12	嬒	◎	《說》 《五》	古外切	一等合口泰韻	一等合口泰韻	影	見
13	儈	◎	《廣》 《五》	古外切	一等合口泰韻	一等合口泰韻	見	見
14	渒	◎	《集》 《五》	普蓋切	三等開口至韻	一等開口泰韻	滂	滂

去聲泰韻字計十四韻字例，切語與例字同韻者六例，而聲母相同佔三例。聲調相異者四例，其餘四例爲去聲異韻關係，分別與泰、祭、厚、至相切，今以上古韻部研究檢視，「厲」、「賴」同屬月部，但分爲〔i̯at〕、〔ats〕，介音、韻尾皆不同；「棷」屬侯部，「祖外切」屬月部；「稅」與「他外切」同屬月部，但分爲〔i̯uats〕、〔uats〕，介音有異；「淠」屬沒部，「普蓋切」屬月部。

十、佳　韻

韻	序號	例字	直音	引書	切語	例字歸韻	切語歸韻	例字聲母	切語聲母
九佳	1	倪	涯	《集》	宜佳切	四等開口齊韻	二等開口佳韻	疑	疑
				《五》	五佳切				
	2	顏	崖	《增》	宜佳切	二等開口刪韻	二等開口佳韻	疑	疑
	3	貍	◎	《經》	亡皆切	三等開口之韻	二等開口皆韻	來	微
九蟹	1	斯	◎	《古》	所綺切	三等開口支韻	三等開口紙韻	心	疏
	2	躧	◎	《文》	所解切	二等開口蟹韻	二等開口蟹韻	疏	疏
十卦	1	責	債	《古》 《增》	側賣切	二等開口麥韻	二等開口卦韻	莊	莊
	2	薊	芥	《五》	古隘切	四等開口霽韻	二等開口卦韻	見	見
	3	柴	寨	《增》	土邁切	二等開口佳韻	二等合口夬韻	牀	透
	4	嘬	◎	《五》	倉夬切	二等合口夬韻	二等合口夬韻	初	清
	5	排	◎	《後》	蒲拜切	二等開口皆韻	二等開口怪韻	並	並
	6	嗄	◎	《集》 《增》 《經》	於邁切	二等開口夬韻	二等合口夬韻	影	影
	7	吴	◎	《增》 《古》	戶快切	二等合口禡韻	二等合口夬韻	匣	匣

平聲九佳韻計三韻字例，皆屬平聲異韻關係，分別與佳、齊、之、皆韻相切，今以上古韻部研究檢視，「倪」、「涯」同屬支部，但分爲〔iɐ〕、〔rɐ〕，介音有異；「顏」屬元部，「崖」屬支部；「貍」屬之部，「亡皆切」屬脂部。

上聲蟹韻計二韻字例，切語與例字同韻者一例，屬聲母相同。聲調相異者一例。

去聲卦韻計七韻字例，切語與例字同韻者一例，且聲母不同。聲調相異者三例，其餘三例爲去聲異韻，分別與卦、麥、夬、禡韻相切，今以上古韻部研究檢視，「薊」、「芥」同屬月部，但二開卦韻應歸錫部；「嗄」屬魚部，「於邁切」屬月部；「吴」屬歌部，「戶快切」屬月部。

十一、灰　韻

韻	序號	例字	直音	引書	切語	例字歸韻	切語歸韻	例字聲母	切語聲母
十灰	1	每	煤	《古》	謀梧切	一等合口賄韻	一等合口灰韻	明	明
				《增》	謨杯切	一等合口隊韻			
	2	跆	臺	《古》	堂来切	一等開口咍韻	一等開口咍韻	定	定
	3	負	陪	《五》	薄回切	三等開口有韻	一等合口灰韻	奉	並
	4	詒	臺	《集》	堂來切	一等開口海韻	一等開口咍韻	定	定
				《五》	徒哀切				
	5	治	台	《集》	湯來切	三等開口之韻	一等開口咍韻	澄	透
				《五》	土來切				
	6	焞	推	《韻》	吐雷切	三等合口諄韻	一等合口灰韻	禪	透
	7	採	◎	《說》	倉宰切	一等開口海韻	一等開口海韻	清	清
十賄	1	駘	迨	《五》	徒亥切	一等開口海韻	一等開口海韻	定	定
				《廣》					
	2	崽	宰	《五》	作亥切	二等開口皆韻 二等開口佳韻	一等開口海韻	疏	精

	3	沬	頮	《增》	呼內切	一等合口隊韻	一等合口隊韻	曉	曉
	4	菩	◎	《說》	步乃切	一等開口海韻	一等開口海韻	並	並
	5	回	◎	《漢》	胡悔切	一等合口灰韻	一等合口賄韻	匣	匣
十一隊	1	味	昧	《五》 《集》	莫佩切	三等合口未韻	一等合口隊韻	微	明
	2	媒	昧	《古》 《增》	莫佩切	一等合口灰韻	一等合口隊韻	明	明
	3	栽	載	《古》 《增》	昨代切	一等開口代韻	一等開口代韻	從	從
	4	敦	對	《古》 《增》	都內切	一等合口灰韻	一等合口隊韻	端	端
	5	沒	昧	《集》	莫佩切	一等合口沒韻	一等合口隊韻	明	明
	6	沕	昧	《古》	莫佩切	三等合口物韻	一等合口隊韻	微	明
	7	荳	潰	《廣》 《增》 《五》 《古》	胡對切	一等合口隊韻	一等合口隊韻	匣	匣
	8	訊	碎	《韻》	息悴切	三等開口震韻	三等合口至韻	心	心
	9	孛	背	《古》	蒲妹切	一等合口隊韻	一等合口隊韻	並	並
	10	鼜	◎	《繫》	大妹切	一等合口隊韻	一等合口末韻	定	定
	11	竄	◎	《韻》	七外切	一等合口換韻	一等合口泰韻	清	清
	12	蒯	◎	《韻》	苦對切	二等合口怪韻	一等合口隊韻	溪	溪
	13	卒	◎	《韻》	將遂切	一等合口沒韻	三等合口至韻	精	精

平聲十灰韻計七韻字例，切語與例字同韻者二例，而聲母皆相同。聲調相異者三，其餘二例屬平聲異韻關係，今以上古韻部研究檢視，「治」、「台」同屬之部，但分爲〔i̯ə〕、〔ə〕，介音有異；「焞」屬諄部，「推」屬微部。

上聲十賄韻計五韻字例，切語與例字同韻者三例，而聲母皆相同。其餘二例屬聲調相異。

去聲十一隊韻計十三韻字例，切語與例字同韻者三例，而聲母皆相同。聲調相異者六例，其餘四例屬去聲異韻，分別與隊、未、震、至、換、泰、怪、隊韻相切，今以上古韻部研究檢視，「味」、「昧」同屬沒部，但分爲〔i̯uəts〕、〔uəts〕，介音有異；「訊」屬諄部，「碎」屬沒部；「竄」屬元部，「七外切」屬月部；「蒯」、「苦對切」同屬沒部。

十二、真　韻

韻	序號	例字	直音	引書	切語	例字歸韻	切語歸韻	例字聲母	切語聲母
十一眞	1	振	眞	《古》	之人切	三等開口眞韻	三等開口眞韻	照	照
	2	粈	莘	《古》 《五》	疏臻切 所臻切	二等開口臻韻	二等開口臻韻	疏	疏
	3	龜	僎	《集》 《五》	俱倫切 居筠切	三等合口脂韻	三等合口諄韻	見	見
	4	眴	旬	《集》 《五》	松倫切 詳遵切	四等合口銑韻	三等合口諄韻	見	邪
	5	蜧	淪 淪	《集》 《五》	龍春切 力迍切	四等開口霽韻	三等合口諄韻	來	來
	6	信	申	《增》	升人切	三等開口震韻	三等開口眞韻	心	審
	7	言	誾	《增》	魚巾切	三等開口元韻	三等開口眞韻	疑	疑
	8	震	珍	《增》	之人切	三等開口震韻	三等開口眞韻	照	照
	9	尹	筠	《古》	于倫切	三等合口準韻	三等合口諄韻	喻	爲

	10	塡	陳	《韻》	池鄰切	四等開口先韻	三等開口眞韻	定	澄
	11	甸	陳	《韻》	池鄰切	四等開口霰韻	三等開口眞韻	定	澄
	12	玟	珉	《增》	彌鄰切	一等合口灰韻	三等開口眞韻	明	明
				《古》	眉貧切				
	13	旦	神	《增》	乘人切	一等開口翰韻	三等開口眞韻	端	神
				《古》					
	14	天	◎	《五》	汀因切	四等開口先韻	三等開口眞韻	透	透
十一軫	1	盡	儘	《增》	即忍切	三等開口軫韻	三等開口軫韻	精	精
				《古》	子忍切				
	2	沴	軫	《集》	止忍切	四等開口霽韻	三等開口軫韻	來	照
				《五》	章忍切				
	3	敦	準	《集》	主尹切	一等合口魂韻	三等合口準韻	端	照
				《五》	之尹切				
	4	巾	巹	《五》	姜螼切	三等開口眞韻	三等開口軫韻	見	見
	5	春	◎	《經》	出允切	三等合口諄韻	三等合口準韻	穿	穿
	6	水	◎	《韻》	式允切	三等合口旨韻	三等合口準韻	審	審
	7	純	◎	《廣》	之尹切	三等合口準韻	三等合口準韻	照	照
				《增》					
				《五》					
				《古》					
				《新》					
十二震	1	塡	鎮	《古》	陟刃切	三等開口震韻	三等開口震韻	知	知
	2	申	信	《集》	思晉切	三等開口眞韻	三等開口震韻	審	心
				《增》					
				《五》	息晉切				
	3	脣	震	《集》	之刃切	三等合口諄韻	三等開口震韻	神	照
				《五》	章刃切				

	4	賔	儐	《五》	直刃切	三等開口眞韻	三等開口震韻	幫	澄
	5	薦	進	《增》	即刃切	四等開口霰韻	三等開口震韻	精	精
				《古》					
	6	洒	汛	《古》	思晉切	四等開口薺韻	三等開口震韻	心	心

平聲十一眞韻計十四韻字例，切語與例字同韻者二例，聲母皆相同。聲調相異者七例，其餘五例爲平聲異韻關係，分別與眞、脂、諄、元、先、灰韻相切，今以上古韻部研究檢視，「龜」屬之部，「僎」屬元部；「言」屬元部，「誾」屬諄部；「塡」、「陳」同屬眞部，但分爲〔iɐn〕、〔^{i}ɐn〕，介音有異；「玟」屬諄部，「珉」屬眞部；「天」、「汀因切」同屬眞部，但亦分爲〔iɐn〕、〔i̯ɐn〕之介音差異。

上聲十一軫韻計七韻字例，切語與例字同韻者二例，聲母皆相同。聲調相異者四例，「水」字屬上聲異韻關係，旨、準韻相切，今以上古韻部檢視，「水」屬微部，「式允切」屬諄部。

去聲十二震韻計有六韻字例，切語與例字同韻者一例，屬聲母相同。聲調相異者四例，其餘「薦」字屬去聲異韻關係，分別與震、霰韻相切，今以上古韻部檢視，「薦」屬諄部，「進」屬眞部。

十三、文　韻

韻	序號	例字	直音	引書	切語	例字歸韻	切語歸韻	例字聲母	切語聲母
十二文	1	弅	分	《五》	符分切	三等合口吻韻	三等合口文韻	奉	奉
				《集》					
	2	賁	墳	《古》	符汾切	三等合口文韻	三等合口文韻	奉	奉
	3	頒	汾	《增》	符分切	三等合口文韻	三等合口文韻	奉	奉
	4	煇	熏	《集》	許云切	一等合口魂韻	三等合口文韻	匣	曉
				《五》					
	5	矜	勤	《增》	渠斤切	三等開口欣韻	三等開口欣韻	群	群

	6	蘊	熅	《古》	於云切	三等合口文韻	三等合口文韻	影	影
	7	匪	分	《古》	方文切	三等合口尾韻	三等合口文韻	非	非
	8	卷	◎	《五》 《集》	丘云切	三等合口仙韻	三等合口文韻	群	溪
十二吻	1	抎	隕	《古》	羽粉切	三等合口吻韻	三等合口吻韻	爲	爲
	2	頎	懇	《增》 《古》	口很切	三等開口微韻	一等開口很韻	群	溪
	3	蹲	◎	《五》	才本切	一等合口魂韻	一等合口混韻	從	從
十三問	1	員	運	《古》	王問切	三等合口問韻	三等合口問韻	爲	爲
	2	溫	蘊	《增》	於問切	一等合口魂韻	三等合口問韻	影	影
	3	馴	訓	《古》	吁運切	三等合口諄韻	三等合口問韻	邪	曉
	4	謴	◎	《五》	古困切	一等合口慁韻	一等合口慁韻	見	見
	5	錞	◎	《山》	章閏切	一等合口隊韻	三等合口稕韻	定	照

平聲十二文韻計八韻字例，切語與例字同韻者四例，聲母皆相同。聲調相異二例，其餘二例屬平聲異韻關係，分別與文、魂、仙韻相切，「煇」、「熏」同屬諄部，但分爲〔uən〕、〔i̯uən〕，介音有異；「卷」屬元部，「丘云切」屬諄部。

上聲十二吻韻計三韻字例，切語與例字同韻者一例，屬聲母相同。其餘二例聲調相異。

去聲十三問計五韻字例，切語與例字同韻者二例，聲母皆相同。聲調相異二例，「錞」、「章閏切」屬去聲異韻關係，稕、隊韻相切，今以上古韻部研究檢視，皆屬諄部。

十四、元　韻

<table>
<tr><th>韻</th><th>序號</th><th>例字</th><th>直音</th><th>引書</th><th>切語</th><th>例字
歸韻</th><th>切語
歸韻</th><th>例字
聲母</th><th>切語
聲母</th></tr>
<tr><td rowspan="17">十三元</td><td rowspan="2">1</td><td rowspan="2">肎</td><td rowspan="2">跟</td><td>《集》</td><td>胡恩切</td><td rowspan="2">三等開
口先韻</td><td rowspan="2">一等開
口痕韻</td><td rowspan="2">見</td><td rowspan="2">匣</td></tr>
<tr><td>《五》</td><td>戶恩切</td></tr>
<tr><td>2</td><td>嬔</td><td>翻</td><td>《集》</td><td>孚袁切</td><td>三等合
口願韻</td><td>三等合
口元韻</td><td>敷</td><td>敷</td></tr>
<tr><td rowspan="2">3</td><td rowspan="2">宣</td><td rowspan="2">暄</td><td>《集》</td><td>許元切</td><td rowspan="2">三等合
口仙韻</td><td rowspan="2">三等合
口元韻</td><td rowspan="2">心</td><td rowspan="2">曉</td></tr>
<tr><td>《五》</td><td>況袁切</td></tr>
<tr><td rowspan="5">4</td><td rowspan="5">阮</td><td rowspan="5">原</td><td>《集》</td><td rowspan="5">愚袁切</td><td rowspan="5">三等合
口元韻</td><td rowspan="5">三等合
口元韻</td><td rowspan="5">疑</td><td rowspan="5">疑</td></tr>
<tr><td>《廣》</td></tr>
<tr><td>《五》</td></tr>
<tr><td>《增》</td></tr>
<tr><td>《古》</td></tr>
<tr><td>5</td><td>苑</td><td>鴛</td><td>《集》</td><td>於袁切</td><td>三等合
口阮韻</td><td>三等合
口元韻</td><td>影</td><td>影</td></tr>
<tr><td>6</td><td>幡</td><td>翻</td><td>《古》</td><td>孚袁切</td><td>三等合
口元韻</td><td>三等合
口元韻</td><td>敷</td><td>敷</td></tr>
<tr><td>7</td><td>賁</td><td>翻</td><td>《集》</td><td>孚袁切</td><td>一等合
口魂韻</td><td>三等合
口元韻</td><td>幫</td><td>敷</td></tr>
<tr><td>8</td><td>暖</td><td>暄</td><td>《增》</td><td>許元切</td><td>一等合
口緩韻</td><td>三等合
口元韻</td><td>泥</td><td>曉</td></tr>
<tr><td rowspan="2">9</td><td rowspan="2">緼</td><td rowspan="2">溫</td><td>《廣》</td><td rowspan="2">烏渾切</td><td rowspan="2">一等合
口魂韻</td><td rowspan="2">一等合
口魂韻</td><td rowspan="2">影</td><td rowspan="2">影</td></tr>
<tr><td>《五》</td></tr>
<tr><td>10</td><td>昆</td><td>魂</td><td>《古》</td><td>胡昆切</td><td>一等合
口魂韻</td><td>一等合
口魂韻</td><td>見</td><td>匣</td></tr>
<tr><td rowspan="5">十三阮</td><td>1</td><td>楗</td><td>蹇</td><td>《古》</td><td>紀偃切</td><td>三等開
口阮韻</td><td>三等開
口阮韻</td><td>群</td><td>見</td></tr>
<tr><td>2</td><td>頎</td><td>懇</td><td>《增》</td><td>口很切</td><td>三等開
口微韻</td><td>一等開
口很韻</td><td>群</td><td>溪</td></tr>
<tr><td>3</td><td>圈</td><td>捲</td><td>《五》</td><td>求晚切</td><td>三等合
口阮韻</td><td>三等合
口阮韻</td><td>群</td><td>群</td></tr>
<tr><td rowspan="2">4</td><td rowspan="2">鄘</td><td rowspan="2">偃</td><td>《五》</td><td rowspan="2">於殄切</td><td rowspan="2">四等開
口霰韻</td><td rowspan="2">四等開
口銑韻</td><td rowspan="2">影</td><td rowspan="2">影</td></tr>
<tr><td>《集》</td></tr>
</table>

	5	頵	◎	《文》	丘隕切	三等開口眞韻	三等開口軫韻	見	溪
十四願	1	鮮	獻	《增》	許建切	三等開口線韻	三等開口願韻	心	曉
	2	耎	◎	《說》 《玉》 《六》 《廣》 《集》 《增》 《五》 《古》	奴困切	三等合口獮韻	一等合口慁韻	日	泥

平聲十三元韻計十韻字例，切語與例字同韻者四例，而聲母相同佔三例。聲調相異三例，其餘三例屬平聲異韻關係，分別與元、仙、先、痕、魂韻相切，今上古韻部研究檢視，「肩」屬元部，「跟」屬諄部；「宣」、「暄」同屬元部，但分爲〔i̯uan〕、〔ri̯uan〕，介音有異；「賁」屬諄部，「翻」屬元部。

上聲十三阮韻計五韻字例，切語與例字同韻者二例，而聲母相同佔一例。其餘三例屬聲調相異。

去聲十四願韻計二韻字例，「耎」例聲調相異，「鮮」、「獻」去聲異韻關係，與線、願韻相切，今以上古韻部研究檢視，同爲元部，但分爲〔ian〕、〔i̯ian〕之介音差異。

十五、寒　韻

韻	序號	例字	直音	引書	切語	例字歸韻	切語歸韻	例字聲母	切語聲母
十四寒	1	漢	灘	《五》 《集》	他干切	一等開口翰韻	一等開口寒韻	曉	透
	2	皤	盤	《五》	薄官切	一等合口戈韻	一等合口桓韻	並	並
	3	奸	干	《古》 《增》	居寒切	一等開口寒韻	一等開口寒韻	匣	見
	4	但	彈	《古》	唐干切	一等開口寒韻	一等開口寒韻	定	定

	5	汗	干	《五》	古寒切	一等開口寒韻	一等開口寒韻	定	見
	6	敦	團	《古》	徒官切	一等合口魂韻	一等合口桓韻	定	定
	7	樊	◎	《經》	步干切	三等合口元韻	一等開口寒韻	奉	並
	8	聚	◎	《經》	才官切	三等合口虁韻 三等合口遇韻	一等合口桓韻	從	從
	9	竄	◎	《集》 《五》	七丸切	一等合口換韻	一等合口桓韻	清	清
	10	爨	◎	《集》 《五》	七丸切	一等合口換韻	一等合口桓韻	清	清
十四旱	1	輠	緩	《集》	戶管切	一等合口果韻	一等合口緩韻	匣	匣
				《五》	胡管切				
	2	並	伴	《古》 《集》	部滿切	四等合口迥韻	一等合口緩韻	並	並
				《五》	蒲管切				
	3	竿	笴	《古》	古旱切	一等開口寒韻	一等開口旱韻	見	見
	4	般	◎	《古》	逋坦切	一等合口桓韻	一等開口旱韻	幫	幫
	5	笴	◎	《古》	古旱切	一等開口旱韻	一等開口旱韻	見	見
十五翰	1	干	幹	《集》	居案切	一等開口寒韻	一等開口翰韻	見	見
				《五》	古案切				
	2	姅	半	《集》	博漫切	一等合口換韻	一等合口換韻	幫	幫
	3	个	幹	《古》	居案切	一等開口箇韻	一等開口翰韻	見	見
	4	懽	◎	《說》	古玩切	一等合口換韻	一等合口換韻	見	見

平聲十四寒韻計十韻字例，切語與例字同韻者三例，而聲母相同佔一例。聲調相異者四例，其餘三例屬平聲異韻關係，分別與寒、元、戈、桓、魂韻相切，今以上古韻部研究檢視，「皤」、「盤」屬元部；「敦」屬諄部，「團」屬元部。「樊」、「步干切」屬元部，但分為〔ri̯uan〕，〔an〕，介音有異。

上聲十四旱韻計五韻字例，切語與例字同韻者一例，屬聲母相同。聲調相異者二例，其餘二例屬上聲異韻關係，分別與果、緩、迥韻相切，今以上古韻部研究檢視，「輠」屬歌部，「緩」屬元部；「並」屬耕部，「伴」屬元部。

去聲十五翰韻計四例，切語與例字同韻者二例，而聲母皆相同。聲調相異者一例，「个」例屬去聲異韻關係，箇、翰韻相切，今以上古韻部研究檢視，「个」屬魚部，「翰」屬元部。

十六、刪　韻

韻	序號	例字	直音	引書	切語	例字歸韻	切語歸韻	例字聲母	切語聲母
十五刪	1	綸	關	《五》	古還切	二等合口山韻	二等合口刪韻	見	見
	2	須	頒	《古》	逋還切	三等合口虞韻	二等合口刪韻	心	幫
				《增》					
				《集》					
				《五》	布還切				
	3	劃	還	《五》	獲頑切	二等合口刪韻	二等合口刪韻	匣	匣
	4	患	環	《古》	胡關切	二等合口諫韻	二等合口刪韻	匣	匣
				《增》					
	5	貫	彎	《集》	烏關切	一等合口桓韻	二等合口刪韻	見	影
				《古》					
	6	關	彎	《增》	烏還切	二等合口刪韻	二等合口刪韻	見	影
				《古》	烏關切				
	7	卑	頒	《集》	逋還切	三等開口支韻	二等合口刪韻	幫	幫
十五潸	1	㬎	赧	《集》	乃版切	二等開口潸韻	二等合口潸韻	泥	泥
	2	典	殄	《古》	徒典切	四等開口銑韻	四等開口銑韻	端	定
				《增》					

<table>
<tr><td rowspan="5"></td><td>3</td><td>轏</td><td>棧</td><td>《古》</td><td>任限切</td><td>二等開口產韻</td><td>二等開口產韻</td><td>牀</td><td>日</td></tr>
<tr><td rowspan="2">4</td><td rowspan="2">閒</td><td rowspan="2">簡</td><td>《集》</td><td>賈限切</td><td>二等開口襉韻</td><td rowspan="2">二等開口產韻</td><td rowspan="2">見</td><td rowspan="2">見</td></tr>
<tr><td>《五》</td><td>古限切</td><td>二等開口山韻</td></tr>
<tr><td rowspan="2">5</td><td rowspan="2">棧</td><td rowspan="2">戔</td><td>《五》</td><td rowspan="2">阻限切</td><td rowspan="2">二等開口產韻</td><td rowspan="2">二等開口產韻</td><td rowspan="2">牀</td><td rowspan="2">莊</td></tr>
<tr><td>《集》</td></tr>
<tr><td rowspan="13">十六諫</td><td rowspan="5">1</td><td rowspan="5">轘</td><td rowspan="5">患</td><td>《廣》</td><td rowspan="5">胡慣切</td><td rowspan="5">二等合口諫韻</td><td rowspan="5">二等合口諫韻</td><td rowspan="5">匣</td><td rowspan="5">匣</td></tr>
<tr><td>《五》</td></tr>
<tr><td>《集》</td></tr>
<tr><td>《增》</td></tr>
<tr><td>《古》</td></tr>
<tr><td>2</td><td>環</td><td>宦</td><td>《古》</td><td>胡慣切</td><td>二等合口刪韻</td><td>二等合口諫韻</td><td>匣</td><td>匣</td></tr>
<tr><td>3</td><td>前</td><td>◎</td><td>《經》</td><td>子踐切</td><td>四等開口先韻</td><td>三等開口獮韻</td><td>從</td><td>精</td></tr>
<tr><td>4</td><td>盼</td><td>◎</td><td>《古》</td><td>匹莧切</td><td>二等開口襉韻</td><td>二等開口襉韻</td><td>滂</td><td>滂</td></tr>
<tr><td>5</td><td>帴</td><td>◎</td><td>《說》</td><td>所八切</td><td>三等開口獮韻</td><td>二等開口黠韻</td><td>精</td><td>疏</td></tr>
<tr><td rowspan="3">6</td><td rowspan="3">羼</td><td rowspan="3">◎</td><td>《玉》</td><td rowspan="3">初莧切</td><td rowspan="3">二等開口諫韻</td><td rowspan="3">二等開口襉韻</td><td rowspan="3">初</td><td rowspan="3">初</td></tr>
<tr><td>《集》</td></tr>
<tr><td>《五》</td></tr>
</table>

平聲十五刪計七韻字例，切語與例字同韻二例，而聲母相同佔一例。聲調相異一例，其餘四例屬平聲異韻關係，分別與刪、山、桓、支韻相切，今以上古韻部研究檢視，「綸」屬諄部，「關」屬元部；「須」屬侯部，「頒」屬諄部；「貫」、「彎」屬元部，但爲〔uan〕、〔ruan〕之分別；「卑」屬支部，「頒」屬諄部。

上聲十五潸韻計五韻字例，切語與例字同韻三例，聲母皆異。聲調相異一例，「赧」、「鬜」上聲異韻，今以上古韻部研究檢視，同屬元部。

去聲十六諫韻計六韻字例，切語與例字同韻二例，聲母皆相同。聲調相異三例，「羼」、「初莧切」去聲異韻，襉、諫韻相切，今以上古韻部研究檢視，同屬元部。

十七、先　韻

韻	序號	例字	直音	引書	切語	例字歸韻	切語歸韻	例字聲母	切語聲母
一先	1	輇	筌	《增》	且緣切	三等合口仙韻	三等合口仙韻	禪	清
	2	竣	筌	《集》	逡緣切	三等合口諄韻	三等合口仙韻	清	清
				《五》	此緣切				
				《增》	且緣切				
	3	鋑	筌	《古》	逡緣切	三等合口諄韻	三等合口仙韻	清	清
				《五》	此緣切				
	4	純	全	《古》	從緣切	三等合口諄韻	三等合口仙韻	禪	從
				《集》					
				《五》	疾緣切				
	5	闉	烟	《集》	因蓮切	三等開口眞韻	四等開口先韻	影	影
	6	泠	憐	《集》	靈年切	四等開口青韻	四等開口先韻	來	來
				《五》	落賢切				
	7	零	連	《古》	靈年切	四等開口先韻	四等開口先韻	來	來
	8	允	鉛	《五》	與專切	三等合口準韻	三等合口仙韻	喻	喻
	9	卷	權	《古》	逵員切	三等合口仙韻	三等合口仙韻	群	群
	10	顛	田	《增》	亭年切	四等開口先韻	四等開口先韻	端	定
	11	瞑	眠	《增》	莫堅切	四等開口先韻	四等開口先韻	明	明
	12	麉	堅	《集》	經天切	四等開口先韻	四等開口先韻	見	見
				《古》					
	13	婘	拳	《古》	逵員切	三等合口仙韻	三等合口仙韻	群	群
				《增》					
	14	捲	拳	《古》	逵員切	三等合口仙韻	三等合口仙韻	群	群
	15	單	蟬	《古》	時連切	三等開口仙韻	三等開口仙韻	禪	禪
				《集》					

<table>
<tr><td></td><td>16</td><td>巡</td><td>沿</td><td>《古》</td><td>全專切</td><td>三等合口諄韻</td><td>三等合口仙韻</td><td>邪</td><td>從</td></tr>
<tr><td rowspan="2"></td><td rowspan="2">17</td><td rowspan="2">衍</td><td rowspan="2">延</td><td>《集》</td><td>夷然切</td><td>三等開口獮韻</td><td rowspan="2">三等開口仙韻</td><td rowspan="2">喻</td><td rowspan="2">喻</td></tr>
<tr><td>《五》</td><td>以然切</td><td>三等開口線韻</td></tr>
<tr><td></td><td>18</td><td>傎</td><td>◎</td><td>《經》</td><td>都田切</td><td>四等開口先韻</td><td>四等開口先韻</td><td>端</td><td>端</td></tr>
<tr><td rowspan="25">十六銑</td><td rowspan="3">1</td><td rowspan="3">蚕</td><td rowspan="3">腆</td><td>《廣》</td><td rowspan="3">他典切</td><td rowspan="3">四等開口銑韻</td><td rowspan="3">四等開口銑韻</td><td rowspan="3">透</td><td rowspan="3">透</td></tr>
<tr><td>《五》</td></tr>
<tr><td>《增》</td></tr>
<tr><td>2</td><td>單</td><td>闡</td><td>《五》</td><td>昌善切</td><td>三等開口獮韻</td><td>三等開口獮韻</td><td>禪</td><td>穿</td></tr>
<tr><td rowspan="2">3</td><td rowspan="2">⿰氵聯</td><td rowspan="2">輦</td><td>《五》</td><td rowspan="2">力展切</td><td>三等開口仙韻</td><td rowspan="2">三等開口獮韻</td><td rowspan="2">來</td><td rowspan="2">來</td></tr>
<tr><td>《集》</td><td>三等開口線韻</td></tr>
<tr><td>4</td><td>藑</td><td>吮</td><td>《五》</td><td>詳兗切</td><td>三等合口清韻</td><td>三等合口獮韻</td><td>群</td><td>邪</td></tr>
<tr><td rowspan="2">5</td><td rowspan="2">先</td><td rowspan="2">毨</td><td>《增》</td><td rowspan="2">蘇典切</td><td>四等開口先韻</td><td rowspan="2">四等開口銑韻</td><td rowspan="2">心</td><td rowspan="2">心</td></tr>
<tr><td>《古》</td><td>四等開口霰韻</td></tr>
<tr><td rowspan="3">6</td><td rowspan="3">洒</td><td rowspan="3">毨</td><td>《集》</td><td>穌典切</td><td rowspan="3">四等開口薺韻</td><td rowspan="3">四等開口銑韻</td><td rowspan="3">心</td><td rowspan="3">心</td></tr>
<tr><td>《五》</td><td>息淺切</td></tr>
<tr><td>《古》</td><td>蘇典切</td></tr>
<tr><td rowspan="2">7</td><td rowspan="2">前</td><td rowspan="2">戩</td><td>《增》</td><td>子踐切</td><td rowspan="2">四等開口先韻</td><td rowspan="2">三等開口獮韻</td><td rowspan="2">從</td><td rowspan="2">精</td></tr>
<tr><td>《古》</td><td>子淺切</td></tr>
<tr><td>8</td><td>憲</td><td>顯</td><td>《增》</td><td>呼典切</td><td>三等開口願韻</td><td>四等開口銑韻</td><td>曉</td><td>曉</td></tr>
<tr><td rowspan="2">9</td><td rowspan="2">僢</td><td rowspan="2">舛</td><td>《增》</td><td rowspan="2">尺兗切</td><td rowspan="2">三等合口準韻</td><td rowspan="2">三等合口獮韻</td><td rowspan="2">穿</td><td rowspan="2">穿</td></tr>
<tr><td>《古》</td></tr>
<tr><td rowspan="4">10</td><td rowspan="4">連</td><td rowspan="4">輦</td><td>《古》</td><td rowspan="4">力展切</td><td rowspan="4">三等開口仙韻</td><td rowspan="4">三等開口獮韻</td><td rowspan="4">來</td><td rowspan="4">來</td></tr>
<tr><td>《增》</td></tr>
<tr><td>《五》</td></tr>
<tr><td>《集》</td></tr>
</table>

	11	鱻	尟	《洪》	蘇典切	三等開口仙韻	四等開口銑韻	心	心
	12	羨	衍	《古》	以淺切	三等開口線韻	三等開口獮韻	喻	喻
	13	建	◎	《經》	其展切	三等合口願韻	三等開口獮韻	見	群
	14	吮	◎	《廣》 《五》	徐兖切	三等合口獮韻	三等合口獮韻	從	邪
	15	洗	◎	《經》 《史》 《漢》	先典切	四等開口薺韻	四等開口銑韻	心	心
	16	譔	◎	《集》 《增》、 《古》	雛免切	三等開口獮韻	三等開口獮韻	牀	牀
十七霰	1	牽	俔	《增》 《古》	輕甸切 經甸切	四等開口霰韻	四等開口霰韻	溪	見
十七霰	2	敻	眴	《增》 《古》	翾縣切	四等合口霰韻	四等合口霰韻	曉	曉
十七霰	3	淒	倩	《五》 《集》	倉甸切	四等開口齊韻	四等開口霰韻	清	清
十七霰	4	單	戰	《增》 《古》	之膳切	三等開口線韻	三等開口線韻	禪	照
十七霰	5	譞	◎	《說》	火縣切	四等合口霰韻	四等合口霰韻	曉	曉
十七霰	6	韅	◎	《廣》 《五》	呼甸切	四等開口銑韻	四等開口霰韻	曉	曉

平聲一先韻計十八韻字例，切語與例字同音十例，而聲母相同佔八例。聲調相異者二例，其餘六例屬平聲異韻關係，分別與先、青、諄、仙、眞韻相切，今以上古韻部研究檢視，「竣」、「鑱」、「純」屬諄部，「筌」、「全」屬元部；「闉」、「烟」屬諄部，但分爲〔ri̯ən〕、〔iən〕，介音有異。「泠」、「憐」同屬眞部；「巡」屬諄部，「沿」屬元部。

上聲十六銑韻計十六韻字例，切語與例字同韻者四例，而聲母相同佔二例。聲調相異九例，其餘三例屬上聲異韻關係，分別與銑、薺、準、獮韻相切，今以上古韻部研究檢視，「洒」、「毨」、「僎」、「舛」同屬諄部；「洗」屬諄部，「先典切」屬元部。

去聲十七霰韻計六韻字例，切語與例字同韻者四例，而聲母相同佔二例。聲調相異二例。

十八、蕭　韻

韻	序號	例字	直音	引書	切語	例字歸韻	切語歸韻	例字聲母	切語聲母
二蕭	1	怊	條	《集》	田聊切	三等開口宵韻	四等開口蕭韻	徹、穿	定
				《五》	徒聊切				
	2	愀	鍬	《五》	七遙切	三等開口小韻	三等開口宵韻	清	清
	3	袑	弨	《集》	蚩招切	四等開口蕭韻	三等開口宵韻	定	穿
				《五》	尺招切				
	4	轎	橋	《增》	渠驕切	三等開口宵韻	三等開口宵韻	群	群
	5	昭	韶	《古》	馳遙切	三等開口宵韻	三等開口宵韻	照	澄
	6	詔	韶	《古》	時饒切	三等開口笑韻	三等開口宵韻	照	禪
				《增》	時招切				
	7	招	翹	《古》	祈堯切	三等開口宵韻	四等開口蕭韻	照	群
				《增》	祁堯切				
	8	敦	雕	《增》	丁聊切	一等合口魂韻	四等開口蕭韻	端	端
				《古》					
	9	珧	遙	《集》	餘招切	三等開口宵韻	三等開口宵韻	喻	喻
	10	料	聊	《增》	蓮條切	四等開口蕭韻	四等開口蕭韻	來	來
	11	表	標	《古》	卑遙切	三等開口小韻	三等開口宵韻	幫	幫
	12	窕	恌	《增》	他彫切	四等開口篠韻	四等開口蕭韻	定	透
				《古》	丁聊切				
	13	媱	姚	《集》	餘招切	三等開口宵韻	三等開口宵韻	喻	喻

<table>
<tr><td rowspan="2"></td><td>14</td><td>窕</td><td>恌</td><td>《古》</td><td>丁聊切</td><td>四等開口篠韻</td><td>四等開口蕭韻</td><td>定</td><td>端</td></tr>
<tr><td>15</td><td>紹</td><td>◎</td><td>《五》</td><td>尺招切</td><td>三等開口小韻</td><td>三等開口宵韻</td><td>禪</td><td>穿</td></tr>
<tr><td rowspan="13">十七篠</td><td rowspan="2">1</td><td rowspan="2">趙</td><td rowspan="2">掉</td><td>《五》</td><td rowspan="2">徒了切</td><td rowspan="2">三等開口小韻</td><td rowspan="2">四等開口篠韻</td><td rowspan="2">澄</td><td rowspan="2">定</td></tr>
<tr><td>《集》</td></tr>
<tr><td rowspan="4">2</td><td rowspan="4">嬥</td><td rowspan="4">窕</td><td>《廣》</td><td rowspan="4">徒了切</td><td rowspan="4">四等開口篠韻</td><td rowspan="4">四等開口篠韻</td><td rowspan="4">定</td><td rowspan="4">定</td></tr>
<tr><td>《五》</td></tr>
<tr><td>《古》</td></tr>
<tr><td>《增》</td></tr>
<tr><td>3</td><td>糾</td><td>矯</td><td>《古》</td><td>舉夭切</td><td>三等開口黝韻</td><td>三等開口小韻</td><td>見</td><td>見</td></tr>
<tr><td>4</td><td>藐</td><td>眇</td><td>《古》</td><td>弭沼切</td><td>三等開口小韻</td><td>三等開口小韻</td><td>明</td><td>明</td></tr>
<tr><td>5</td><td>苞</td><td>藨</td><td>《增》</td><td>婢小切</td><td>二等開口肴韻</td><td>三等開口小韻</td><td>幫</td><td>並</td></tr>
<tr><td>6</td><td>苞</td><td>◎</td><td>《經》</td><td>白表切</td><td>二等開口肴韻</td><td>三等開口小韻</td><td>幫</td><td>並</td></tr>
<tr><td>7</td><td>愁</td><td>◎</td><td>《經》</td><td>子小切</td><td>三等開口尤韻</td><td>三等開口小韻</td><td>穿</td><td>精</td></tr>
<tr><td>8</td><td>湫</td><td>◎</td><td>《五》</td><td>子了切</td><td>四等開口篠韻</td><td>四等開口篠韻</td><td>精</td><td>精</td></tr>
<tr><td>9</td><td>愀</td><td>◎</td><td>《列》</td><td>七小切</td><td>三等開口小韻</td><td>三等開口小韻</td><td>清</td><td>清</td></tr>
<tr><td rowspan="7">十八嘯</td><td>1</td><td>穛</td><td>醮</td><td>《古》</td><td>子肖切</td><td>三等開口笑韻</td><td>三等開口笑韻</td><td>精</td><td>精</td></tr>
<tr><td rowspan="2">2</td><td rowspan="2">眇</td><td rowspan="2">妙</td><td>《增》</td><td rowspan="2">彌笑切</td><td rowspan="2">三等開口小韻</td><td rowspan="2">三等開口笑韻</td><td rowspan="2">明</td><td rowspan="2">明</td></tr>
<tr><td>《古》</td></tr>
<tr><td>3</td><td>約</td><td>要</td><td>《古》</td><td>玄笑切</td><td>三等開口笑韻</td><td>三等開口笑韻</td><td>影</td><td>匣</td></tr>
<tr><td>4</td><td>溺</td><td>◎</td><td>《增》</td><td>奴吊切</td><td>四等開口嘯韻</td><td>四等開口嘯韻</td><td>泥</td><td>泥</td></tr>
<tr><td>5</td><td>譙</td><td>◎</td><td>《古》</td><td>才咲切</td><td>三等開口宵韻</td><td>三等開口笑韻</td><td>從</td><td>從</td></tr>
<tr><td>6</td><td>橋</td><td>◎</td><td>《古》</td><td>渠廟切</td><td>三等開口宵韻</td><td>三等開口笑韻</td><td>群</td><td>群</td></tr>
</table>

韻	序號	例字	直音	引書	切語	例字歸韻	切語歸韻	例字聲母	切語聲母
	7	翹	◎	《廣》	巨要切	三等開口笑韻	三等開口笑韻	群	群
				《五》					
	8	稠	◎	《集》	徒吊切	三等開口尤韻	四等開口嘯韻	澄	定
				《五》					
				《漢》					

平聲二蕭韻計十五韻字例，切語與例字同韻五例，而聲母相同佔四例。聲調相異六例，其餘四例屬平聲異韻關係，分別與蕭、宵、䰟韻相切，今以上古韻部研究檢視，「怊」屬宵部，「條」屬幽部；「袑」、「弨」屬宵部，但分爲〔iɐu〕、〔i̯ɐu〕，介音有異；「招」、「翹」屬宵部，但分爲〔i̯ɐu〕、〔iɐu〕，介音有異；「敦」屬諄部，「雕」屬幽部。

上聲十七篠韻計九韻字例，切語與例字同韻四例，聲母皆相同。聲調相異三例，其餘二例屬上聲異韻關係，「趙」屬宵部，「掉」屬藥部；「糾」屬幽部，「矯」屬宵部。

去聲十八嘯韻計八韻字例，切語與例字同韻四例，而聲母相同佔二例。聲調相異四例。

十九、肴　韻

韻	序號	例字	直音	引書	切語	例字歸韻	切語歸韻	例字聲母	切語聲母
三肴	1	箾	梢	《集》	師交切	四等開口蕭韻	二等開口肴韻	心	疏
				《五》	所交切				
	2	窅	坳	《古》	幺交切	二等開口肴韻	二等開口肴韻	影	影
	3	艽	交	《增》	居肴切	三等開口尤韻	二等開口肴韻	群	見
				《五》	古肴切				
				《古》	居肴切				
	4	抱	拋	《古》	披交切	一等開口皓韻	二等開口肴韻	並	滂
	5	㫐	◎	《玉》	湯勞切	一等開口豪韻	一等開口豪韻	透	透
	6	報	◎	《經》	保毛切	一等開口號韻	一等開口號韻	幫	幫

十八巧	1	佼	狡	《古》	古巧切	二等開口巧韻	二等開口巧韻	見	見
	2	校	絞	《增》	古巧切	二等開口效韻	二等開口巧韻	見	見
	3	騷	掃	《增》 《古》	蘇老切	一等開口豪韻	一等開口皓韻	心	心
十九效	1	洨	效	《五》	胡教切	二等開口肴韻	二等開口效韻	匣	匣
	2	覺	較	《古》 《增》	居效切	二等開口效韻	二等開口效韻	見	見
	3	殽	效	《增》	胡孝切	二等開口肴韻	二等開口效韻	匣	匣
	4	爻	效	《增》	胡孝切	二等開口肴韻	二等開口效韻	匣	匣
	5	繡	肖	《韻》	先弔切	三等開口宵韻	四等開口嘯韻	心	心
	6	綃	肖	《韻》	先弔切	三等開口宵韻 二等開口肴韻	四等開口嘯韻	心、疏	心
	7	霄	肖	《韻》	先弔切	三等開口宵韻	四等開口嘯韻	心	心

平聲三肴韻計六韻字例，切語與例字同韻者三例，聲母皆相同。聲調相異一例，其餘二例屬平聲異韻關係，分別與尤、肴、蕭韻相切，今以上古韻部研究檢視，「箾」、「梢」同屬宵部，但分爲〔iɐu〕、〔rɐu〕，介音有異；「艽」屬幽部，「交」屬宵部。

上聲十八巧韻計三韻字例，切語與例字同韻一例，屬聲母相同。聲調相異二例。

去聲十九効計七韻字例，切語與例字同韻一例，屬聲母相同。聲調相異五例，「繡」例屬去聲異韻關係，宥、嘯韻相切，今以上古韻部研究檢視，「繡」屬覺部，「肖」屬宵部。

二十、豪　韻

<table>
<tr><th>韻</th><th>序號</th><th>例字</th><th>直音</th><th>引書</th><th>切語</th><th>例字歸韻</th><th>切語歸韻</th><th>例字聲母</th><th>切語聲母</th></tr>
<tr><td rowspan="19">四豪</td><td rowspan="4">1</td><td rowspan="4">咎</td><td rowspan="4">臯</td><td>《廣》</td><td rowspan="2">古勞切</td><td rowspan="4">一等開口豪韻</td><td rowspan="4">一等開口豪韻</td><td rowspan="4">見</td><td rowspan="4">見</td></tr>
<tr><td>《五》</td></tr>
<tr><td>《增》</td><td rowspan="2">姑勞切</td></tr>
<tr><td>《古》</td></tr>
<tr><td rowspan="2">2</td><td rowspan="2">𣫍</td><td rowspan="2">操</td><td>《五》</td><td rowspan="2">七刀切</td><td rowspan="2">一等開口豪韻</td><td rowspan="2">一等開口豪韻</td><td rowspan="2">清</td><td rowspan="2">清</td></tr>
<tr><td>《廣》</td></tr>
<tr><td>3</td><td>愁</td><td>曹</td><td>《集》</td><td>財勞切</td><td>三等開口尤韻</td><td>一等開口豪韻</td><td>牀</td><td>從</td></tr>
<tr><td rowspan="4">4</td><td rowspan="4">豋</td><td rowspan="4">勞</td><td>《廣》</td><td rowspan="2">魯刀切</td><td rowspan="4">一等開口豪韻</td><td rowspan="4">一等開口豪韻</td><td rowspan="4">來</td><td rowspan="4">來</td></tr>
<tr><td>《五》</td></tr>
<tr><td>《集》</td><td rowspan="2">郎刀切</td></tr>
<tr><td>《古》</td></tr>
<tr><td>5</td><td>參</td><td>操</td><td>《五》</td><td>七刀切</td><td>一等開口覃韻</td><td>一等開口豪韻</td><td>清</td><td>清</td></tr>
<tr><td>6</td><td>轑</td><td>勞</td><td>《增》</td><td>郎刀切</td><td>一等開口晧韻</td><td>一等開口豪韻</td><td>來</td><td>來</td></tr>
<tr><td rowspan="2">7</td><td rowspan="2">儂</td><td rowspan="2">猱</td><td>《五》</td><td rowspan="2">奴刀切</td><td rowspan="2">一等合口冬韻</td><td rowspan="2">一等開口豪韻</td><td rowspan="2">泥</td><td rowspan="2">泥</td></tr>
<tr><td>《集》</td></tr>
<tr><td rowspan="2">8</td><td rowspan="2">條</td><td rowspan="2">絛</td><td>《增》</td><td rowspan="2">他刀切</td><td rowspan="2">四等開口蕭韻</td><td rowspan="2">一等開口豪韻</td><td rowspan="2">定</td><td rowspan="2">透</td></tr>
<tr><td>《古》</td></tr>
<tr><td rowspan="2">9</td><td rowspan="2">潦</td><td rowspan="2">澇</td><td>《增》</td><td rowspan="2">郎刀切</td><td rowspan="2">一等開口晧韻
一等開口號韻</td><td rowspan="2">一等開口豪韻</td><td rowspan="2">來</td><td rowspan="2">來</td></tr>
<tr><td>《古》</td></tr>
<tr><td rowspan="4">十九晧</td><td>1</td><td>蒿</td><td>好</td><td>《古》</td><td>許晧切</td><td>一等開口晧韻</td><td>一等開口晧韻</td><td>匣</td><td>曉</td></tr>
<tr><td>2</td><td>敦</td><td>幬</td><td>《增》</td><td>徒到切</td><td>一等合口魂韻</td><td>一等開口號韻</td><td>端</td><td>定</td></tr>
<tr><td>3</td><td>慘</td><td>◎</td><td>《韻》</td><td>采早切</td><td>一等開口感韻</td><td>一等開口晧韻</td><td>清</td><td>清</td></tr>
<tr><td>4</td><td>蓩</td><td>◎</td><td>《後》</td><td>莫老切</td><td>一等開口晧韻</td><td>一等開口晧韻</td><td>明</td><td>明</td></tr>
</table>

<table>
<tr><td rowspan="13">二十號</td><td rowspan="3">1</td><td rowspan="3">皐</td><td rowspan="3">號</td><td>《集》</td><td>後到切</td><td rowspan="3">一等開口豪韻</td><td rowspan="3">一等開口號韻</td><td rowspan="3">見</td><td rowspan="3">匣</td></tr>
<tr><td>《五》</td><td rowspan="2">胡到切</td></tr>
<tr><td>《古》</td></tr>
<tr><td rowspan="2">2</td><td rowspan="2">敦</td><td rowspan="2">燾</td><td>《增》</td><td>徒到切</td><td rowspan="2">一等合口魂韻</td><td rowspan="2">一等開口號韻</td><td rowspan="2">端</td><td rowspan="2">定</td></tr>
<tr><td>《古》</td><td>大到切</td></tr>
<tr><td rowspan="2">3</td><td rowspan="2">鏚</td><td rowspan="2">操</td><td>《集》</td><td rowspan="2">七到切</td><td rowspan="2">四等開口錫韻</td><td rowspan="2">一等開口號韻</td><td rowspan="2">清</td><td rowspan="2">清</td></tr>
<tr><td>《五》</td></tr>
<tr><td rowspan="2">4</td><td rowspan="2">纛</td><td rowspan="2">蹈</td><td>《古》</td><td>大到切</td><td rowspan="2">一等開口號韻</td><td rowspan="2">一等開口號韻</td><td rowspan="2">定</td><td rowspan="2">定</td></tr>
<tr><td>《增》</td><td>徒到切</td></tr>
<tr><td>5</td><td>敖</td><td>◎</td><td>《經》</td><td>五報切</td><td>一等開口豪韻</td><td>一等開口號韻</td><td>疑</td><td>疑</td></tr>
<tr><td>6</td><td>鑿</td><td>◎</td><td>《古》</td><td>在到切</td><td>一等開口鐸韻</td><td>一等開口號韻</td><td>從</td><td>從</td></tr>
<tr><td>7</td><td>漕</td><td>◎</td><td>《古》</td><td>在到切</td><td>一等開口號韻</td><td>一等開口號韻</td><td>從</td><td>從</td></tr>
</table>

平聲四豪韻計九韻字例，切語與例字同韻三例，聲母皆相同。聲調相異二例，其餘四例屬平聲異韻關係，分別與豪、尤、覃、冬、蕭韻相切，今以上古韻部研究檢視，「愁」、「曹」同屬幽部，但分爲〔i̯əu〕、〔əu〕，介音有異；「參」屬侵部，「操」屬宵部；「憹」屬冬部，「猱」屬幽部；「條」、「絛」同屬幽部，但分爲〔iəu〕、〔əu〕，介音有異。

上聲十九皓韻計四韻字例，切語與例字同韻二例，而聲母相同佔一例。聲調相異一例，「慘」例屬上聲異韻關係，感、皓韻相切，今以上古韻部研究檢視，「慘」屬侵部，「采早切」屬幽部。

去聲二十號韻計七韻字例，切語與例字同韻二例，聲母皆相同。聲調相異五例。

二十一、歌　韻

<table>
<tr><th>韻</th><th>序號</th><th>例字</th><th>直音</th><th>引書</th><th>切語</th><th>例字歸韻</th><th>切語歸韻</th><th>例字聲母</th><th>切語聲母</th></tr>
<tr><td rowspan="3">五歌</td><td>1</td><td>鞶</td><td>婆</td><td>《五》</td><td>薄波切</td><td>一等合口戈韻</td><td>一等合口戈韻</td><td>並</td><td>並</td></tr>
<tr><td rowspan="2">2</td><td rowspan="2">跢</td><td rowspan="2">多</td><td>《集》</td><td>當何切</td><td rowspan="2">一等開口箇韻</td><td rowspan="2">一等開口歌韻</td><td rowspan="2">端</td><td rowspan="2">端</td></tr>
<tr><td>《五》</td><td>得何切</td></tr>
</table>

	3	頗	坡	《古》	滂禾切	一等合口戈韻	一等合口戈韻	滂	滂
	4	劘	摩	《增》	蒲禾切	一等合口戈韻	一等合口戈韻	明	並
	5	差	瑳	《古》	倉何切	二等開口麻韻	一等開口歌韻	初	清
	6	溠	蹉	《廣》 《五》	七何切	一等開口歌韻	一等開口歌韻	清	清
	7	痤	◎	《經》	在禾切	一等合口戈韻	一等合口戈韻	從	從
	8	蛇	◎	《韻》	唐何切	一等開口歌韻	一等開口歌韻	透	定
	9	皮	◎	《韻》	蒲波切	三等開口支韻	一等合口戈韻	並	並
	10	搫	◎	《文》	步何切	一等合口桓韻	一等開口歌韻	並	並
	11	池	◎	《廣》 《五》 《經》 《史》 《漢》 《後》	徒何切	一等開口歌韻	一等開口歌韻	定	定
二十舸	1	綏	妥	《增》 《古》	吐火切	三等合口脂韻	一等合口果韻	心	透
	2	果	祼	《增》 《古》	古玩切	一等合口果韻	一等合口換韻	見	見
	3	揣	◎	《古》	都果切	一等合口果韻	一等合口果韻	端	端
	4	塺	◎	《說》	亡果切	一等合口灰韻 一等合口過韻	一等合口果韻	明	微
	5	寡	◎	《韻》	古火切	三等合口馬韻	一等合口果韻	見	見

	6	雅	◎	《韻》	語可切	二等開口馬韻	一等開口哿韻	疑	疑
	7	厄	◎	《六》	五果切	二等開口麥韻	一等合口果韻	影	疑
	8	佗	◎	《史》	徒我切	一等開口歌韻	一等開口哿韻	定	定
	9	隋	◎	《史》	他果切	一等合口果韻	一等合口果韻	透	透
	10	娑	◎	《文》	蘇可切	一等開口哿韻	一等開口哿韻	心	心
二十一箇	1	㟇	挫	《集》	祖臥切	二等開口麻韻 一等開口哿韻 一等合口果韻	一等合口過韻	疏、清、精	精
				《五》	則臥切				
	2	磋	◎	《廣》	七過反	一等合口過韻	一等合口過韻	清	清
	3	點	◎	《五》	丁佐切	四等開口忝韻	一等開口箇韻	端	端
	4	憚	◎	《古》	丁賀切	一等開口翰韻	一等開口箇韻	定	端
	5	那	◎	《後》	乃賀切	一等開口箇韻	一等開口箇韻	泥	泥
	6	柰	◎	《廣》 《集》 《增》	乃个切	一等開口泰韻	一等開口箇韻	泥	泥
	7	涴	◎	《經》 《廣》 《五》	烏臥切	一等合口過韻	一等合口過韻	影	影

平聲五歌韻計十一韻字例，切語與例字同韻七例，而聲母相同佔五例。聲調相異一例，其餘三例屬平聲異韻關係，分別與歌、麻、戈、支、桓韻相切，今以上古韻部研究檢視，「差」、「瑳」屬歌部，但分爲〔rai〕、〔ai〕，介音有異；「皮」、「蒲波切」同屬歌部，但分爲〔ri̯ai〕、〔uai〕，介音有異；「鞶」屬元部，「步何切」屬歌部。

上聲二十舸韻計十韻字例，切語與例字同例三例，皆聲母相同。聲調相異者五例，其餘二例屬上聲異韻關係，今以上古韻部研究檢視，「寡」屬魚部，「古火切」屬微部；「雅」屬魚部，「語可切」屬歌部。

去聲二十一箇韻計七韻字例，切語與例字同韻者三例，皆聲母相同。聲調相異者二例，其餘二例屬去聲異韻關係，分別與箇、翰、泰韻相切，今以上古韻部研究檢視，「憚」屬元部，「丁賀切」屬歌部；「柰」屬脂部，「乃个切」屬魚部。

二十二、麻　韻

韻	序號	例字	直音	引書	切語	例字歸韻	切語歸韻	例字聲母	切語聲母
六麻	1	吾	牙	《廣》	五加切	二等開口麻韻	二等開口麻韻	疑	疑
				《五》					
				《集》	牛加切				
	2	駕	加	《集》	居牙切	二等開口禡韻	二等開口麻韻	見	見
				《古》					
				《五》	古牙切				
	3	菹	嗟	《集》	咨邪切	三等開口魚韻	三等開口麻韻	莊	精
				《五》	子邪切				
	4	闍	遮	《集》	之奢切	三等開口麻韻	三等開口麻韻	禪	照
				《五》	正奢切				
	5	緒	畬	《集》	詩車切	三等開口語韻	三等開口麻韻	邪	審
				《五》	式車切				
	6	叚	瑕	《集》	何加切	二等開口馬韻	二等開口麻韻	見	匣
				《五》	胡加切				
	7	假	遐	《古》	何加切	二等開口馬韻 二等開口禡韻	二等開口麻韻	見	匣
	8	烏	鴉	《五》	於加切	一等合口模韻	二等開口麻韻	影	影
				《集》					
	9	諸	遮	《五》	正奢切	三等開口魚韻	三等開口麻韻	照	照
				《廣》					

<table>
<tr><td rowspan="5"></td><td>10</td><td>把</td><td>琶</td><td>《五》</td><td>蒲巴切</td><td>二等開口馬韻</td><td>二等開口麻韻</td><td>幫</td><td>並</td></tr>
<tr><td>11</td><td>赦</td><td>賒</td><td>《增》</td><td>詩遮切</td><td>三等開口禡韻</td><td>三等開口麻韻</td><td>審</td><td>審</td></tr>
<tr><td rowspan="3">12</td><td rowspan="3">亞</td><td rowspan="3">鴉</td><td>《集》</td><td rowspan="2">於加切</td><td rowspan="3">二等開口禡韻</td><td rowspan="3">二等開口麻韻</td><td rowspan="3">影</td><td rowspan="3">影</td></tr>
<tr><td>《五》</td></tr>
<tr><td>《古》</td><td>幺加切</td></tr>
<tr><td rowspan="21">二十一馬</td><td>1</td><td>夏</td><td>假</td><td>《增》</td><td>舉下切</td><td>二等開口馬韻</td><td>二等開口馬韻</td><td>匣</td><td>見</td></tr>
<tr><td rowspan="4">2</td><td rowspan="4">苴</td><td rowspan="4">鮓</td><td>《古》</td><td rowspan="4">側下切</td><td rowspan="4">二等開口麻韻</td><td rowspan="4">二等開口馬韻</td><td rowspan="4">牀</td><td rowspan="4">莊</td></tr>
<tr><td>《五》</td></tr>
<tr><td>《集》</td></tr>
<tr><td>《增》</td></tr>
<tr><td rowspan="3">3</td><td rowspan="3">若</td><td rowspan="3">惹</td><td>《廣》</td><td rowspan="2">人者切</td><td rowspan="3">三等開口馬韻</td><td rowspan="3">三等開口馬韻</td><td rowspan="3">日</td><td rowspan="3">日</td></tr>
<tr><td>《五》</td></tr>
<tr><td>《古》</td><td>爾者切</td></tr>
<tr><td rowspan="3">4</td><td rowspan="3">蘳</td><td rowspan="3">踝</td><td>《廣》</td><td rowspan="2">胡瓦切</td><td rowspan="3">二等合口馬韻</td><td rowspan="3">二等合口馬韻</td><td rowspan="3">匣</td><td rowspan="3">匣</td></tr>
<tr><td>《五》</td></tr>
<tr><td>《集》</td><td>戶瓦切</td></tr>
<tr><td>5</td><td>叚</td><td>◎</td><td>《五》</td><td>古下切</td><td>二等開口馬韻</td><td>二等開口馬韻</td><td>見</td><td>見</td></tr>
<tr><td>6</td><td>觟</td><td>◎</td><td>《後》</td><td>胡瓦切</td><td>二等合口馬韻</td><td>二等合口馬韻</td><td>匣</td><td>匣</td></tr>
<tr><td rowspan="6">7</td><td rowspan="6">夏</td><td rowspan="6">◎</td><td>《經》</td><td rowspan="6">胡雅切</td><td rowspan="6">二等開口馬韻</td><td rowspan="6">二等開口馬韻</td><td rowspan="6">匣</td><td rowspan="6">匣</td></tr>
<tr><td>《說》</td></tr>
<tr><td>《廣》</td></tr>
<tr><td>《五》</td></tr>
<tr><td>《漢》</td></tr>
<tr><td>《文》</td></tr>
<tr><td rowspan="2">8</td><td rowspan="2">土</td><td rowspan="2">◎</td><td>《集》</td><td rowspan="2">丑下切</td><td rowspan="2">一等合口姥韻</td><td rowspan="2">二等開口馬韻</td><td rowspan="2">透</td><td rowspan="2">徹</td></tr>
<tr><td>《五》</td></tr>
<tr><td rowspan="5">二十二禡</td><td rowspan="5">1</td><td rowspan="5">沙</td><td rowspan="5">嗄</td><td>《廣》</td><td rowspan="5">所嫁切</td><td rowspan="5">二等開口禡韻</td><td rowspan="5">二等開口禡韻</td><td rowspan="5">疏</td><td rowspan="5">疏</td></tr>
<tr><td>《五》</td></tr>
<tr><td>《集》</td></tr>
<tr><td>《增》</td></tr>
<tr><td>《古》</td></tr>
</table>

2	厙	赦	《廣》 《五》 《集》 《古》	始夜切 式夜切	三等開口禡韻	三等開口禡韻	疏	疏
3	牙	砑	《增》 《古》	五駕切	二等開口麻韻	二等開口禡韻	疑	疑
4	吴	樺	《古》	胡化切	二等合口禡韻	二等合口禡韻	匣	匣
5	笲	稼	《增》 《古》	居訝切	二等開口馬韻	二等開口禡韻	見	見
6	衙	迓	《古》 《增》	五駕切	二等開口麻韻	二等開口禡韻	疑	疑
7	樗	樺	《古》	胡化切	二等合口禡韻	二等合口禡韻	匣	匣
8	唶	借	《古》 《增》	子夜切	三等開口禡韻	三等開口禡韻	精	精
9	伯	禡	《古》	莫駕切	二等開口陌韻	二等開口禡韻	幫	明
10	差	◎	《集》	楚嫁切	二等開口麻韻	二等開口禡韻	初	初
11	赫	◎	《五》	呼訝切	二等開口陌韻	二等開口禡韻	曉	曉
12	呼	◎	《文》	火亞切	一等合口模韻	二等開口禡韻	曉	曉

平聲六麻韻計十二韻字例，切語與例字同韻者二例，而聲母相同佔一例。聲調相異七例，其餘三例屬平聲異韻關係，分別與麻、魚、模韻相切，今以上古韻部研究檢視，「苴」屬魚部，「嗟」屬歌部；「烏」、「鴉」屬魚部，但分爲〔a〕、〔ra〕，介音有異；「諸」、「遮」屬魚部，但分爲〔ri̯a〕、〔i̯a〕，介音有異。

上聲二十一馬韻計八韻字例，切語與例字同韻者六例，而聲母相同佔五例。聲調相異一例，「土」例屬上聲異韻關係，馬、姥韻相切，今以上古韻部研究檢視，皆屬魚部，分爲〔ua〕、〔ra〕，介音有異。

去聲二十二禡韻計十二韻字例，切語與例字同韻者五例，皆聲母相同。聲調相異五例，其餘二例屬去聲異韻關係，分別與禡、陌韻相切，今以上古韻部研究檢視，「伯」屬鐸部，「禡」屬魚部；「赫」屬鐸部，「呼訝切」屬魚部。

二十三、陽　韻

<table>
<tr><th>韻</th><th>序號</th><th>例字</th><th>直音</th><th>引書</th><th>切語</th><th>例字
歸韻</th><th>切語
歸韻</th><th>例字
聲母</th><th>切語
聲母</th></tr>
<tr><td rowspan="24">七
陽</td><td>1</td><td>明</td><td>茫</td><td>《古》</td><td>謨郎切</td><td>三等開
口庚韻</td><td>一等開
口唐韻</td><td>明</td><td>明</td></tr>
<tr><td rowspan="2">2</td><td rowspan="2">煬</td><td rowspan="2">場</td><td>《集》</td><td>尸羊切</td><td rowspan="2">三等開
口陽韻</td><td rowspan="2">三等開
口陽韻</td><td rowspan="2">喻</td><td rowspan="2">審</td></tr>
<tr><td>《五》</td><td>式羊切</td></tr>
<tr><td>3</td><td>駺</td><td>良</td><td>《集》</td><td>呂張切</td><td>一等開
口唐韻</td><td>三等開
口陽韻</td><td>來</td><td>來</td></tr>
<tr><td rowspan="3">4</td><td rowspan="3">⿰日亢</td><td rowspan="3">岡</td><td>《古》</td><td rowspan="2">居郎切</td><td rowspan="3">一等開
口蕩韻</td><td rowspan="3">一等開
口唐韻</td><td rowspan="3">見</td><td rowspan="3">見</td></tr>
<tr><td>《集》</td></tr>
<tr><td>《五》</td><td>古郎切</td></tr>
<tr><td rowspan="2">5</td><td rowspan="2">彭</td><td rowspan="2">傍</td><td>《增》</td><td rowspan="2">蒲光切</td><td rowspan="2">二等開
口庚韻</td><td rowspan="2">一等合
口唐韻</td><td rowspan="2">並</td><td rowspan="2">並</td></tr>
<tr><td>《古》</td></tr>
<tr><td rowspan="2">6</td><td rowspan="2">⿰巾荒</td><td rowspan="2">茫</td><td>《集》</td><td rowspan="2">謨郎切</td><td rowspan="2">一等合
口唐韻</td><td rowspan="2">一等開
口唐韻</td><td rowspan="2">曉</td><td rowspan="2">明</td></tr>
<tr><td>《五》</td></tr>
<tr><td rowspan="3">7</td><td rowspan="3">⿰目荒</td><td rowspan="3">忙</td><td>《廣》</td><td rowspan="2">莫郎切</td><td rowspan="3">一等開
口唐韻</td><td rowspan="3">一等開
口唐韻</td><td rowspan="3">明</td><td rowspan="3">明</td></tr>
<tr><td>《五》</td></tr>
<tr><td>《集》</td><td>謨郎切</td></tr>
<tr><td>8</td><td>葬</td><td>臧</td><td>《增》</td><td>兹郎切</td><td>一等開
口宕韻</td><td>一等開
口唐韻</td><td>精</td><td>精</td></tr>
<tr><td>9</td><td>蘉</td><td>忙</td><td>《古》</td><td>謨郎切</td><td>一等開
口唐韻</td><td>一等開
口唐韻</td><td>明</td><td>明</td></tr>
<tr><td>10</td><td>漲</td><td>張</td><td>《古》</td><td>中良切</td><td>三等開
口陽韻</td><td>三等開
口陽韻</td><td>知</td><td>知</td></tr>
<tr><td rowspan="2">11</td><td rowspan="2">横</td><td rowspan="2">光</td><td>《集》</td><td rowspan="2">姑黄切</td><td rowspan="2">一等合
口唐韻</td><td rowspan="2">一等合
口唐韻</td><td rowspan="2">見</td><td rowspan="2">見</td></tr>
<tr><td>《古》</td></tr>
<tr><td>12</td><td>饗</td><td>香</td><td>《古》</td><td>虛良切</td><td>三等開
口養韻</td><td>三等開
口陽韻</td><td>曉</td><td>曉</td></tr>
<tr><td rowspan="2">13</td><td rowspan="2">慶</td><td rowspan="2">羌</td><td>《增》</td><td>驅羊切</td><td rowspan="2">三等開
口映韻</td><td rowspan="2">三等開
口陽韻</td><td rowspan="2">溪</td><td rowspan="2">溪</td></tr>
<tr><td>《古》</td><td>墟羊切</td></tr>
<tr><td>14</td><td>蘘</td><td>郎</td><td>《韻》</td><td>盧當切</td><td>二等開
口庚韻</td><td>一等開
口唐韻</td><td>見</td><td>來</td></tr>
<tr><td>15</td><td>阬</td><td>岡</td><td>《古》</td><td>居郎切</td><td>二等開
口庚韻</td><td>一等開
口唐韻</td><td>溪</td><td>見</td></tr>
</table>

	16	讁	商	《增》	尸羊切	三等開口陽韻	三等開口陽韻	審	審
				《古》					
	17	庚	亢	《五》	古行切	二等開口庚韻	二等開口庚韻	見	見
				《古》	居行切				
	18	浪	郎	《古》	盧當切	一等開口唐韻	一等開口唐韻	來	來
				《集》					
				《五》	魯當切				
				《廣》					
				《增》	魯堂切				
	19	爽	霜	《增》	師莊切	三等開口養韻	三等開口陽韻	疏	疏
				《古》					
	20	衡	◎	《急》	戶郎切	二等開口庚韻	一等開口唐韻	匣	匣
	21	英	◎	《韻》	於良切	三等開口庚韻	三等開口陽韻	影	影
	22	眖	◎	《韻》	虛王切	三等合口漾韻	三等合口陽韻	曉	曉
二十二養	1	黨	儻	《集》	坦朗切	一等開口蕩韻	一等開口蕩韻	端	透
				《五》	他朗切				
	2	仉	掌	《廣》	諸兩切	三等開口養韻	三等開口養韻	照	照
				《五》					
	3	䩕	◎	《五》	魚兩切	一等開口唐韻	三等開口養韻	疑	疑
	4	扃	◎	《玉》	書掌切	四等合口青韻	三等開口養韻	見	審
二十三漾	1	兄	況	《增》	訏放切	三等合口庚韻	三等合口漾韻	曉	曉
				《古》	許亮切				
	2	康	亢	《古》	口浪切	一等開口唐韻	一等開口宕韻	溪	溪
	3	狼	浪	《集》	郎宕切	一等開口唐韻	一等開口宕韻	來	來
				《古》					
				《五》	來宕切				
	4	弶	倞	《古》	其亮切	三等開口漾韻	三等開口漾韻	群	群

	5	廣	誑	《古》	古況切	一等合 口蕩韻	三等合 口漾韻	見	見
	6	償	上	《古》	時亮切	三等開 口漾韻	三等開 口漾韻	禪	禪
	7	筤	浪	《五》	來宕切	一等開 口唐韻	一等開 口宕韻	來	來
	8	章	障	《古》	之亮切	三等開 口漾韻	三等開 口漾韻	照	照
	9	霜	◎	《五》	色壯切	三等開 口陽韻	三等開 口漾韻	疏	疏
	10	孀	◎	《五》	色壯切	三等開 口陽韻	三等開 口漾韻	疏	疏
	11	藏	◎	《古》	才浪切	一等開 口宕韻	一等開 口宕韻	從	從
	12	倞	◎	《古》	其亮切	三等開 口映韻	三等開 口漾韻	群	群
	13	仰	◎	《古》	牛向切	三等開 口漾韻	三等開 口漾韻	疑	疑
	14	張	◎	《古》	知亮切	三等開 口漾韻	三等開 口漾韻	知	知
	15	杭	◎	《雅》	口葬切	一等開 口唐韻	一等開 口宕韻	匣	溪
	16	竸	◎	《韻》	其亮切	三等開 口映韻	三等開 口漾韻	群	群
	17	桁	◎	《集》 《五》	下浪切	二等開 口庚韻	一等開 口宕韻	匣	匣

平聲七陽韻計二十二韻字例，切語與例字同韻九例，而聲母相同佔七例。聲調相異六例，其餘七例屬平聲異韻關係，分別與陽、唐、庚韻相切，今以上古韻部研究檢視，「明」、「茫」屬陽部，但分爲〔ri̯aŋ〕、〔uaŋ〕，介音有異；「駺」、「良」屬陽部，但分爲〔aŋ〕、〔i̯aŋ〕，介音有異；「彭」、「傍」屬陽部，但分爲〔ruaŋ〕、〔uaŋ〕，介音有異；「羮」、「郎」屬陽部，但分爲〔raŋ〕、〔aŋ〕，介音有異；「阬」、「岡」屬陽部，但分爲〔raŋ〕、〔aŋ〕，介音有異；「衡」、「戶郎切」屬陽部，但分爲〔raŋ〕、〔aŋ〕，介音有異；「英」、「於良切」屬陽部，但分爲〔ri̯aŋ〕、〔i̯aŋ〕，介音有異。

上聲二十二養韻計四韻字例，切語與例字同韻者二例，而聲母相同佔一例。聲調相異者二例。

去聲二十三漾計十七韻字例，切語與例字同韻者六例，皆聲母相同。聲調相異九例，其餘二例屬去聲異韻關係，分別與漾、映韻相切，今以上古韻部研究檢視，「倞」、「其亮切」屬陽部，但分爲〔ri̯aŋ〕、〔i̯aŋ〕，介音有異；「竟」、「其亮切」屬陽部，但分爲〔ri̯aŋ〕、〔i̯aŋ〕，介音有異。

二十四、庚　韻

韻	序號	例字	直音	引書	切語	例字歸韻	切語歸韻	例字聲母	切語聲母
八庚	1	硍	鏗	《五》	口莖切	二等開口產韻	二等開口耕韻	匣	溪
	2	薗	甍	《廣》 《五》	莫耕切	二等開口耕韻	二等開口耕韻	明	明
	3	桯	楹	《五》	以成切	四等開口青韻	三等開口清韻	喻	喻
	4	綪	爭	《古》	菑莖切	四等開口霰韻	二等開口耕韻	清	莊
	5	命	名	《韻》	彌并切	三等開口映韻	三等開口清韻	明	明
	6	璜	橫	《古》	胡盲切	一等合口唐韻	二等開口庚韻	匣	匣
	7	氐	精	《集》	咨盈切	三等開口清韻	三等開口清韻	精	精
				《五》 《廣》	子盈切				
	8	請	情	《古》	慈盈切	三等開口清韻	三等開口清韻	從	從
	9	渹	◎	《玉》	虛觥切	二等合口耕韻	二等合口庚韻	曉	曉
二十四敬	1	請	淨	《增》	疾正切	三等開口勁韻	三等開口勁韻	從	從
	2	繕	勁	《增》	居正切	三等開口線韻	三等開口勁韻	禪	見
				《古》	堅正切				
	3	滰	◎	《五》	渠敬切	三等開口養韻	三等開口映韻	群	群

韻	序號	例字	直音	引書	切語	例字歸韻	切語歸韻	例字聲母	切語聲母
	4	生	◎	《古》	色敬切	三等開口映韻	三等開口映韻	疏	疏
	5	蝗	◎	《廣》 《集》 《五》 《古》	戶孟切	二等開口映韻	二等開口映韻	匣	匣
	6	零	◎	《增》 《古》	力正切	四等開口徑韻	三等開口勁韻	來	來
	7	賓	◎	《增》 《經》	必刃切	三等開口真韻	三等開口震韻	幫	幫

平聲八庚韻計九韻字例，切語與例字同韻者三例，皆聲母相同。聲調相異三例，其餘三例屬平聲異韻關係，分別與庚、唐；青、清、耕韻相切，今以上古韻部研究檢視，「桯」、「楹」屬耕部，但分為〔iɐŋ〕、〔i̯ɐŋ〕，介音有異；「璜」、「橫」屬陽部，但分為〔uaŋ〕、〔ruaŋ〕，介音有異；「渹」屬真部，「虛觥切」屬陽部。

去聲二十四敬計七韻字例，切語與例字同韻者三例，皆聲母相同。聲調相異二例，其餘二例屬去聲異韻關係，分別與映、勁、線韻相切，今以上古韻部研究檢視，「繕」屬元部，「勁」屬耕部；「零」屬真部；「力正切」屬耕部。

二十五、青　韻

韻	序號	例字	直音	引書	切語	例字歸韻	切語歸韻	例字聲母	切語聲母
九青	1	佞	寧	《集》	囊丁切	四等開口徑韻	四等開口青韻	泥	泥
	2	奠	停	《增》	唐丁切	四等開口霰韻	四等開口青韻	定	定
	3	甯	寧	《增》	奴經切	四等開口青韻	四等開口青韻	泥	泥
	4	朾	◎	《經》	勑丁切	二等開口耕韻	二等開口耕韻	澄	徹
	5	青	◎	《經》	子丁切	四等開口青韻	四等開口青韻	清	精

<table>
<tr><td rowspan="8">二十四迴</td><td rowspan="4">1</td><td rowspan="4">綮</td><td rowspan="4">謦</td><td>《古》</td><td rowspan="3">棄挺切</td><td rowspan="4">四等開口薺韻</td><td rowspan="4">四等開口迴韻</td><td rowspan="4">溪</td><td rowspan="4">溪</td></tr>
<tr><td>《增》</td></tr>
<tr><td>《集》</td></tr>
<tr><td>《五》</td><td>去挺切</td></tr>
<tr><td>2</td><td>謦</td><td>◎</td><td>《古》</td><td>棄挺切</td><td>四等開口迴韻</td><td>四等開口迴韻</td><td>溪</td><td>溪</td></tr>
<tr><td>3</td><td>迥</td><td>◎</td><td>《古》</td><td>戶茗切</td><td>四等開口迴韻</td><td>四等開口迴韻</td><td>匣</td><td>匣</td></tr>
<tr><td rowspan="2">4</td><td rowspan="2">冼</td><td rowspan="2">◎</td><td>《古》</td><td rowspan="2">色拯切</td><td rowspan="2">四等開口薺韻</td><td rowspan="2">三等開口拯韻</td><td rowspan="2">疏</td><td rowspan="2">疏</td></tr>
<tr><td>《增》</td></tr>
<tr><td rowspan="20">二十五徑</td><td rowspan="2">1</td><td rowspan="2">鼎</td><td rowspan="2">定</td><td>《五》</td><td rowspan="2">丁定切</td><td rowspan="2">四等開口迴韻</td><td rowspan="2">四等開口徑韻</td><td rowspan="2">端</td><td rowspan="2">端</td></tr>
<tr><td>《集》</td></tr>
<tr><td rowspan="2">2</td><td rowspan="2">庭</td><td rowspan="2">聽</td><td>《增》</td><td rowspan="2">他定切</td><td rowspan="2">四等開口青韻</td><td rowspan="2">四等開口徑韻</td><td rowspan="2">定</td><td rowspan="2">透</td></tr>
<tr><td>《古》</td></tr>
<tr><td>3</td><td>經</td><td>徑</td><td>《古》</td><td>吉定切</td><td>四等開口徑韻</td><td>四等開口徑韻</td><td>見</td><td>見</td></tr>
<tr><td rowspan="2">4</td><td rowspan="2">繩</td><td rowspan="2">孕</td><td>《五》</td><td rowspan="2">以證切</td><td rowspan="2">三等開口蒸韻</td><td rowspan="2">三等開口證韻</td><td rowspan="2">神</td><td rowspan="2">喻</td></tr>
<tr><td>《集》</td></tr>
<tr><td rowspan="2">5</td><td rowspan="2">年</td><td rowspan="2">甯</td><td>《五》</td><td rowspan="2">乃定切</td><td rowspan="2">四等開口先韻</td><td rowspan="2">四等開口徑韻</td><td rowspan="2">泥</td><td rowspan="2">泥</td></tr>
<tr><td>《集》</td></tr>
<tr><td rowspan="3">6</td><td rowspan="3">甸</td><td rowspan="3">乘</td><td>《集》</td><td rowspan="2">石證切</td><td rowspan="3">四等開口霰韻</td><td rowspan="3">三等開口證韻</td><td rowspan="3">定</td><td rowspan="3">神、禪</td></tr>
<tr><td>《增》</td></tr>
<tr><td>《五》</td><td>實證切</td></tr>
<tr><td>7</td><td>奠</td><td>定</td><td>《古》</td><td>徒徑切</td><td>四等開口徑韻</td><td>四等開口徑韻</td><td>定</td><td>定</td></tr>
<tr><td rowspan="2">8</td><td rowspan="2">恆</td><td rowspan="2">◎</td><td>《經》</td><td rowspan="2">古鄧切</td><td rowspan="2">一等開口登韻</td><td rowspan="2">一等開口嶝韻</td><td rowspan="2">匣</td><td rowspan="2">見</td></tr>
<tr><td>《增》</td></tr>
<tr><td rowspan="2">9</td><td rowspan="2">稜</td><td rowspan="2">◎</td><td>《增》</td><td rowspan="2">魯鄧切</td><td rowspan="2">一等開口登韻</td><td rowspan="2">一等開口嶝韻</td><td rowspan="2">來</td><td rowspan="2">來</td></tr>
<tr><td>《古》</td></tr>
</table>

平聲九青韻計五韻字例，切語與例字同韻三例，而聲母相同佔一例。聲調相異二例。

上聲二十四迥韻計四韻字例，切語與例字同韻二例，皆聲母相同。其餘屬上聲異韻關係，分別與迥、薺、拯、迴韻相切，今以上古韻部研究檢視，「綮」屬脂部，「謦」屬耕部，「冼」屬諄部，「色拯切」屬蒸部。

去聲二十五徑韻計九韻字例，切語與例字同韻二例，皆聲母相同。聲調相異六例，「甸」例屬去聲異韻關係，霰、證韻相切，今以上古韻部研究檢視，「甸」屬眞部，「乘」屬蒸部。

二十六、蒸　韻

<table>
<tr><th>韻</th><th>序號</th><th>例字</th><th>直音</th><th>引書</th><th>切語</th><th>例字
歸韻</th><th>切語
歸韻</th><th>例字
聲母</th><th>切語
聲母</th></tr>
<tr><td rowspan="9">十
蒸</td><td rowspan="2">1</td><td rowspan="2">馮</td><td rowspan="2">砰</td><td>《集》</td><td rowspan="2">披冰切</td><td rowspan="2">三等開
口蒸韻</td><td rowspan="2">三等開
口蒸韻</td><td rowspan="2">並</td><td rowspan="2">滂</td></tr>
<tr><td>《五》</td></tr>
<tr><td rowspan="2">2</td><td rowspan="2">耳</td><td rowspan="2">仍</td><td>《五》</td><td>如乘切</td><td rowspan="2">三等開
口止韻</td><td rowspan="2">三等開
口蒸韻</td><td rowspan="2">日</td><td rowspan="2">日</td></tr>
<tr><td>《古》</td><td>如蒸切</td></tr>
<tr><td>3</td><td>耐</td><td>能</td><td>《古》</td><td>奴登切</td><td>一等開
口代韻</td><td>一等開
口登韻</td><td>泥</td><td>泥</td></tr>
<tr><td>4</td><td>雄</td><td>陵</td><td>《韻》</td><td>于陵切</td><td>三等開
口東韻</td><td>三等開
口蒸韻</td><td>爲</td><td>爲</td></tr>
<tr><td>5</td><td>伻</td><td>崩</td><td>《洪》</td><td>補耕切</td><td>二等開
口耕韻</td><td>二等開
口耕韻</td><td>滂</td><td>幫</td></tr>
<tr><td>6</td><td>鉉</td><td>◎</td><td>《韻》</td><td>古冥切</td><td>四等合
口銑韻</td><td>四等開
口青韻</td><td>匣</td><td>見</td></tr>
<tr><td>7</td><td>鉉</td><td>◎</td><td>《韻》</td><td>古熒切</td><td>四等合
口銑韻</td><td>四等合
口青韻</td><td>匣</td><td>見</td></tr>
</table>

平聲十蒸韻計七韻字例，切語與例字同韻二例，皆聲母相異。聲調相異四例，「雄」例屬平聲異韻關係，蒸、冬韻相切，今以上古韻部研究檢視，「雄」、「于陵切」屬蒸部，但分爲〔ri̯uəŋ〕、〔i̯əŋ〕，介音有異。

二十七、尤　韻

<table>
<tr><th>韻</th><th>序號</th><th>例字</th><th>直音</th><th>引書</th><th>切語</th><th>例字
歸韻</th><th>切語
歸韻</th><th>例字
聲母</th><th>切語
聲母</th></tr>
<tr><td rowspan="3">十
一
尤</td><td>1</td><td>九</td><td>仇</td><td>《古》</td><td>渠尤切</td><td>三等開
口有韻</td><td>三等開
口尤韻</td><td>見</td><td>群</td></tr>
<tr><td>2</td><td>九</td><td>鳩</td><td>《增》</td><td>居尤切</td><td>三等開
口有韻</td><td>三等開
口尤韻</td><td>見</td><td>見</td></tr>
<tr><td>3</td><td>舊</td><td>鵂</td><td>《五》</td><td>許尤切</td><td>三等開
口宥韻</td><td>三等開
口尤韻</td><td>群</td><td>曉</td></tr>
</table>

<table>
<tr><td rowspan="2">4</td><td rowspan="2">趎</td><td rowspan="2">疇</td><td>《集》</td><td>陳留切</td><td rowspan="2">三等合
口虞韻</td><td rowspan="2">三等開
口尤韻</td><td rowspan="2">澄</td><td rowspan="2">澄</td></tr>
<tr><td>《五》</td><td>直由切</td></tr>
<tr><td rowspan="3">5</td><td rowspan="3">夠</td><td rowspan="3">鉤</td><td>《集》</td><td>居侯切</td><td rowspan="3">一等開
口侯韻</td><td rowspan="3">一等開
口侯韻</td><td rowspan="3">見</td><td rowspan="3">見</td></tr>
<tr><td>《廣》</td><td rowspan="2">古侯切</td></tr>
<tr><td>《五》</td></tr>
<tr><td>6</td><td>茍</td><td>鉤</td><td>《集》</td><td>古侯切</td><td>一等開
口厚韻</td><td>一等開
口侯韻</td><td>見</td><td>見</td></tr>
<tr><td rowspan="2">7</td><td rowspan="2">揄</td><td rowspan="2">投</td><td>《古》</td><td rowspan="2">徒侯切</td><td rowspan="2">一等開
口侯韻</td><td rowspan="2">一等開
口侯韻</td><td rowspan="2">定</td><td rowspan="2">定</td></tr>
<tr><td>《增》</td></tr>
<tr><td rowspan="2">8</td><td rowspan="2">取</td><td rowspan="2">秋</td><td>《集》</td><td>雌由切</td><td>三等合
口虞韻</td><td rowspan="2">三等開
口尤韻</td><td rowspan="2">清</td><td rowspan="2">清</td></tr>
<tr><td>《五》</td><td>七由切</td><td>一等開
口厚韻</td></tr>
<tr><td>9</td><td>吺</td><td>兜</td><td>《增》</td><td>當侯切</td><td>一等開
口侯韻</td><td>一等開
口侯韻</td><td>端</td><td>端</td></tr>
<tr><td>10</td><td>慒</td><td>怓</td><td>《古》</td><td>徐由切</td><td>三等開
口尤韻</td><td>三等開
口尤韻</td><td>從</td><td>邪</td></tr>
<tr><td rowspan="4">11</td><td rowspan="4">掊</td><td rowspan="4">裒</td><td>《廣》</td><td rowspan="4">薄侯切</td><td rowspan="4">一等開
口侯韻</td><td rowspan="4">一等開
口侯韻</td><td rowspan="4">並</td><td rowspan="4">並</td></tr>
<tr><td>《五》</td></tr>
<tr><td>《增》</td></tr>
<tr><td>《古》</td></tr>
<tr><td rowspan="3">12</td><td rowspan="3">龜</td><td rowspan="3">丘</td><td>《集》</td><td rowspan="2">祛尤切</td><td rowspan="3">三等開
口尤韻</td><td rowspan="3">三等開
口尤韻</td><td rowspan="3">見</td><td rowspan="3">溪</td></tr>
<tr><td>《古》</td></tr>
<tr><td>《五》</td><td>去鳩切</td></tr>
<tr><td>13</td><td>殸</td><td>丘</td><td>《集》</td><td>祛尤切</td><td>三等開
口尤韻</td><td>三等開
口尤韻</td><td>溪</td><td>溪</td></tr>
<tr><td rowspan="2">14</td><td rowspan="2">拘</td><td rowspan="2">勾</td><td>《古》</td><td>居侯切</td><td rowspan="2">三等合
口虞韻</td><td rowspan="2">一等開
口侯韻</td><td rowspan="2">見</td><td rowspan="2">見</td></tr>
<tr><td>《增》</td><td>古侯切</td></tr>
<tr><td>15</td><td>掊</td><td>裒</td><td>《古》</td><td>蒲侯切</td><td>一等開
口侯韻</td><td>一等開
口侯韻</td><td>並</td><td>並</td></tr>
<tr><td>16</td><td>敦</td><td>焘</td><td>《五》</td><td>直由切</td><td>一等合
口魂韻</td><td>三等開
口尤韻</td><td>端</td><td>澄</td></tr>
<tr><td rowspan="3">17</td><td rowspan="3">母</td><td rowspan="3">矛</td><td>《集》</td><td rowspan="2">迷浮切</td><td rowspan="3">一等開
口厚韻</td><td rowspan="3">三等開
口尤韻</td><td rowspan="3">明</td><td rowspan="3">明</td></tr>
<tr><td>《古》</td></tr>
<tr><td>《五》</td><td>莫浮切</td></tr>
</table>

<table>
<tr><td rowspan="6"></td><td rowspan="2">18</td><td rowspan="2">檮</td><td rowspan="2">椆</td><td>《集》</td><td rowspan="2">陳留切</td><td rowspan="2">三等開口尤韻</td><td rowspan="2">三等開口尤韻</td><td rowspan="2">澄</td><td rowspan="2">澄</td></tr>
<tr><td>《古》</td></tr>
<tr><td>19</td><td>怊</td><td>◎</td><td>《韻》</td><td>丑鳩切</td><td>三等開口宥韻</td><td>三等開口尤韻</td><td>徹</td><td>徹</td></tr>
<tr><td>20</td><td>䍃</td><td>◎</td><td>《說》
《五》
《廣》</td><td>以周切</td><td>三等開口尤韻</td><td>三等開口尤韻</td><td>喻</td><td>喻</td></tr>
<tr><td>21</td><td>鱐</td><td>◎</td><td>《經》</td><td>所留切</td><td>三等開口屋韻</td><td>三等開口尤韻</td><td>心</td><td>疏</td></tr>
<tr><td>22</td><td>抱</td><td>◎</td><td>《玉》</td><td>步溝切</td><td>一等開口皓韻</td><td>一等開口侯韻</td><td>並</td><td>並</td></tr>
<tr><td rowspan="10">二十五有</td><td>1</td><td>咢</td><td>吼</td><td>《五》</td><td>呼后切</td><td>一等開口鐸韻</td><td>一等開口厚韻</td><td>疑</td><td>曉</td></tr>
<tr><td>2</td><td>臬</td><td>臼</td><td>《古》</td><td>巨九切</td><td>三等開口有韻</td><td>三等開口有韻</td><td>群</td><td>群</td></tr>
<tr><td>3</td><td>壽</td><td>受</td><td>《韻》</td><td>如九切</td><td>三等開口有韻</td><td>三等開口有韻</td><td>禪</td><td>日</td></tr>
<tr><td rowspan="2">4</td><td rowspan="2">幽</td><td rowspan="2">黝</td><td>《增》</td><td>於糾切</td><td rowspan="2">三等開口幽韻</td><td rowspan="2">三等開口黝韻</td><td rowspan="2">影</td><td rowspan="2">影</td></tr>
<tr><td>《古》</td><td>幺糾切</td></tr>
<tr><td>5</td><td>趣</td><td>◎</td><td>《集》</td><td>此苟切</td><td>一等開口厚韻</td><td>一等開口厚韻</td><td>清</td><td>清</td></tr>
<tr><td>6</td><td>取</td><td>◎</td><td>《集》</td><td>此苟切</td><td>一等開口厚韻</td><td>一等開口厚韻</td><td>清</td><td>清</td></tr>
<tr><td>7</td><td>鯫</td><td>◎</td><td>《集》</td><td>此苟切</td><td>一等開口厚韻</td><td>一等開口厚韻</td><td>牀</td><td>清</td></tr>
<tr><td>8</td><td>滫</td><td>◎</td><td>《增》</td><td>息有切</td><td>三等開口有韻</td><td>三等開口有韻</td><td>心</td><td>心</td></tr>
<tr><td>9</td><td>憂</td><td>◎</td><td>《韻》</td><td>於糾切</td><td>三等開口尤韻</td><td>三等開口黝韻</td><td>影</td><td>影</td></tr>
<tr><td rowspan="3">二十六宥</td><td rowspan="2">1</td><td rowspan="2">殷</td><td rowspan="2">救</td><td>《集》</td><td>居又切</td><td rowspan="2">三等開口宥韻</td><td rowspan="2">三等開口宥韻</td><td rowspan="2">見</td><td rowspan="2">見</td></tr>
<tr><td>《五》</td><td>居祐切</td></tr>
<tr><td>2</td><td>守</td><td>狩</td><td>《廣》
《集》
《五》
《古》
《增》</td><td>舒救切</td><td>三等開口宥韻</td><td>三等開口宥韻</td><td>審</td><td>審</td></tr>
</table>

<table>
<tr><td rowspan="2">3</td><td rowspan="2">夠</td><td rowspan="2">逅</td><td>《集》</td><td>居候切</td><td rowspan="2">一等開口侯韻</td><td rowspan="2">一等開口侯韻</td><td rowspan="2">見</td><td rowspan="2">見</td></tr>
<tr><td>《五》</td><td>古候切</td></tr>
<tr><td>4</td><td>肉</td><td>揉</td><td>《古》</td><td>如又切</td><td>三等開口屋韻</td><td>三等開口宥韻</td><td>日</td><td>日</td></tr>
<tr><td>5</td><td>瀆</td><td>豆</td><td>《增》</td><td>大透切</td><td>一等開口屋韻</td><td>一等開口候韻</td><td>定</td><td>定</td></tr>
<tr><td>6</td><td>啄</td><td>咮</td><td>《增》</td><td>陟救切</td><td>二等開口覺韻</td><td>三等開口宥韻</td><td>知</td><td>知</td></tr>
<tr><td>7</td><td>飂</td><td>溜</td><td>《增》</td><td>力救切</td><td>三等開口宥韻</td><td>三等開口宥韻</td><td>來</td><td>來</td></tr>
<tr><td>8</td><td>鑄</td><td>呪</td><td>《韻》</td><td>職救切</td><td>三等合口遇韻</td><td>三等開口宥韻</td><td>照</td><td>照</td></tr>
<tr><td>9</td><td>投</td><td>豆</td><td>《增》</td><td>大透切</td><td>一等開口侯韻</td><td>一等開口候韻</td><td>定</td><td>定</td></tr>
<tr><td>10</td><td>讀</td><td>豆</td><td>《古》</td><td>大透切</td><td>一等開口屋韻</td><td>一等開口候韻</td><td>定</td><td>定</td></tr>
<tr><td rowspan="2">11</td><td rowspan="2">鏤</td><td rowspan="2">漏</td><td>《集》</td><td rowspan="2">郎豆切</td><td rowspan="2">一等開口侯韻</td><td rowspan="2">一等開口候韻</td><td rowspan="2">來</td><td rowspan="2">來</td></tr>
<tr><td>《古》</td></tr>
<tr><td>12</td><td>注</td><td>咮</td><td>《古》</td><td>職救切</td><td>三等合口遇韻</td><td>三等開口宥韻</td><td>照</td><td>照</td></tr>
<tr><td>13</td><td>窬</td><td>竇</td><td>《增》</td><td>大透切</td><td>一等開口侯韻</td><td>一等開口候韻</td><td>定</td><td>定</td></tr>
<tr><td>14</td><td>句</td><td>逅</td><td>《五》</td><td>古候切</td><td>一等開口侯韻</td><td>一等開口候韻</td><td>見</td><td>見</td></tr>
<tr><td>15</td><td>窬</td><td>竇</td><td>《增》</td><td>大透切</td><td>一等開口侯韻</td><td>一等開口候韻</td><td>定</td><td>定</td></tr>
<tr><td>16</td><td>喙</td><td>咮</td><td>《古》</td><td>職救切</td><td>三等合口廢韻</td><td>三等開口宥韻</td><td>曉</td><td>照</td></tr>
<tr><td rowspan="2">17</td><td rowspan="2">讎</td><td rowspan="2">售</td><td>《增》</td><td rowspan="2">承呪切</td><td rowspan="2">三等開口尤韻</td><td rowspan="2">三等開口宥韻</td><td rowspan="2">禪</td><td rowspan="2">禪</td></tr>
<tr><td>《古》</td></tr>
<tr><td>18</td><td>廖</td><td>◎</td><td>《古》</td><td>力救切</td><td>三等開口宥韻</td><td>三等開口宥韻</td><td>來</td><td>來</td></tr>
<tr><td>19</td><td>區</td><td>◎</td><td>《漢》</td><td>口豆切</td><td>一等開口侯韻</td><td>一等開口候韻</td><td>影</td><td>溪</td></tr>
</table>

	20	朴	◎	《宋》	平豆切	二等開口覺韻	一等開口候韻	滂	並
	21	叫	◎	《經》	古幼切	四等開口嘯韻	三等開口幼韻	見	見
				《集》					
				《五》					

平聲十一尤韻計二十二韻字例，切語與例字同韻十例，而聲母相同佔八例。聲調相異八例，其餘四例屬平聲異韻關係，分別與尤、虞、侯、魂、宵韻相切，今以上古韻部研究檢視，「趚」屬侯部，「疇」屬幽部；「拘」「勾」屬侯部，但分爲〔i̯au〕、〔au〕，介音有異；「敦」屬諄部，「熏」屬幽部；「怊」屬宵部，「丑鳩切」屬幽部。

上聲二十五有韻計九韻字例，切語與例字同韻六例，而聲母相同佔四例。聲調相異三例。

去聲二十六宥韻計二十一韻字例，切語與例字同韻七例，皆聲母相同。聲調相異十例，其餘四例屬去聲異韻關係，分別與宥、遇、廢、嘯韻相切，今以上古韻部研究檢視，「鑄」屬幽部，「呪」屬覺部；「注」、「咮」同屬侯部；「喙」屬元部，「咮」屬侯部；「叫」、「古幼切」同屬幽部，但分爲〔iəu〕、〔ri̯əu〕，介音有異。

二十八、侵　韻

韻	序號	例字	直音	引書	切語	例字歸韻	切語歸韻	例字聲母	切語聲母
十二侵	1	肣	琴	《集》	渠金切	一等開口覃韻	三等開口侵韻	匣	群
				《增》					
				《古》					
				《五》	巨金切				
	2	闖	琛	《集》	癡林切	三等開口沁韻	三等開口侵韻	徹	徹
				《五》	丑林切				
	3	霠	岑	《集》	魚音切	三等開口侵韻	三等開口侵韻	疑	疑
				《五》	魚金切				
	4	聆	琴	《集》	渠金切	四等開口青韻	三等開口侵韻	來	群

<table>
<tr><td rowspan="7"></td><td>5</td><td>纖</td><td>箴</td><td>《集》</td><td>諸深切</td><td>三等開口鹽韻</td><td>三等開口侵韻</td><td>心</td><td>照</td></tr>
<tr><td rowspan="5">6</td><td rowspan="5">鋟</td><td rowspan="5">欽</td><td>《古》</td><td rowspan="2">祛音切</td><td rowspan="5">三等開口侵韻</td><td rowspan="5">三等開口侵韻</td><td rowspan="5">溪</td><td rowspan="5">溪</td></tr>
<tr><td>《集》</td></tr>
<tr><td>《廣》</td><td rowspan="2">去金切</td></tr>
<tr><td>《五》</td></tr>
<tr><td>《增》</td><td>驅音切</td></tr>
<tr><td>7</td><td>黚</td><td>禽</td><td>《古》</td><td>渠金切</td><td>三等開口侵韻</td><td>三等開口侵韻</td><td>群</td><td>群</td></tr>
<tr><td></td><td>8</td><td>潭</td><td>淫</td><td>《古》</td><td>夷針切</td><td>一等開口覃韻</td><td>三等開口侵韻</td><td>定</td><td>喻</td></tr>
<tr><td></td><td>9</td><td>乑</td><td>◎</td><td>《說》</td><td>余箴切</td><td>三等開口侵韻</td><td>三等開口侵韻</td><td>喻</td><td>喻</td></tr>
<tr><td rowspan="7">二十六寑</td><td rowspan="2">1</td><td rowspan="2">淰</td><td rowspan="2">審</td><td>《古》</td><td rowspan="2">式荏切</td><td rowspan="2">三等開口寑韻</td><td rowspan="2">三等開口寑韻</td><td rowspan="2">審</td><td rowspan="2">審</td></tr>
<tr><td>《增》</td></tr>
<tr><td>2</td><td>瘁</td><td>審</td><td>《古》</td><td>所錦切</td><td>三等開口寑韻</td><td>三等開口寑韻</td><td>疏</td><td>疏</td></tr>
<tr><td>3</td><td>唫</td><td>噤</td><td>《古》</td><td>渠飲切</td><td>三等開口寑韻</td><td>三等開口寑韻</td><td>群</td><td>群</td></tr>
<tr><td rowspan="2">4</td><td rowspan="2">黮</td><td rowspan="2">甚</td><td>《增》</td><td>食枕切</td><td rowspan="2">一等開口感韻</td><td rowspan="2">三等開口寑韻</td><td rowspan="2">透、定</td><td rowspan="2">神</td></tr>
<tr><td>《古》</td><td>食荏切</td></tr>
<tr><td>5</td><td>吟</td><td>◎</td><td>《古》</td><td>凝錦切</td><td>三等開口侵韻
三等開口沁韻</td><td>三等開口寑韻</td><td>疑</td><td>疑</td></tr>
<tr><td rowspan="6">二十七沁</td><td rowspan="2">1</td><td rowspan="2">陰</td><td rowspan="2">癊</td><td>《五》</td><td rowspan="2">於禁切</td><td rowspan="2">三等開口侵韻</td><td rowspan="2">三等開口沁韻</td><td rowspan="2">影</td><td rowspan="2">影</td></tr>
<tr><td>《集》</td></tr>
<tr><td rowspan="2">2</td><td rowspan="2">湛</td><td rowspan="2">浸</td><td>《古》</td><td rowspan="2">子鴆切</td><td rowspan="2">三等開口侵韻
二等開口豏韻
一等開口覃韻</td><td rowspan="2">三等開口沁韻</td><td rowspan="2">澄、定、端</td><td rowspan="2">精</td></tr>
<tr><td>《增》</td></tr>
<tr><td>3</td><td>臨</td><td>◎</td><td>《古》</td><td>力鴆切</td><td>三等開口沁韻</td><td>三等開口沁韻</td><td>來</td><td>來</td></tr>
<tr><td>4</td><td>吟</td><td>◎</td><td>《古》</td><td>宜禁切</td><td>三等開口沁韻</td><td>三等開口沁韻</td><td>疑</td><td>疑</td></tr>
</table>

韻	序號	例字	直音	引書	切語	例字歸韻	切語歸韻	例字聲母	切語聲母
	5	衿	◎	《古》 《經》	其鳩切	三等開口侵韻	三等開口沁韻	見	見
	6	枕	◎	《廣》 《五》	之任切	三等開口沁韻	三等開口沁韻	照	照

平聲十二侵韻計九韻字例，切語與例字同韻四例，皆聲母相同。聲調相異一例，其餘四例屬平聲異韻關係，分別與侵、覃、青、鹽韻相切，今以上古韻部研究檢視，「肣」屬談部，「琴」屬侵部；「聆」屬眞部，「琴」屬侵部；「纖」屬添部，「箴」屬侵部；「潭」、「淫」同屬侵部，但分爲〔əm〕、〔i̯əm〕，介音有異。

上聲二十六寑韻計五韻字例，切語與例字同韻三例，皆聲母相同。聲調相異一例，「黮」例屬上聲異韻關係，感、寑韻相切，今以上古韻部研究檢視，但分爲〔əm〕、〔i̯əm〕，介音有異。

去聲二十七沁韻計六韻字例，切語與例字同韻三例，皆聲母相同。聲調相異三例。

二十九、覃　韻

韻	序號	例字	直音	引書	切語	例字歸韻	切語歸韻	例字聲母	切語聲母
十三覃	1	啉	藍	《五》	魯甘切	一等開口覃韻	一等開口談韻	來	來
	2	惏	藍	《五》	魯甘切	一等開口覃韻	一等開口談韻	來	來
	3	颯	藍	《五》	魯甘切	一等開口合韻	一等開口談韻	心	來
	4	陰	菴	《五》 《集》	烏含切	三等開口侵韻	一等開口覃韻	影	影
二十七感	1	韽	掩	《五》 《集》	鄔感切	一等開口覃韻 二等開口陷韻	一等開口感韻	影	影
	2	參	◎	《古》	桑感切	一等開口覃韻	一等開口感韻	清	心

	3	參	◎	《古》	素感反	一等開口覃韻	一等開口感韻	清	心
二十八勘	1	菴	暗	《古》 《增》	烏紺切	一等開口覃韻 三等開口鹽韻	一等開口勘韻	影	影

平聲十三覃韻計四韻字例，一例聲調相異，其餘三例屬平聲異韻，分別與覃、談、侵韻相切，今以上古韻部研究檢視，「啉」屬侵部，「藍」屬談部；「倷」屬侵部，「藍」屬談部；「陰」屬侵部，「藍」屬添部。

上聲二十七感計三韻字例，皆屬聲調相異。

去聲勘韻計一韻字例，屬聲調相異。

三十、鹽　韻

韻	序號	例字	直音	引書	切語	例字歸韻	切語歸韻	例字聲母	切語聲母
十四鹽	1	阽	鹽	《古》 《增》	余廉切	三等開口鹽韻	三等開口鹽韻	端	喻
	2	鳩	丸	《五》	胡官切	一等合口桓韻	一等合口桓韻	匣	匣
	3	湛	尖	《增》	將廉切	三等開口侵韻	三等開口鹽韻	澄	精
	4	點	占	《集》 《五》	之廉切 職廉切	四等開口忝韻	三等開口鹽韻	端	照
	5	柑	鉗	《古》	其淹切	一等開口談韻	三等開口鹽韻	見	群
	6	瀐	尖	《廣》 《五》	子廉切	三等開口鹽韻	三等開口鹽韻	精	精
	7	狎	◎	《集》	蒲瞻切	二等開口狎韻	三等開口鹽韻	匣	並
	8	衿	◎	《史》	其炎切	三等開口侵韻	三等開口鹽韻	見	群
	9	涅	◎	《集》 《五》	其兼切	四等開口屑韻	四等開口添韻	泥	群

<table>
<tr><td rowspan="8">二十八琰</td><td rowspan="3">1</td><td rowspan="3">淡</td><td rowspan="3">琰</td><td>《廣》</td><td rowspan="3">以冉切</td><td rowspan="3">三等開口琰韻</td><td rowspan="3">三等開口琰韻</td><td rowspan="3">喻</td><td rowspan="3">喻</td></tr>
<tr><td>《五》</td></tr>
<tr><td>《增》</td></tr>
<tr><td rowspan="3">2</td><td rowspan="3">淊</td><td rowspan="3">琰</td><td>《廣》</td><td rowspan="3">以冉切</td><td rowspan="3">二等開口咸韻</td><td rowspan="3">三等開口琰韻</td><td rowspan="3">影</td><td rowspan="3">喻</td></tr>
<tr><td>《五》</td></tr>
<tr><td>《集》</td></tr>
<tr><td>3</td><td>夾</td><td>◎</td><td>《說》</td><td>失冉切</td><td>三等開口琰韻</td><td>三等開口琰韻</td><td>審</td><td>審</td></tr>
<tr><td>4</td><td>溓</td><td>◎</td><td>《文》</td><td>力檢切</td><td>三等開口琰韻</td><td>三等開口琰韻</td><td>來</td><td>來</td></tr>
<tr><td rowspan="3">二十九豔</td><td rowspan="2">1</td><td rowspan="2">鹽</td><td rowspan="2">豔</td><td>《集》</td><td rowspan="2">以贍切</td><td rowspan="2">三等開口豔韻</td><td rowspan="2">三等開口豔韻</td><td rowspan="2">喻</td><td rowspan="2">喻</td></tr>
<tr><td>《增》</td></tr>
<tr><td>2</td><td>弇</td><td>◎</td><td>《集》</td><td>於贍切</td><td>三等開口琰韻</td><td>三等開口豔韻</td><td>影</td><td>影</td></tr>
</table>

平聲十四鹽計九韻字例，切語與例字同韻三例，而聲母相同佔二例。聲調相異三例，其餘三例屬平聲異韻關係，分別與鹽、侵、談韻相切，今以上詁韻部研究檢視，「湛」、「尖」屬侵部。「柑」、「鉗」同屬談部，但分爲〔am〕、〔i̯am〕，介音有異。「衿」屬侵部，「其炎切」屬談部。

上聲二十八琰計四韻字例，切語與例字同韻三例，皆聲母相同。聲調相異一例。

去聲二十九豔計二韻字例，切語與例字同一例，屬皆聲母相同。聲調相異一例

三十一、咸　韻

韻	序號	例字	直音	引書	切語	例字歸韻	切語歸韻	例字聲母	切語聲母
十五咸	1	氾	帆	《古》	符咸切	二等開口咸韻	二等開口咸韻	邪	奉
	2	纔	◎	《五》	所咸切	二等開口銜韻	二等開口咸韻	疏	疏
	3	湴	◎	《五》	白銜切	二等開口鑑韻	二等開口銜韻	並	並
	4	鑑	◎	《五》	古咸切	二等開口咸韻	二等開口咸韻	見	見

<table>
<tr><td rowspan="3">三十陷</td><td rowspan="2">1</td><td rowspan="2">渢</td><td rowspan="2">汎</td><td>《集》</td><td rowspan="2">孚梵切</td><td rowspan="2">三等開口東韻</td><td rowspan="2">三等合口梵韻</td><td rowspan="2">奉</td><td rowspan="2">敷</td></tr>
<tr><td>《古》</td></tr>
<tr><td>2</td><td>帆</td><td>梵</td><td>《古》</td><td>扶泛切</td><td>三等合口梵韻</td><td>三等合口梵韻</td><td>奉</td><td>奉</td></tr>
</table>

平聲十五咸韻計四韻字例，切語與例字同韻二例，而聲母相同佔一例。聲調相異一例，「纔」例屬平聲異韻關係，銜、咸韻相切，今以上古韻部研究檢視，「纔」屬談部，「所咸切」屬侵部。

去聲三十陷韻計二韻字例，切語與例字同韻一例，屬皆聲母相同。聲調相異一例。

三十二、屋　韻

<table>
<tr><th>韻</th><th>序號</th><th>例字</th><th>直音</th><th>引書</th><th>切語</th><th>例字歸韻</th><th>切語歸韻</th><th>例字聲母</th><th>切語聲母</th></tr>
<tr><td rowspan="13">一屋</td><td>1</td><td>王</td><td>肅</td><td>《五》</td><td>息逐切</td><td>三等合口燭韻</td><td>三等開口屋韻</td><td>疑</td><td>心</td></tr>
<tr><td rowspan="2">2</td><td rowspan="2">毒</td><td rowspan="2">竺</td><td>《增》</td><td rowspan="2">都毒切</td><td rowspan="2">一等合口沃韻</td><td rowspan="2">一等合口沃韻</td><td rowspan="2">定</td><td rowspan="2">端</td></tr>
<tr><td>《古》</td></tr>
<tr><td>3</td><td>繆</td><td>穆</td><td>《古》</td><td>莫六切</td><td>三等開口屋韻</td><td>三等開口屋韻</td><td>明</td><td>明</td></tr>
<tr><td>4</td><td>賣</td><td>育</td><td>《古》</td><td>余六切</td><td>二等開口卦韻</td><td>三等開口屋韻</td><td>明</td><td>喻</td></tr>
<tr><td rowspan="2">5</td><td rowspan="2">賁</td><td rowspan="2">陸</td><td>《五》</td><td rowspan="2">力竹切</td><td rowspan="2">三等合口文韻
一等合口魂韻
三等合口微韻
三等開口寘韻</td><td rowspan="2">三等開口屋韻</td><td rowspan="2">幫、奉</td><td rowspan="2">來</td></tr>
<tr><td>《集》</td></tr>
<tr><td>6</td><td>璹</td><td>叔</td><td>《集》</td><td>神六切</td><td>三等開口屋韻</td><td>三等開口屋韻</td><td>禪</td><td>神</td></tr>
<tr><td>7</td><td>瘜</td><td>讀</td><td>《古》</td><td>他谷切</td><td>一等開口屋韻</td><td>一等開口屋韻</td><td>定</td><td>透</td></tr>
<tr><td>8</td><td>恧</td><td>◎</td><td>《古》</td><td>女六切</td><td>三等開口屋韻</td><td>三等開口屋韻</td><td>娘</td><td>娘</td></tr>
<tr><td rowspan="2">9</td><td rowspan="2">苖</td><td rowspan="2">◎</td><td>《說》</td><td rowspan="2">他六切</td><td rowspan="2">四等開口錫韻</td><td rowspan="2">三等開口屋韻</td><td rowspan="2">定</td><td rowspan="2">定</td></tr>
<tr><td>《繫》</td></tr>
</table>

	10	渥	◎	《韻》	烏谷切	二等開口覺韻	一等開口屋韻	影	影
	11	歗	◎	《韻》	息六切	三等合口至韻	三等開口屋韻	心	心
	12	倏	◎	《韻》	式竹切	三等開口尤韻	三等開口屋韻	心	審

入聲屋韻計十二韻字例，切語與例字同韻五例，而聲母相同佔二例。聲調相異四例，其餘三例屬入聲異韻關係，分別與屋、燭、錫、覺韻相切，今以上古韻部研究檢視，「王」屬屋部、「肅」屬覺部；「苗」屬幽部，「他六切」屬覺部；「渥」、「烏谷切」屬屋部，但分爲〔rauk〕、〔auk〕，介音有異。

三十三、沃　韻

韻	序號	例字	直音	引書	切語	例字歸韻	切語歸韻	例字聲母	切語聲母
二沃	1	睩	祿	《五》	盧谷切	一等開口屋韻	一等開口屋韻	來	來
	2	角	録	《五》《集》	盧谷切	一等開口屋韻	一等開口屋韻	來	來
	3	趣	促	《古》	趨玉切	三等合口遇韻一等開口厚韻	三等合口燭韻	清	清
	4	趨	促	《古》	趨玉切	三等合口虞韻	三等合口燭韻	清	清
	5	鶴	◎	《韻》	胡沃切	一等開口鐸韻	一等合口沃韻	匣	匣
	6	不	◎	《示》	逋骨切	三等合口物韻三等開口有韻三等開口尤韻	一等合口沒韻	非	幫
	7	告	◎	《廣》《五》《列》	古沃切	一等合口沃韻	一等合口沃韻	見	見

入聲二沃計七韻字例，切語與例字同韻三例，皆聲母相同。聲調相異三例，「鶴」例屬入聲異韻關係，沃、鐸韻相切，今以上古韻部研究檢視，「鶴」屬藥部，「胡沃切」屬屋部。

三十四、覺　韻

<table>
<tr><th>韻</th><th>序號</th><th>例字</th><th>直音</th><th>引書</th><th>切語</th><th>例字
歸韻</th><th>切語
歸韻</th><th>例字
聲母</th><th>切語
聲母</th></tr>
<tr><td rowspan="6">三
覺</td><td>1</td><td>欶</td><td>朔</td><td>《古》</td><td>色角切</td><td>二等開
口覺韻</td><td>二等開
口覺韻</td><td>徹</td><td>疏</td></tr>
<tr><td>2</td><td>䝉</td><td>啄</td><td>《五》</td><td>竹角切</td><td>一等開
口候韻</td><td>二等開
口覺韻</td><td>端</td><td>知</td></tr>
<tr><td>3</td><td>服</td><td>◎</td><td>《古》</td><td>弼角切</td><td>三等開
口屋韻</td><td>二等開
口覺韻</td><td>奉</td><td>並</td></tr>
<tr><td>4</td><td>[illegible]</td><td>◎</td><td>《說》</td><td>蒲角切</td><td>二等開
口覺韻</td><td>二等開
口覺韻</td><td>並</td><td>並</td></tr>
<tr><td rowspan="2">5</td><td rowspan="2">鰒</td><td rowspan="2">◎</td><td>《說》</td><td rowspan="2">蒲角切</td><td rowspan="2">二等開
口覺韻</td><td rowspan="2">二等開
口覺韻</td><td rowspan="2">並</td><td rowspan="2">並</td></tr>
<tr><td>《五》</td></tr>
</table>

入聲韻三覺計五例，切語與例字同韻三例，而聲母相同佔二例。聲調相異一例，「服」例屬入聲異韻關係，屋、覺韻相切，今以上古韻部研究檢視，「服」屬職部、「弼角切」屬覺部。

三十五、質　韻

<table>
<tr><th>韻</th><th>序號</th><th>例字</th><th>直音</th><th>引書</th><th>切語</th><th>例字
歸韻</th><th>切語
歸韻</th><th>例字
聲母</th><th>切語
聲母</th></tr>
<tr><td rowspan="7">四
質</td><td rowspan="2">1</td><td rowspan="2">溢</td><td rowspan="2">實</td><td>《集》</td><td>尺栗切</td><td rowspan="2">三等開
口質韻</td><td rowspan="2">三等開
口質韻</td><td rowspan="2">喻</td><td rowspan="2">穿、神</td></tr>
<tr><td>《五》</td><td>神質切</td></tr>
<tr><td rowspan="3">2</td><td rowspan="3">嘯</td><td rowspan="3">叱</td><td>《古》</td><td rowspan="2">尺栗切</td><td rowspan="3">四等開
口嘯韻</td><td rowspan="3">三等開
口質韻</td><td rowspan="3">心</td><td rowspan="3">穿</td></tr>
<tr><td>《增》</td></tr>
<tr><td>《五》</td><td>昌栗切</td></tr>
<tr><td>3</td><td>姞</td><td>◎</td><td>《古》</td><td>極乙切</td><td>三等開
口質韻</td><td>三等開
口質韻</td><td>群</td><td>群</td></tr>
<tr><td>4</td><td>結</td><td>◎</td><td>《韻》</td><td>激質切</td><td>四等開
口屑韻</td><td>三等開
口質韻</td><td>見</td><td>見</td></tr>
</table>

入聲四質韻計四韻字例，切語與例字同韻二例，而聲母相同佔一例。聲調相異一例，「結」例屬入聲異韻關係，屑、質韻相切，今以上古韻部研究檢視，「結」、「激質切」皆屬質部，但分爲〔iɐt〕、〔i̯iɐt〕，介音有異。

三十六、物　韻

<table>
<tr><th>韻</th><th>序號</th><th>例字</th><th>直音</th><th>引書</th><th>切語</th><th>例字
歸韻</th><th>切語
歸韻</th><th>例字
聲母</th><th>切語
聲母</th></tr>
<tr><td rowspan="13">五
物</td><td rowspan="2">1</td><td rowspan="2">疑</td><td rowspan="2">仡</td><td>《五》</td><td>魚訖切</td><td rowspan="2">三等開
口之韻</td><td rowspan="2">三等開
口迄韻</td><td rowspan="2">疑</td><td rowspan="2">疑</td></tr>
<tr><td>《古》</td><td>魚乞切</td></tr>
<tr><td rowspan="2">2</td><td rowspan="2">滑</td><td rowspan="2">骨</td><td>《五》</td><td rowspan="2">古忽切</td><td rowspan="2">一等合
口沒韻</td><td rowspan="2">一等合
口沒韻</td><td rowspan="2">見</td><td rowspan="2">見</td></tr>
<tr><td>《廣》</td></tr>
<tr><td rowspan="2">3</td><td rowspan="2">槩</td><td rowspan="2">骨</td><td>《集》</td><td>吉忽切</td><td rowspan="2">一等開
口代韻</td><td rowspan="2">一等合
口沒韻</td><td rowspan="2">見</td><td rowspan="2">見</td></tr>
<tr><td>《五》</td><td>古忽切</td></tr>
<tr><td>4</td><td>蔽</td><td>茀</td><td>《古》</td><td>分勿切</td><td>三等開
口祭韻</td><td>三等合
口物韻</td><td>幫</td><td>非</td></tr>
<tr><td rowspan="2">5</td><td rowspan="2">貍</td><td rowspan="2">鬱</td><td>《增》</td><td rowspan="2">紆勿切</td><td rowspan="2">三等開
口之韻</td><td rowspan="2">三等合
口物韻</td><td rowspan="2">來</td><td rowspan="2">影</td></tr>
<tr><td>《古》</td></tr>
<tr><td rowspan="3">6</td><td rowspan="3">屈</td><td rowspan="3">◎</td><td>《集》</td><td rowspan="3">渠勿切</td><td rowspan="3">三等合
口物韻</td><td rowspan="3">三等合
口物韻</td><td rowspan="3">見、溪</td><td rowspan="3">群</td></tr>
<tr><td>《增》</td></tr>
<tr><td>《古》</td></tr>
</table>

入聲五物韻計六韻字例，切語與例字同韻二例，而聲母相同佔一例。聲調相異四例。

三十七、月　韻

<table>
<tr><th>韻</th><th>序號</th><th>例字</th><th>直音</th><th>引書</th><th>切語</th><th>例字
歸韻</th><th>切語
歸韻</th><th>例字
聲母</th><th>切語
聲母</th></tr>
<tr><td rowspan="6">六
月</td><td rowspan="2">1</td><td rowspan="2">兌</td><td rowspan="2">說</td><td>《韻》</td><td rowspan="2">欲雪切</td><td rowspan="2">一等合
口泰韻</td><td rowspan="2">三等合
口薛韻</td><td rowspan="2">定</td><td rowspan="2">喻</td></tr>
<tr><td>《增》</td></tr>
<tr><td>2</td><td>頓</td><td>咄</td><td>《增》</td><td>當沒切</td><td>一等合
口慁韻</td><td>一等合
口沒韻</td><td>端</td><td>端</td></tr>
<tr><td rowspan="2">3</td><td rowspan="2">對</td><td rowspan="2">咄</td><td>《古》</td><td rowspan="2">當沒切</td><td rowspan="2">一等合
口隊韻</td><td rowspan="2">一等合
口沒韻</td><td rowspan="2">端</td><td rowspan="2">端</td></tr>
<tr><td>《增》</td></tr>
<tr><td>4</td><td>暍</td><td>謁</td><td>《古》</td><td>於歇切</td><td>三等開
口月韻</td><td>三等開
口月韻</td><td>影</td><td>影</td></tr>
</table>

	5	渤	◎	《韻》	皮列切	一等合口沒韻	三等開口薛韻	並	並
	6	契	◎	《韻》	丘傑切	四等開口霽韻	三等開口薛韻	溪	溪
	7	掇	◎	《韻》	旦悅切	三等合口薛韻	三等合口薛韻	知	端
	8	屈	◎	《集》 《古》 《韻》	丘月切	三等合口物韻	三等合口月韻	溪	溪

入聲六月韻計八韻字例，切語與例字同韻二例，而聲母相同佔一例。聲調相異四例，其餘二例屬入聲異韻關係，分別與月、物、沒、薛韻相切，今以上古韻部研究檢視，「渤」屬沒部，「皮列切」屬月部；「屈」屬沒部，「丘月切」屬月部。

三十八、曷　韻

韻	序號	例字	直音	引書	切語	例字歸韻	切語歸韻	例字聲母	切語聲母
七曷	1	稅	脫	《增》	他括切	三等合口祭韻	一等合口末韻	審	透
	2	越	活	《增》 《古》	戶括切	一等合口末韻	一等合口末韻	匣	匣
	3	頞	遏	《古》	阿葛切	一等開口曷韻	一等開口曷韻	影	影
	4	害	曷	《增》 《古》	何葛切	一等開口泰韻	一等開口曷韻	匣	匣
	5	撣	怛	《古》	當割切	三等開口仙韻 一等開口翰韻 一等開口寒韻	一等開口曷韻	禪、定	端
	6	濶	◎	《增》	苦括切	一等合口末韻	一等合口末韻	溪	溪
	7	剌	◎	《古》	郎達切	一等開口曷韻	一等開口曷韻	來	來

韻	序號	例字	直音	引書	切語	例字歸韻	切語歸韻	例字聲母	切語聲母
	8	泰	◎	《說》	他達切	一等開口泰韻	一等開口曷韻	透	透
	9	趨	◎	《苑》	起遏切	三等開口月韻	一等開口曷韻	見	溪
	10	怛	◎	《廣》 《五》 《古》	當割切	一等開口曷韻	一等開口曷韻	端	端
	11	檜	◎	《經》 《增》 《古》	古活切	一等合口末韻	一等合口末韻	見	見

入聲七曷韻計十一韻字例，切語與例字同韻六例，皆聲母相同。聲調相異四例，「趨」例屬入聲異韻關係，月、曷韻相切，今以上古韻部研究檢視，「趨」、「起遏切」屬月部，但分為〔ri̯at〕、〔at〕，介音有異。

三十九、黠　韻

韻	序號	例字	直音	引書	切語	例字歸韻	切語歸韻	例字聲母	切語聲母
八黠	1	乙	軋	《古》	乙黠切	三等開口質韻	三等開口職韻	影	影
	2	選	刷	《古》	數滑切	三等合口獮韻 三等合口線韻	二等合口黠韻	心	疏
	3	揳	戛	《古》	訖黠切	四等開口屑韻	二等開口黠韻	心	見
	4	劼	◎	《經》	苦八切	二等開口黠韻	二等開口黠韻	溪	溪
	5	帕	◎	《五》	莫八切	二等開口鎋韻	二等開口黠韻	明	明
	6	婠	◎	《雅》	一刮切	一等合口桓韻	二等合口鎋韻	影	影
	7	捌	◎	《苑》	百轄切	二等開口鎋韻	二等開口鎋韻	幫	幫

入聲八黠韻計七韻字例，切語與例字同韻二例，皆聲母相同。聲調相異二例，其餘三例屬入聲異韻關係，分別與黠、屑、職、質、鎋韻相切，今以上古

韻部檢視，「乙」屬質部，「軋」屬月部；「揳」屬月部，「戛」屬質部；「帕」屬鐸部，「莫八切」屬質部。

四十、屑　韻

<table>
<tr><th>韻</th><th>序號</th><th>例字</th><th>直音</th><th>引書</th><th>切語</th><th>例字
歸韻</th><th>切語
歸韻</th><th>例字
聲母</th><th>切語
聲母</th></tr>
<tr><td rowspan="20">九屑</td><td>1</td><td>蜺</td><td>臬</td><td>《古》</td><td>倪結切</td><td>四等開口屑韻</td><td>四等開口屑韻</td><td>疑</td><td>疑</td></tr>
<tr><td rowspan="3">2</td><td rowspan="3">屮</td><td rowspan="3">徹</td><td>《廣》</td><td rowspan="2">丑列切</td><td rowspan="3">三等開口薛韻</td><td rowspan="3">三等開口薛韻</td><td rowspan="3">徹</td><td rowspan="3">徹</td></tr>
<tr><td>《五》</td></tr>
<tr><td>《集》</td><td>敕列切</td></tr>
<tr><td>3</td><td>必</td><td>鼈</td><td>《五》</td><td>并列切</td><td>三等開口質韻</td><td>三等開口薛韻</td><td>幫</td><td>幫</td></tr>
<tr><td>4</td><td>緜</td><td>滅</td><td>《集》</td><td>莫列切</td><td>三等開口仙韻</td><td>三等開口薛韻</td><td>明</td><td>明</td></tr>
<tr><td rowspan="2">5</td><td rowspan="2">突</td><td rowspan="2">垤</td><td>《五》</td><td rowspan="2">徒結切</td><td rowspan="2">一等合口沒韻</td><td rowspan="2">四等開口屑韻</td><td rowspan="2">定</td><td rowspan="2">定</td></tr>
<tr><td>《集》</td></tr>
<tr><td>6</td><td>姪</td><td>迭</td><td>《古》</td><td>徒結切</td><td>四等開口屑韻</td><td>四等開口屑韻</td><td>定</td><td>定</td></tr>
<tr><td rowspan="2">7</td><td rowspan="2">池</td><td rowspan="2">徹</td><td>《五》</td><td rowspan="2">直列切</td><td rowspan="2">三等開口支韻</td><td rowspan="2">三等開口薛韻</td><td rowspan="2">澄</td><td rowspan="2">澄</td></tr>
<tr><td>《增》</td></tr>
<tr><td rowspan="2">8</td><td rowspan="2">渴</td><td rowspan="2">竭</td><td>《增》</td><td rowspan="2">巨列切</td><td rowspan="2">三等開口薛韻</td><td rowspan="2">三等開口薛韻</td><td rowspan="2">群</td><td rowspan="2">群</td></tr>
<tr><td>《古》</td></tr>
<tr><td rowspan="2">9</td><td rowspan="2">翳</td><td rowspan="2">咽</td><td>《增》</td><td rowspan="2">一結切</td><td>四等開口齊韻</td><td rowspan="2">四等開口屑韻</td><td rowspan="2">影</td><td rowspan="2">影</td></tr>
<tr><td>《古》</td><td>四等開口霽韻</td></tr>
<tr><td>10</td><td>昧</td><td>蔑</td><td>《集》</td><td>莫結切</td><td>一等合口隊韻</td><td>四等開口屑韻</td><td>明</td><td>明</td></tr>
<tr><td rowspan="2">11</td><td rowspan="2">髻</td><td rowspan="2">結</td><td>《增》</td><td>古屑切</td><td rowspan="2">四等開口霽韻</td><td rowspan="2">四等開口屑韻</td><td rowspan="2">見</td><td rowspan="2">見</td></tr>
<tr><td>《古》</td><td>吉屑切</td></tr>
<tr><td rowspan="2">12</td><td rowspan="2">制</td><td rowspan="2">哲</td><td>《增》</td><td rowspan="2">之列切</td><td rowspan="2">三等開口祭韻</td><td rowspan="2">三等開口薛韻</td><td rowspan="2">照</td><td rowspan="2">照</td></tr>
<tr><td>《古》</td></tr>
<tr><td>13</td><td>戾</td><td>烈</td><td>《古》</td><td>力薛切</td><td>四等開口霽韻</td><td>三等開口薛韻</td><td>來</td><td>來</td></tr>
</table>

14	鮿	輒	《古》	陟涉切	三等開口葉韻	三等開口葉韻	知	知
15	澨	折	《五》 《集》	時制切	三等開口祭韻	三等開口祭韻	禪	禪
16	札	截	《五》 《集》	昨結切	二等開口黠韻	四等開口屑韻	莊	從
17	汭	爇	《五》 《集》	如劣切	三等合口祭韻	三等合口薛韻	日	日
18	蕞	蕝	《古》	租悅切	一等合口泰韻	三等合口薛韻	從	精
19	契	◎	《經》	苦結切	四等開口屑韻	四等開口屑韻	溪	溪
20	愬	◎	《經》	山革切	一等合口暮韻	二等開口麥韻	心	疏
21	覕	◎	《經》	薄結切	四等開口屑韻	四等開口屑韻	明	並
22	秘	◎	《一》	蒲結切	三等開口至韻	四等開口屑韻	幫	並
23	際	◎	《韻》	子結切	三等開口祭韻	四等開口屑韻	精	精
24	察	◎	《韻》	敕列切	二等開口黠韻	三等開口薛韻	初	徹
25	蕞	◎	《漢》	子悅切	一等合口泰韻	三等合口薛韻	從	精
26	批	◎	《漢》	步結切	四等開口齊韻	四等開口屑韻	滂	並
27	墆	◎	《文》	徒結切	四等開口屑韻	四等開口屑韻	定	定
28	霓	◎	《文》	五結切	四等開口屑韻	四等開口屑韻	疑	疑
29	鷖	◎	《增》	一結切	四等開口齊韻	四等開口屑韻	影	影
			《古》		四等開口霽韻			

入聲九屑計二十九韻字例，切語與例字同韻十例，而聲母相同佔九例。聲調相異十五例，其餘四例屬入聲異韻關係，分別與屑、沒、質、薛、黠韻相切，

今以上古韻部研究檢視，「必」屬質部、「鼈」屬月部；「突」屬沒部，「垤」屬質部；「札」屬質部，「截」屬藥部；「察」、「敕列切」屬月部，但分為〔iat〕、〔ri̯at〕，介音有異。

四十一、藥　韻

<table>
<tr><th>韻</th><th>序號</th><th>例字</th><th>直音</th><th>引書</th><th>切語</th><th>例字
歸韻</th><th>切語
歸韻</th><th>例字
聲母</th><th>切語
聲母</th></tr>
<tr><td rowspan="25">十
藥</td><td rowspan="2">1</td><td rowspan="2">舃</td><td rowspan="2">托</td><td>《五》</td><td rowspan="2">闥各切</td><td rowspan="2">三等開
口藥韻</td><td rowspan="2">一等開
口鐸韻</td><td rowspan="2">清</td><td rowspan="2">透</td></tr>
<tr><td>《集》</td></tr>
<tr><td rowspan="2">2</td><td rowspan="2">溺</td><td rowspan="2">弱</td><td>《集》</td><td rowspan="2">日灼切</td><td rowspan="2">三等開
口藥韻</td><td rowspan="2">三等開
口藥韻</td><td rowspan="2">日</td><td rowspan="2">日</td></tr>
<tr><td>《古》</td></tr>
<tr><td rowspan="3">3</td><td rowspan="3">魄</td><td rowspan="3">拓</td><td>《廣》</td><td rowspan="2">他各切</td><td rowspan="3">一等開
口鐸韻</td><td rowspan="3">一等開
口鐸韻</td><td rowspan="3">透</td><td rowspan="3">透</td></tr>
<tr><td>《五》</td></tr>
<tr><td>《古》</td><td>闥各切</td></tr>
<tr><td rowspan="2">4</td><td rowspan="2">匏</td><td rowspan="2">穫</td><td>《集》</td><td>黃郭切</td><td rowspan="2">一等合
口鐸韻</td><td rowspan="2">一等合
口鐸韻</td><td rowspan="2">匣</td><td rowspan="2">匣</td></tr>
<tr><td>《五》</td><td>胡郭切</td></tr>
<tr><td>5</td><td>繳</td><td>灼</td><td>《古》</td><td>職畧切</td><td>三等開
口藥韻</td><td>三等開
口藥韻</td><td>照</td><td>照</td></tr>
<tr><td>6</td><td>路</td><td>落</td><td>《集》</td><td>歷各切</td><td>一等合
口暮韻</td><td>一等開
口鐸韻</td><td>來</td><td>來</td></tr>
<tr><td rowspan="2">7</td><td rowspan="2">昔</td><td>鵲</td><td rowspan="2">《韻》</td><td rowspan="2">七約切</td><td rowspan="2">三等開
口昔韻</td><td rowspan="2">三等開
口藥韻</td><td rowspan="2">心</td><td rowspan="2">清</td></tr>
<tr><td>舃</td></tr>
<tr><td rowspan="2">8</td><td rowspan="2">兊</td><td rowspan="2">奪</td><td>《五》</td><td rowspan="2">徒活切</td><td rowspan="2">一等合
口泰韻</td><td rowspan="2">一等合
口末韻</td><td rowspan="2">定</td><td rowspan="2">定</td></tr>
<tr><td>《集》</td></tr>
<tr><td>9</td><td>格</td><td>閣</td><td>《古》</td><td>葛鶴切</td><td>一等開
口鐸韻</td><td>一等開
口鐸韻</td><td>見</td><td>見</td></tr>
<tr><td>10</td><td>濼</td><td>薄</td><td>《古》</td><td>匹各切</td><td>一等開
口鐸韻</td><td>一等開
口鐸韻</td><td>來</td><td>滂</td></tr>
<tr><td rowspan="3">11</td><td rowspan="3">禚</td><td rowspan="3">灼</td><td>《廣》</td><td rowspan="2">之若切</td><td rowspan="3">三等開
口藥韻</td><td rowspan="3">三等開
口藥韻</td><td rowspan="3">照</td><td rowspan="3">照</td></tr>
<tr><td>《五》</td></tr>
<tr><td>《古》</td><td>職畧切</td></tr>
<tr><td>12</td><td>炤</td><td>灼</td><td>《增》</td><td>職畧切</td><td>三等開
口笑韻</td><td>三等開
口藥韻</td><td>照</td><td>照</td></tr>
</table>

	13	斥	柝	《五》	他各切	三等開口昔韻	一等開口鐸韻	穿	透
	14	詻	噩	《古》	蓮各切	二等開口陌韻	一等開口鐸韻	疑	來
	15	舃	◎	《韻》	七約切	三等開口藥韻	三等開口藥韻	清	清
	16	惕	◎	《韻》	汀藥切	四等開口錫韻	三等開口藥韻	透	透
	17	碩	◎	《韻》	實若切	三等開口昔韻	三等開口藥韻	禪	神
	18	躇	◎	《增》 《古》	敕畧切	三等開口魚韻	三等開口藥韻	澄	徹
	19	屵	◎	《廣》 《五》	以灼切	三等開口藥韻	三等開口藥韻	喻	喻

入聲十藥韻及十九韻字例，切語與例字同韻九例，而聲母相同佔八例。聲調相異三例，其餘六例屬入聲相異關係，分別與藥、鐸、昔、錫、陌韻相切，今以上古韻部研究檢視，「舃」、「托」屬鐸部但分爲〔i̯ak〕、〔ak〕，介音有異；「昔」、「鵲」、「舃」爲鐸部，但「昔」屬〔ri̯ak〕、「鵲」、「舃」屬〔i̯ak〕，介音有異；「斥」、「柝」屬鐸部，但分爲〔ri̯ak〕、〔ak〕，介音有異；「詻」、「噩」屬鐸部，但分爲〔rak〕、〔ak〕，介音有異；「惕」屬錫部，「汀藥切」屬藥部；「碩」、「實若切」屬鐸部，但分爲〔ri̯ak〕、〔i̯ak〕，介音有異。

四十二、陌　韻

韻	序號	例字	直音	引書	切語	例字歸韻	切語歸韻	例字聲母	切語聲母
十一陌	1	絯	核	《五》 《集》	下革切	二等開口駭韻	二等開口麥韻	匣	匣
	2	椑	僻	《古》	毗亦切	三等開口昔韻	三等開口昔韻	並	並
	3	適	讁	《增》	陟革切	三等開口昔韻	二等開口麥韻	端	知
	4	百	陌	《古》 《增》	莫白切	二等開口陌韻	二等開口陌韻	幫	明

韻	序號	例字	直音	引書	切語	例字歸韻	切語歸韻	例字聲母	切語聲母
	5	栢	迫	《增》 《古》	博陌切	二等開口陌韻	二等開口陌韻	幫	幫
	6	戹	◎	《六》	乙革切	二等開口麥韻	二等開口麥韻	影	影
	7	輅	◎	《漢》	胡格切	一等合口暮韻	二等開口陌韻	來	匣
	8	刺	◎	《增》 《古》	七迹切	三等開口昔韻	三等開口昔韻	清	清

入聲十一陌韻計八韻字例，切語與例字同韻五例，而聲母相同佔四例。聲調相異二例，「適」例屬入聲相異關係，麥、錫韻相切，今以上古韻部研究檢視，「適」、「讁」同屬錫部，但分爲〔i̯ɐk〕、〔rɐk〕，介音有異。

四十三、錫　韻

韻	序號	例字	直音	引書	切語	例字歸韻	切語歸韻	例字聲母	切語聲母
十二錫	1	逐	滌	《集》 《古》 《五》	亭歷切 徒歷切	三等開口屋韻	四等開口錫韻	澄	定
	2	漻	歷	《集》	狼狄切	四等開口蕭韻	四等開口錫韻	來	來
	3	摘	剔	《古》	他歷切	四等開口錫韻	四等開口錫韻	透	透
	4	宿	戚	《五》 《集》	倉歷切	三等開口宥韻	四等開口錫韻	心	清
	5	夜	掖	《集》 《五》	夷益切 羊益切	三等開口禡韻	三等開口昔韻	喻	喻
	6	珞	歷	《集》	狼狄切	一等開口鐸韻	四等開口錫韻	來	來
	7	俶	逖	《古》 《增》	他歷切	三等開口屋韻	四等開口錫韻	穿	透
	8	覓	密	《古》	莫狄切	四等開口錫韻	四等開口錫韻	明	明
	9	冥	冪	《古》	莫狄切	四等開口青韻	四等開口錫韻	明	明

韻	序號	例字	直音	引書	切語	例字歸韻	切語歸韻	例字聲母	切語聲母
	10	躍	趯	《增》 《古》	他歷切	三等開口藥韻	四等開口錫韻	喻	透
	11	寥	歷	《古》 《增》	狼狄切 郎狄切	四等開口錫韻	四等開口錫韻	來	來
	12	南	惄	《五》	奴歷切	一等開口覃韻	四等開口錫韻	泥	泥
	13	肆	◎	《經》	托歷切	三等開口至韻	四等開口錫韻	心	透
	14	末	◎	《增》	莫狄切	一等合口末韻	四等開口錫韻	明	明
	15	鶂	◎	《古》	倪歷切	四等開口錫韻	四等開口錫韻	疑	疑
	16	約	◎	《文》	都狄切	三等開口藥韻	四等開口錫韻	影	端

入聲十二錫計十六韻字例，切語與例字同韻四例，皆聲母相同。聲調相異六例，宜於六例屬入聲異韻關係，分別與錫、屋、鐸、藥、末韻相切，今以上古韻部研究檢視，「逐」屬脂部，「滌」屬幽部；「珞」屬鐸部，「歷」屬錫部；「俶」屬覺部，「逖」屬錫部；「躍」、「趯」屬藥部，但分為〔i̯ɐuk〕、〔iɐuk〕，介音有異。「末」屬沒部，「莫狄切」屬錫部；「約」屬藥部，「莫狄切」屬錫部。

四十四、職　韻

韻	序號	例字	直音	引書	切語	例字歸韻	切語歸韻	例字聲母	切語聲母
十三職	1	昵	織	《古》	質力切	三等開口質韻	三等開口職韻	娘	照、知
	2	棘	僰	《增》	蒲墨切	三等開口職韻	一等開口德韻	見	並
	3	穆	默	《增》 《古》	密北切	三等開口屋韻	一等開口德韻	明	明
	4	昗	稷	《古》	札色切	三等開口職韻	三等開口職韻	莊	莊
	5	意	億	《韻》	乙力切	三等開口志韻	三等開口職韻	影	影
	6	幅	逼	《古》	筆力切	三等開口職韻	三等開口職韻	幫	幫

	7	國	◎	《韻》	越逼切	一等合口德韻	三等開口職韻	見	匣、為
	8	服	◎	《韻》	蒲北切	三等開口屋韻	一等開口德韻	奉	並

入聲十三職韻計八韻字例，切語與例字同韻二例，皆聲母相同。聲調相異一例，其餘五例屬入聲異韻關係，分別與職、質、德、屋韻相切，今以上古韻部研究檢視，「昵」屬脂部，「織」屬質部；「棘」、「僰」屬質部，但分為〔i̯ək〕、〔ək〕，介音有異；「穆」屬覺部，「默」屬質部；「國」、「越逼切」屬質部，但分為〔uək〕、〔i̯ək〕，介音有異。「服」、「蒲北切」屬質部，但分為〔ri̯uək〕、〔ək〕，介音有異。

四十五、緝　韻

韻	序號	例字	直音	引書	切語	例字歸韻	切語歸韻	例字聲母	切語聲母
十四緝	1	跲	急	《集》	訖立切	二等開口洽韻	三等開口緝韻	見	見
				《五》	居立切				
	2	廿	入	《古》	人汁切	三等開口緝韻	三等開口緝韻	日	日
	3	斟	◎	《說》	子入切	三等開口緝韻	三等開口緝韻	穿	精
				《五》					

入聲十四緝韻計三韻字例，切語與例字同韻二例，皆聲母相同。「跲」例屬入聲異韻關係，洽、緝韻相切，今以上古韻部研究檢視，「跲」、「急」屬緝部，但分為〔rəp〕、〔i̯əp〕，介音有異。

四十六、合　韻

韻	序號	例字	直音	引書	切語	例字歸韻	切語歸韻	例字聲母	切語聲母
十五合	1	邑	匼	《古》	遏合切	三等開口緝韻	一等開口合韻	影	影
	2	荅	榻	《五》	吐盍切	一等開口合韻	一等開口盍韻	端	透
	3	蓋	◎	《經》	戶臘切	一等開口盍韻	一等開口盍韻	匣	匣

	4	䵬	◎	《新》	他合切	一等開口合韻	一等開口合韻	透	透
	5	邑	◎	《詩》	於合切	三等開口緝韻	一等開口合韻	影	影

入聲十五合韻計五韻字例，切語與例字同韻二例，皆聲母相同。「邑」、「荅」例屬入聲異韻關係，合、緝、盍韻分別相切，今以上古韻部研究檢視，「邑」、「㕁」、「於合切」屬緝部，但「邑」屬〔i̯əp〕，「㕁」、「於合切」屬〔əp〕，介音有異；「荅」屬緝部，「榻」屬盍部。

四十七、葉　韻

韻	序號	例字	直音	引書	切語	例字歸韻	切語歸韻	例字聲母	切語聲母
十六葉	1	耴	聶	《集》	昵輒切	三等開口葉韻	三等開口葉韻	疑	娘
				《五》	尼輒切				
	2	咠	聶	《集》	昵輒切	三等開口葉韻	三等開口葉韻	疑	娘
				《五》	尼輒切				
	3	攝	愜	《五》	苦協切	四等開口帖韻	四等開口帖韻	泥	溪
	4	裛	浥	《古》	乙業切	三等開口業韻	三等開口業韻	影	影
	5	拾	涉	《增》	實攝切	三等開口緝韻	三等開口葉韻	禪	神
				《古》					
	6	汁	叶	《集》	檄頰切	三等開口緝韻	四等開口帖韻	照	匣
				《五》	胡頰切				
	7	沾	帖	《古》	的協切	四等開口添韻	四等開口帖韻	透	端
	8	浥	◎	《古》	乙業切	三等開口業韻	三等開口業韻	影	影
	9	灄	◎	《苑》	書涉切	三等開口葉韻	三等開口葉韻	審	審
	10	厭	◎	《史》	一涉切	三等開口葉韻	三等開口葉韻	影	影
				《漢》					
				《荀》					

入聲十六葉計十韻字例，切語與例字同韻七例，而聲母相同佔四例。聲調相異一例，其餘二例屬入聲異韻關係，葉、緝、帖韻相切，今以上古韻部研究檢視，「拾」屬緝部，「涉」屬盍部；「汁」屬緝部，「叶」屬帖部。

四十八、洽　韻

韻	序號	例字	直音	引書	切語	例字歸韻	切語歸韻	例字聲母	切語聲母
十七洽	1	捷	插	《古》	測洽切	三等開口葉韻	二等開口洽韻	從	初
	2	歃	◎	《古》	色洽切	二等開口洽韻	二等開口洽韻	疏	疏
	3	夾	◎	《說》	古狎切	二等開口洽韻	二等開口狎韻	見	見

入聲十七洽韻計三韻字例，切語與例字同韻一例，屬聲母相同。其餘二例屬入聲異韻關係，分別與洽、葉、狎韻相切，今以上古韻部研究檢視，「捷」、「插」屬帖部，但分爲〔i̯ɐp〕〔rɐp〕，介音有異；「夾」屬帖部，「古狎切」屬盍部。

參、《轉注古音略》古韻統計分析

以上韻字例計九百零九例，切語與例字相較，韻同者佔三百六十一例，其中聲韻皆相同者佔二百八十九例。聲調相異佔三百三十例，調同韻異佔二百一十八例。其比例分配如下表：

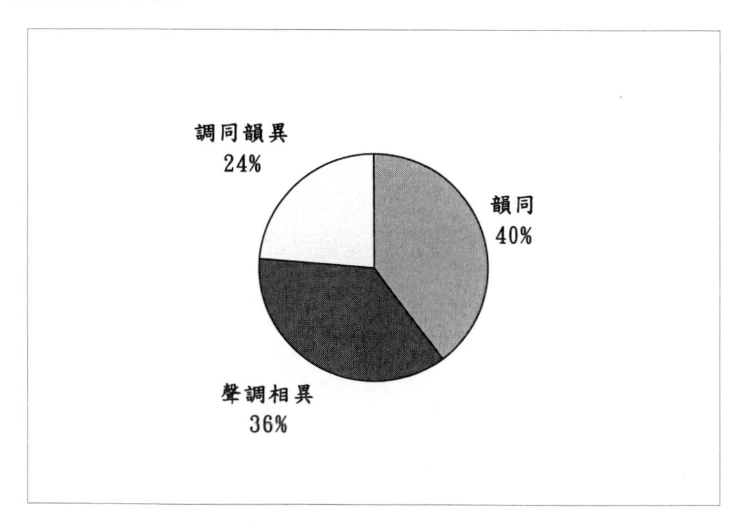

調同韻異部份爲統計中比例最低者，這些韻字與《廣韻》音有異，根據筆者分析，這些韻字在如今上古韻部研究中，主要屬異部及同部卻介音相異的關

係，並未能完全相符，此類韻字充其量僅具有上古音遺留的音韻現象，因此王金旺的楊慎上古韻部觀看法，筆者認為應有修正的空間。

統計中，聲調相異佔其次比例，上古聲調之說，至今仍無定論，陳師新雄從其師林尹之說，試圖揉合各說，以為「就《詩》中四聲用之現象觀之，可能古人實際語音中卻有四種不同之區別存在，而就《詩》中平上合用，去入合用之現象看，古人觀念上尚無後世四聲之差異。」〔註 49〕楊慎所收的聲調相異韻字例，與上古韻不同，且由切語、直音引據資料可知，此類應屬《廣韻》之後的音韻分化。然而聲調相異比例在統計中比例甚高，筆者以為與〈答李仁夫論轉注書〉:「凡字皆有四聲，皆有切響，如皆可通也，皆可互也，則為字為音不勝其繁矣。原古人轉注之法，義可互則互，理可通則通，未必皆互皆通也。」說法相關。筆者發現楊慎某些韻字例，於不同聲調中複重出現，如「單」字，一先、十六銑、十七霰韻皆有；「敦」字，十九皓、二十號韻皆有；「叚」字六麻、二十一馬韻皆有。又或音注與韻字，聲調有異，以麻、馬、禡韻為例，六麻韻「吾」字音「牙」、二十二禡韻「牙」音「砑」；六麻「假」字音「遐」，二十一馬韻「夏」音「假」。《轉注古音略・二十三漾》「掠」注：

> 《說文》:「奪取也。」本音亮。《唐韻》:「離灼切。」○按「掠」从手，當从涼省乃得聲，古音亮，今音略，以四聲轉之，涼、兩、亮、略，去轉為入也。

本文第二章探討楊慎反對宋人「類推說」，認為「四聲」、「切響」必須透過古籍、方言謠俗，得以具備有「古今異音」的義理證據，楊慎此語即證筆者之說。此外《轉注古音略・三江》「舡」注:「『彀』以平聲轉注為入聲。」《轉注古音略・三絳》「紅」注:「轉音作平聲。」李運益曾對解釋楊慎「轉注」與聲調關係：

> 一個字的音，或平、上、去、入相承，或與他韻相通，一個字可能讀成不同的音，平、上、去、入相承是字的四聲，與他韻相通是字的切響。〔註 50〕

〔註 49〕陳師新雄：《古音研究》(臺北：五南圖書出版有限公司，1999 年)，頁 760。

〔註 50〕李運益：〈楊慎的古韻學〉,《西南師範大學學報（哲學社會科學版)》(1990 年第 4 期)，頁 85。

此說可佐證楊慎重視收集聲調相異的韻字。雷磊對楊慎此特點作一拓展推論，認爲這與楊慎對先秦韻文看法相關：

> 楊慎的韻書中，討論轉聲的卻相當多。如「某轉音某」、「某轉入某聲」、「某轉爲某」、「某轉作某」、「某亦某之轉聲」等。其中大都是講轉讀聲調的，意思是說，先秦韻文，聲調可以通押。當然楊慎沒能明白表達出來，但這是他的「轉注之法」的核心內容。〔註51〕

雷磊的「通押」之說，筆者採保留態度，但由本節研究整理，這些聲調相異韻例，呈現楊慎在他自身觀點下，收字時對聲調差異的重視。

在九百零九例中，韻同者比例最高，佔三百六十一例，其中七十二例屬韻同聲異關係，由切語、直音引據資料可知，此與《廣韻》後的音韻分化相關。在整體統計中，聲韻與《廣韻》相同佔二百八十九例，約32%的比例。觀察此類韻字，如一東韻序號【5】「凍」音「東」、序號【10】「洞」音「同」，一送韻序號【6】「風」音「方鳳切」，七虞韻序號【14】「著」音「除」，筆者認爲這些「古今異音」雖與《廣韻》相同，但屬韻書用字的罕用音讀，故「凍」、「洞」、「著」不採去聲取平聲、「風」不採平聲取去聲，楊慎將此類音讀亦收入其古音體系中。

第三節　楊慎「古聲」探析

上節楊慎古韻探析中，透過《轉注古音略》例字分析，可知楊慎的古韻內容紛雜，其中可觀察楊慎古韻收字的方式。本節仍依循第二章研究成果及考釋凡例擇選的《轉注古音略》例字，進行楊慎古聲探析。以《廣韻》聲母分類爲樞紐，分析《轉注古音略》例字及切語，比較其中的差異，藉以觀察楊慎古聲內容究竟爲何。

壹、《轉注古音略》古聲考

本節依據上節〈楊慎古音考釋凡例〉標準，擇選《轉注古音略》例字，並以第二章《轉注古音略》直音、切語考釋成果爲基，《廣韻》聲母分類爲樞紐，

〔註51〕雷磊：〈楊慎古音學源流考辨〉，《湘潭大學學報（哲學社會科學版）》（2007年11月第31卷第3期），頁147。

比較例字與切語的聲母差異，藉以考究楊慎古聲觀念，後文綱目按《廣韻》四十一聲類區分。

一、唇　音

（一）幫　母

幫母例計二十例，楊慎切語聲母同於例字者十二例，而韻母相同佔五例。並母切幫母三例，明母切幫母二例，非母切幫母一例，滂母切幫母一例，敷母切幫母一例。

序號	韻	例字	直音	引書	切語	例字聲母	切語聲母	例字歸韻	切語歸韻
1	元	賁	翻	《集》	孚袁切	幫	敷	一等合口魂韻	三等合口元韻
2	刪	卑	頒	《集》	逋還切	幫	幫	三等開口支韻	二等合口刪韻
3	蕭	表	慓	《古》	卑遙切	幫	幫	三等開口小韻	三等開口宵韻
4	麻	把	琶	《五》	蒲巴切	幫	並	二等開口馬韻	二等開口麻韻
5	紙	卑	婢	《增》	部弭切	幫	並	三等開口支韻	三等開口紙韻
6	篠	苞	藨	《古》	滂表切	幫	滂	二等開口肴韻	三等開口小韻
7	寘	波	賁	《古》	彼義切	幫	幫	一等合口戈韻	三等開口寘韻
8	震	賓	儐	《五》	必刃切	幫	幫	三等開口眞韻	三等開口震韻
9	禡	伯	禡	《古》	莫駕切	幫	明	二等開口陌韻	二等開口禡韻
10	敬	寎	病	《廣》	兵永切	幫	幫	二等開口梗韻	三等合口梗韻
11	物	蔽	茀	《古》	分勿切	幫	非	三等開口祭韻	三等合口物韻
12	屑	必	鼈	《五》	并列切	幫	幫	三等開口質韻	三等開口薛韻
13	陌	百	陌	《古》 《增》	莫白切	幫	明	二等開口陌韻	二等開口陌韻

14	陌	栢	迫	《增》 《古》	博陌切	幫	幫	二等開口陌韻	二等開口陌韻
15	職	幅	逼	《古》	筆力切	幫	幫	三等開口職韻	三等開口職韻
16	東	邦	◎	《韻》	悲工切	幫	幫	二等開口江韻	一等開口東韻
17	肴	報	◎	《經》	保毛切	幫	幫	一等開口號韻	一等開口號韻
18	篠	苞	◎	《經》	白表切	幫	並	二等開口肴韻	三等開口小韻
19	敬	賓	◎	《增》 《經》	必刃切	幫	幫	三等開口真韻	三等開口震韻
20	黠	捌	◎	《苑》	百轄切	幫	幫	二等開口鎋韻	二等開口鎋韻

（二）滂　母

滂母例計七例，楊慎切語聲母同於例字者四例，而韻母相同佔二例。並母切滂母二例，幫母切滂母一例。

序號	韻	例字	直音	引書	切語	例字聲母	切語聲母	例字歸韻	切語歸韻
1	歌	頗	坡	《古》	滂禾切	滂	滂	一等合口戈韻	一等合口戈韻
2	蒸	伻	崩	《洪》	補耕切	滂	幫	二等開口耕韻	二等開口耕韻
3	紙	披	◎	《古》	普靡切	滂	滂	三等開口紙韻	三等開口紙韻
4	泰	淠	◎	《集》 《五》	普蓋切	滂	滂	三等開口至韻	一等開口泰韻
4	諫	盼	◎	《古》	匹莧切	滂	滂	二等開口襇韻	二等開口襇韻
5	宥	朴	◎	《宋》	平豆切	滂	並	二等開口覺韻	一等開口候韻
6	屑	批	◎	《漢》	步結切	滂	並	四等開口齊韻	四等開口屑韻

（三）並　母

並母例計二十四例，楊慎切語聲母同於例字者十七例，而韻母相同佔七例。來母切並母一例，滂母切並母四例，敷母切並母一例，幫母切並母一例。

<table>
<tr><th>序號</th><th>韻</th><th>例字</th><th>直音</th><th>引書</th><th>切語</th><th>例字
聲母</th><th>切語
聲母</th><th>例字
歸韻</th><th>切語
歸韻</th></tr>
<tr><td rowspan="2">1</td><td rowspan="2">冬</td><td rowspan="2">龐</td><td rowspan="2">龍</td><td>《五》</td><td>力鐘切</td><td rowspan="2">並</td><td rowspan="2">來</td><td rowspan="2">二等開
口江韻</td><td rowspan="2">三等合
口鍾韻</td></tr>
<tr><td>《古》</td><td>盧容切</td></tr>
<tr><td rowspan="2">2</td><td rowspan="2">支</td><td rowspan="2">被</td><td rowspan="2">披</td><td>《古》</td><td>攀縻切</td><td rowspan="2">並</td><td rowspan="2">滂</td><td>三等開
口紙韻</td><td>三等開
口脂韻</td></tr>
<tr><td>《增》</td><td>攀虆切</td><td>三等開
口寘韻</td><td>三等合
口支韻</td></tr>
<tr><td>3</td><td>虞</td><td>樸</td><td>蒲</td><td>《集》</td><td>蓬逋切</td><td>並</td><td>並</td><td>一等合
口模韻</td><td>一等合
口模韻</td></tr>
<tr><td>4</td><td>肴</td><td>抱</td><td>拋</td><td>《古》</td><td>披交切</td><td>並</td><td>滂</td><td>一等開
口晧韻</td><td>二等開
口肴韻</td></tr>
<tr><td>5</td><td>歌</td><td>繁</td><td>媻</td><td>《五》</td><td>薄波切</td><td>並</td><td>並</td><td>一等合
口戈韻</td><td>一等合
口戈韻</td></tr>
<tr><td rowspan="2">6</td><td rowspan="2">陽</td><td rowspan="2">彭</td><td rowspan="2">傍</td><td>《增》</td><td rowspan="2">蒲光切</td><td rowspan="2">並</td><td rowspan="2">並</td><td rowspan="2">二等開
口庚韻</td><td rowspan="2">一等合
口唐韻</td></tr>
<tr><td>《古》</td></tr>
<tr><td rowspan="2">7</td><td rowspan="2">蒸</td><td rowspan="2">凴</td><td rowspan="2">砰</td><td>《五》</td><td rowspan="2">披冰切</td><td rowspan="2">並</td><td rowspan="2">滂</td><td rowspan="2">三等開
口蒸韻</td><td rowspan="2">三等開
口蒸韻</td></tr>
<tr><td>《集》</td></tr>
<tr><td rowspan="4">8</td><td rowspan="4">尤</td><td rowspan="4">掊</td><td rowspan="4">裒</td><td>《廣》</td><td rowspan="4">薄侯切</td><td rowspan="4">並</td><td rowspan="4">並</td><td rowspan="4">一等開
口侯韻</td><td rowspan="4">一等開
口侯韻</td></tr>
<tr><td>《五》</td></tr>
<tr><td>《增》</td></tr>
<tr><td>《古》</td></tr>
<tr><td rowspan="3">9</td><td rowspan="3">旱</td><td rowspan="3">並</td><td rowspan="3">伴</td><td>《古》</td><td rowspan="2">部滿切</td><td rowspan="3">並</td><td rowspan="3">並</td><td rowspan="3">四等合
口迴韻</td><td rowspan="3">一等合
口緩韻</td></tr>
<tr><td>《集》</td></tr>
<tr><td>《五》</td><td>蒲管切</td></tr>
<tr><td rowspan="2">10</td><td rowspan="2">感</td><td rowspan="2">辨</td><td rowspan="2">貶</td><td>《增》</td><td>悲檢切</td><td rowspan="2">並</td><td rowspan="2">幫</td><td>三等開
口獮韻</td><td rowspan="2">三等開
口琰韻</td></tr>
<tr><td>《古》</td><td>悲撿切</td><td>二等開
口襇韻</td></tr>
<tr><td>11</td><td>隊</td><td>孛</td><td>背</td><td>《古》</td><td>蒲妹切</td><td>並</td><td>並</td><td>一等合
口隊韻</td><td>一等合
口隊韻</td></tr>
</table>

12	陌	椑	僻	《古》	毗亦切	並	並	三等開口昔韻	三等開口昔韻
13	歌	皮	◎	《韻》	蒲波切	並	並	三等開口支韻	一等合口戈韻
14	歌	搫	◎	《文》	步何切	並	並	一等合口桓韻	一等開口歌韻
15	尤	抱	◎	《玉》	步溝切	並	並	一等開口晧韻	一等開口侯韻
16	咸	湴	◎	《五》	白銜切	並	並	二等開口鑑韻	二等開口銜韻
17	講	棓	◎	《廣》 《五》	步項切	並	並	二等開口講韻	二等開口講韻
18	虁	蒲	◎	《韻》	頗五切	並	滂	一等合口模韻	一等合口姥韻
19	賄	菩	◎	《說》	步乃切	並	並	一等開口海韻	一等開口海韻
20	味	哺	◎	《後》	孚廢切	並	敷	一等合口暮韻	三等合口廢韻
21	遇	抱	◎	《增》	薄晧切	並	並	一等開口晧韻	一等開口晧韻
22	卦	排	◎	《後》	蒲拜切	並	並	二等開口皆韻	二等開口怪韻
23	覺	鰒	◎	《說》 《五》	蒲角切	並	並	二等開口覺韻	二等開口覺韻
24	月	渤	◎	《韻》	皮列切	並	並	一等合口沒韻	三等開口薛韻

（四）明　母

明母例計四十六例，楊慎切語聲母同於例字者三十六例，而韻母相同佔十一例。並母切明母三例，喻母切明母一例，微母切明母四例，精母切明母二例。

序號	韻	例字	直音	引書	切語	例字聲母	切語聲母	例字歸韻	切語歸韻
1	東	蓸	蒙	《集》 《五》	謨蓬切 莫紅切	明	明	三等開口東韻	一等開口東韻
2	東	蝱	雺	《集》 《五》	謨蓬切 莫紅切	明	明	三等開口尤韻	一等開口東韻

<table>
<tr><td>3</td><td>東</td><td>厖</td><td>蒙</td><td>《韻》</td><td>謨逢切</td><td>明</td><td>明</td><td>二等開口江韻</td><td>二等開口江韻</td></tr>
<tr><td rowspan="4">4</td><td rowspan="4">虞</td><td rowspan="4">母</td><td rowspan="4">模</td><td>《古》</td><td rowspan="2">蒙晡切</td><td rowspan="4">明</td><td rowspan="4">明</td><td rowspan="4">一等開口厚韻</td><td rowspan="4">一等合口模韻</td></tr>
<tr><td>《集》</td></tr>
<tr><td>《增》</td><td rowspan="2">莫胡切</td></tr>
<tr><td>《五》</td></tr>
<tr><td>5</td><td>虞</td><td>墓</td><td>嫫</td><td>《古》</td><td>蒙晡切</td><td>明</td><td>明</td><td>一等合口暮韻</td><td>一等合口模韻</td></tr>
<tr><td rowspan="2">6</td><td rowspan="2">灰</td><td rowspan="2">每</td><td rowspan="2">煤</td><td>《古》</td><td>謀桮切</td><td rowspan="2">明</td><td rowspan="2">明</td><td rowspan="2">一等合口賄韻
一等合口隊韻</td><td rowspan="2">一等合口灰韻</td></tr>
<tr><td>《增》</td><td>謨杯切</td></tr>
<tr><td rowspan="2">7</td><td rowspan="2">眞</td><td rowspan="2">玟</td><td rowspan="2">珉</td><td>《增》</td><td>彌鄰切</td><td rowspan="2">明</td><td rowspan="2">明</td><td rowspan="2">一等合口灰韻</td><td rowspan="2">三等開口眞韻</td></tr>
<tr><td>《古》</td><td>眉貧切</td></tr>
<tr><td>8</td><td>先</td><td>瞑</td><td>眠</td><td>《增》</td><td>莫堅切</td><td>明</td><td>明</td><td>四等開口先韻</td><td>四等開口先韻</td></tr>
<tr><td>9</td><td>歌</td><td>劘</td><td>摩</td><td>《增》</td><td>蒲禾切</td><td>明</td><td>並</td><td>一等合口戈韻</td><td>一等合口戈韻</td></tr>
<tr><td>10</td><td>陽</td><td>明</td><td>茫</td><td>《古》</td><td>謨郎切</td><td>明</td><td>明</td><td>三等開口庚韻</td><td>一等開口唐韻</td></tr>
<tr><td rowspan="3">11</td><td rowspan="3">陽</td><td rowspan="3">睆</td><td rowspan="3">忙</td><td>《五》</td><td rowspan="2">莫郎切</td><td rowspan="3">明</td><td rowspan="3">明</td><td rowspan="3">一等開口唐韻</td><td rowspan="3">一等開口唐韻</td></tr>
<tr><td>《廣》</td></tr>
<tr><td>《集》</td><td>謨郎切</td></tr>
<tr><td>12</td><td>陽</td><td>藚</td><td>忙</td><td>《古》</td><td>謨郎切</td><td>明</td><td>明</td><td>一等開口唐韻</td><td>一等開口唐韻</td></tr>
<tr><td rowspan="2">13</td><td rowspan="2">庚</td><td rowspan="2">莔</td><td rowspan="2">甍</td><td>《廣》</td><td rowspan="2">莫耕切</td><td rowspan="2">明</td><td rowspan="2">明</td><td rowspan="2">二等開口耕韻</td><td rowspan="2">二等開口耕韻</td></tr>
<tr><td>《五》</td></tr>
<tr><td>14</td><td>庚</td><td>命</td><td>名</td><td>《韻》</td><td>彌并切</td><td>明</td><td>明</td><td>三等開口映韻</td><td>三等開口清韻</td></tr>
<tr><td rowspan="3">15</td><td rowspan="3">尤</td><td rowspan="3">母</td><td rowspan="3">矛</td><td>《集》</td><td rowspan="2">迷浮切</td><td rowspan="3">明</td><td rowspan="3">明</td><td rowspan="3">一等開口厚韻</td><td rowspan="3">三等開口尤韻</td></tr>
<tr><td>《古》</td></tr>
<tr><td>《五》</td><td>莫浮切</td></tr>
<tr><td>16</td><td>虋</td><td>莽</td><td>姆</td><td>《古》</td><td>滿補切</td><td>明</td><td>明</td><td>一等合口姥韻</td><td>一等合口姥韻</td></tr>
</table>

17	夔	䍙	侮	《五》 《古》	文甫切 罔甫切	明	微	一等合口灰韻 一等合口隊韻	三等合口夔韻
18	夔	堥	侮	《古》	罔甫切	明	微	一等開口豪韻 三等開口尤韻	三等合口夔韻
19	薺	卯	濟	《廣》 《集》 《五》	子禮切	明	精	二等開口巧韻	四等開口薺韻
20	薺	彌	敉	《古》 《集》 《五》 《增》	母婢切 綿婢切 緜婢切	明	明	三等開口支韻	三等開口紙韻
21	軫	渳	敏	《集》 《五》	美隕切 眉殞切	明	明	三等開口紙韻	三等開口軫韻 三等開口準韻
22	篠	藐	眇	《古》	弭沼切	明	明	三等開口小韻	三等開口小韻
23	泰	黴	昧	《集》 《五》	蒲蓋切 莫貝切	明	並	三等開口脂韻	一等開口泰韻
24	隊	媒	昧	《古》 《增》	莫佩切	明	明	一等合口灰韻	一等合口隊韻
25	嘯	眇	妙	《增》 《古》	彌笑切	明	明	三等開口小韻	三等開口笑韻
26	屋	繆	穆	《古》	莫六切	明	明	三等開口屋韻	三等開口屋韻
27	屋	賣	育	《古》	余六切	明	喻	二等開口卦韻	三等開口屋韻
28	曷	昧	末	《增》	莫葛切	明	明	一等合口隊韻	一等開口曷韻
29	屑	緜	滅	《集》	莫列切	明	明	三等開口仙韻	三等開口薛韻

30	屑	昧	蔑	《集》	莫結切	明	明	一等合口隊韻	四等開口屑韻
31	陌	覛	脉	《古》	莫白切	明	明	四等開口錫韻 二等合口麥韻	二等開口陌韻
32	錫	覔	密	《古》	莫狄切	明	明	四等開口錫韻	四等開口錫韻
33	錫	冥	羃	《古》	莫狄切	明	明	四等開口青韻	四等開口錫韻
34	職	穆	默	《增》 《古》	密北切	明	明	三等開口屋韻	一等開口德韻
35	隊	沒	昧	《集》	莫佩切	明	明	一等合口沒韻	一等合口隊韻
36	冬	犛	◎	《集》 《五》	鳴龍切	明	明	二等開口肴韻	三等合口鍾韻
37	虞	謀	◎	《韻》	蒙脯切	明	明	三等開口尤韻	三等合口虞韻
38	齊	卯	◎	《玉》 《增》	子兮切	明	精	二等開口巧韻	四等開口齊韻
39	董	厖	◎	《後》	亡孔切	明	微	二等開口江韻	一等開口董韻
40	皓	楙	◎	《後》	莫老切	明	明	一等開口皓韻	一等開口皓韻
41	舸	塺	◎	《說》	亡果切	明	微	一等合口灰韻 一等合口過韻	一等合口果韻
42	宋	雺	◎	《五》	莫綜切	明	明	一等合口宋韻	一等合口宋韻
43	宥	霿	◎	《漢》	莫豆切	明	明	一等開口東韻 一等開口送韻	一等開口候韻
44	黠	帕	◎	《五》	莫八切	明	明	二等開口鎋韻	二等開口黠韻

45	屑	覕	◎	《經》	薄結切	明	並	四等開口屑韻	四等開口屑韻
46	錫	末	◎	《增》	莫狄切	明	明	一等合口末韻	四等開口錫韻

（五）非　母

非母例計七例，楊愼切語聲母同於例字者四例，而韻母相同佔二例。敷母切非母一例，幫母切非母二例。

序號	韻	例字	直音	引書	切語	例字聲母	切語聲母	例字歸韻	切語歸韻
1	微	匪	霏	《古》 《增》	芳微切	非	敷	三等合口尾韻	三等合口微韻
2	文	匪	分	《古》	方文切	非	非	三等合口尾韻	三等合口文韻
3	紙	啚	鄙	《古》	補美切	非	幫	三等開口旨韻	三等開口旨韻
4	味	由	沸	《集》 《五》	方未切 方味切	非	非	三等合口物韻	三等合口未韻
5	腫	覂	◎	《漢》	方勇切	非	非	三等合口腫韻	三等合口腫韻
6	送	風	◎	《經》	方鳳切	非	非	三等開口送韻	三等開口送韻
7	沃	不	◎	《示》	逋骨切	非	幫	三等合口物韻 三等開口有韻 三等開口尤韻	一等合口沒韻

（六）敷　母

敷母例計四例，楊愼切語聲母同於例字者二例，而韻母相同佔一例。奉母切敷母一例，非母切敷母一例。

序號	韻	例字	直音	引書	切語	例字聲母	切語聲母	例字歸韻	切語歸韻
1	微	奜	非	《五》	甫微切	敷	非	三等合口尾韻	三等合口微韻

2	元	嬔	翻	《集》	孚袁切	敷	敷	三等合口願韻	三等合口元韻
3	元	幡	翻	《古》	孚袁切	敷	敷	三等合口元韻	三等合口元韻
4	微	斐	◎	《古》	符非切	敷	奉	三等合口尾韻	三等合口微韻

（七）奉　母

奉母例計十九例，楊慎切語聲母同於例字者十一例，而韻母相同佔八例。並母切奉母四例，敷母切奉母二例，幫母切奉母一例，非母切奉母一例。

序號	韻	例字	直音	引書	切語	例字聲母	切語聲母	例字歸韻	切語歸韻
1	東	渢	馮	《古》	符風切	奉	奉	三等開口東韻	三等開口東韻
2	東	汎	馮	《古》	符風切	奉	奉	三等開口東韻	三等開口東韻
3	東	梵	芃	《集》 《五》	符風切 房戎切	奉	奉	三等開口東韻	三等開口東韻
4	微	萉	腓	《五》 《集》	符非切	奉	非	三等合口未韻	三等合口微韻
5	微	賁	肥	《古》	符非切	奉	奉	三等合口微韻	三等合口微韻
6	灰	負	陪	《五》	薄回切	奉	並	三等開口有韻	一等合口灰韻
7	文	弅	分	《五》 《集》	符分切	奉	奉	三等合口吻韻	三等合口文韻
8	文	賁	墳	《古》	符汾切	奉	奉	三等合口文韻	三等合口文韻
9	文	頒	汾	《增》	符分切	奉	奉	三等合口文韻	三等合口文韻
10	咸	颿	帆	《廣》 《集》 《增》 《古》	符咸切	奉	奉	三等合口梵韻	二等開口咸韻
11	咸	氾	帆	《古》	符咸切	奉	奉	二等開口咸韻	二等開口咸韻

12	味	佛	費	《五》 《集》	芳未切	奉	敷	三等合口物韻	三等合口未韻
13	遇	婦	負	《韻》	符遇切	奉	奉	三等開口有韻	三等合口遇韻
14	陷	渢	汎	《集》 《古》	孚梵切	奉	敷	三等開口東韻	三等合口梵韻
15	陷	帆	梵	《古》	扶泛切	奉	奉	三等合口梵韻	三等合口梵韻
16	寒	樊	◎	《經》	步干切	奉	並	三等合口元韻	一等開口寒韻
17	紙	肥	◎	《五》	甫委切	奉	幫	三等合口微韻	三等合口紙韻
18	覺	服	◎	《古》	弼角切	奉	並	三等開口屋韻	二等開口覺韻
19	職	服	◎	《韻》	蒲北切	奉	並	三等開口屋韻	一等開口德韻

（八）微　母

微母例計三例，楊愼切語聲母同於例字者一例，且韻母相同。明母切微母二例。

序號	韻	例字	直音	引書	切語	例字聲母	切語聲母	例字歸韻	切語歸韻
1	隊	沕	昧	《古》	莫佩切	微	明	三等合口物韻	一等合口隊韻
2	虞	武	無	《增》 《古》	微夫切	微	微	三等合口麌韻	三等合口虞韻
3	隊	味	昧	《五》 《集》	莫佩切	微	明	三等合口未韻	一等合口隊韻

二、舌　音

（一）端　母

端母例計三十四例，楊愼切語聲母同於例字者十六例，而韻母相同佔十例。定母切端母五例，知母切端母二例，神母切端母一例，透母切端母二例，喻母切端母一例，照母切端母二例，澄母切端母四例。

序號	韻	例字	直音	引書	切語	例字聲母	切語聲母	例字歸韻	切語歸韻
1	東	涷	東	《集》	都籠切	端	端	一等開口東韻	一等開口東韻
				《古》					
				《五》	德紅切				
2	支	邸	踟	《古》	陳知切	端	澄	四等開口薺韻	三等開口支韻
3	支	多	祗	《韻》	章移切	端	照	一等開口歌韻	三等開口支韻
4	眞	旦	神	《增》	乘人切	端	神	一等開口翰韻	三等開口眞韻
				《古》					
5	寒	敦	團	《古》	徒官切	端	定	一等合口魂韻	一等合口桓韻
6	先	顚	田	《增》	亭年切	端	定	四等開口先韻	四等開口先韻
7	蕭	敦	雕	《增》	丁聊切	端	端	一等合口魂韻	四等開口蕭韻
8	歌	跢	多	《集》	當何切	端	端	一等開口箇韻	一等開口歌韻
				《五》	得何切				
9	尤	吺	兜	《增》	當侯切	端	端	一等開口侯韻	一等開口侯韻
10	尤	敦	燾	《五》	直由切	端	澄	一等合口魂韻	三等開口尤韻
11	侵	耽	妉	《韻》	持林切	端	澄	一等開口覃韻 一等開口感韻	三等開口侵韻
12	鹽	阽	鹽	《古》	余廉切	端	喻	三等開口鹽韻	三等開口鹽韻
				《增》					
13	鹽	點	占	《集》	之廉切	端	照	四等開口忝韻	三等開口鹽韻
				《五》	職廉切				
14	薺	提	抵	《古》	典禮切	端	端	四等開口薺韻	四等開口薺韻
15	軫	敦	準	《集》	主尹切	端	照	一等合口魂韻	三等合口準韻
				《五》	之尹切				

16	濽	典	殄	《古》 《增》	徒典切	端	定	四等開口銑韻	四等開口銑韻
17	皓	敦	幬	《增》	徒到切	端	定	一等合口魂韻	一等開口號韻
18	養	黨	儻	《集》 《五》	坦朗切 他朗切	端	透	一等開口蕩韻	一等開口蕩韻
19	寘	德	置	《集》 《五》	竹吏切 知義切	端	知	一等開口德韻	三等開口志韻 三等開口寘韻
20	隊	敦	對	《古》 《增》	都內切	端	端	一等合口灰韻	一等合口隊韻
21	號	敦	燾	《增》 《古》	徒到切 大到切	端	定	一等合口魂韻	一等開口號韻
22	徑	鼎	定	《五》 《集》	丁定切	端	端	四等開口迥韻	四等開口徑韻
23	覺	[illegible]	啄	《五》	竹角切	端	知	一等開口候韻	二等開口覺韻
24	月	頓	咄	《增》	當沒切	端	端	一等合口慁韻	一等合口沒韻
25	月	對	咄	《古》 《增》	當没切	端	端	一等合口隊韻	一等合口沒韻
26	合	荅	榻	《五》	吐盍切	端	透	一等開口合韻	一等開口盍韻
27	先	傎	◎	《經》	都田切	端	端	四等開口先韻	四等開口先韻
28	侵	耽	◎	《韻》	持林切	端	澄	一等開口覃韻 一等開口感韻	三等開口侵韻
29	紙	揣	◎	《古》	都果切	端	端	一等合口果韻	一等合口果韻
30	舸	揣	◎	《古》	都果切	端	端	一等合口果韻	一等合口果韻

<table>
<tr><td rowspan="5">31</td><td rowspan="5">泰</td><td rowspan="5">祋</td><td rowspan="5">◎</td><td>《說》</td><td rowspan="5">丁外切</td><td rowspan="5">端</td><td rowspan="5">端</td><td rowspan="5">一等合口泰韻</td><td rowspan="5">一等合口泰韻</td></tr>
<tr><td>《廣》</td></tr>
<tr><td>《五》</td></tr>
<tr><td>《漢》</td></tr>
<tr><td>《後》</td></tr>
<tr><td>32</td><td>箇</td><td>點</td><td>◎</td><td>《五》</td><td>丁佐切</td><td>端</td><td>端</td><td>四等開口忝韻</td><td>一等開口箇韻</td></tr>
<tr><td rowspan="3">33</td><td rowspan="3">曷</td><td rowspan="3">怛</td><td rowspan="3">◎</td><td>《廣》</td><td rowspan="3">當割切</td><td rowspan="3">端</td><td rowspan="3">端</td><td rowspan="3">一等開口曷韻</td><td rowspan="3">一等開口曷韻</td></tr>
<tr><td>《五》</td></tr>
<tr><td>《古》</td></tr>
<tr><td>34</td><td>齊</td><td>紙</td><td>◎</td><td>《說》</td><td>都兮切</td><td>端</td><td>端</td><td>四等開口齊韻</td><td>四等開口齊韻</td></tr>
</table>

（二）透　母

透母例計十四例，楊愼切語聲母同於例字者十一例，而韻母相同佔七例。定母切透母一例，徹母切透母一例，端母切透母一例。

<table>
<tr><th>序號</th><th>韻</th><th>例字</th><th>直音</th><th>引書</th><th>切語</th><th>例字聲母</th><th>切語聲母</th><th>例字歸韻</th><th>切語歸韻</th></tr>
<tr><td rowspan="3">1</td><td rowspan="3">銑</td><td rowspan="3">蚕</td><td rowspan="3">腆</td><td>《廣》</td><td rowspan="3">他典切</td><td rowspan="3">透</td><td rowspan="3">透</td><td rowspan="3">四等開口銑韻</td><td rowspan="3">四等開口銑韻</td></tr>
<tr><td>《增》</td></tr>
<tr><td>《五》</td></tr>
<tr><td rowspan="3">2</td><td rowspan="3">藥</td><td rowspan="3">魄</td><td rowspan="3">拓</td><td>《廣》</td><td rowspan="2">他各切</td><td rowspan="3">透</td><td rowspan="3">透</td><td rowspan="3">一等開口鐸韻</td><td rowspan="3">一等開口鐸韻</td></tr>
<tr><td>《五》</td></tr>
<tr><td>《古》</td><td>闥各切</td></tr>
<tr><td>3</td><td>錫</td><td>摘</td><td>剔</td><td>《古》</td><td>他歷切</td><td>透</td><td>透</td><td>四等開口錫韻</td><td>四等開口錫韻</td></tr>
<tr><td>4</td><td>葉</td><td>沾</td><td>帖</td><td>《古》</td><td>的協切</td><td>透</td><td>端</td><td>四等開口添韻</td><td>四等開口帖韻</td></tr>
<tr><td>5</td><td>眞</td><td>天</td><td>◎</td><td>《五》</td><td>汀因切</td><td>透</td><td>透</td><td>四等開口先韻</td><td>三等開口眞韻</td></tr>
<tr><td>6</td><td>肴</td><td>眥</td><td>◎</td><td>《玉》</td><td>湯勞切</td><td>透</td><td>透</td><td>一等開口豪韻</td><td>一等開口豪韻</td></tr>
<tr><td>7</td><td>歌</td><td>蛇</td><td>◎</td><td>《韻》</td><td>唐何切</td><td>透</td><td>定</td><td>一等開口歌韻</td><td>一等開口歌韻</td></tr>
</table>

8	馬	土	◎	《集》 《五》	丑下切	透	徹	一等合口姥韻	二等開口馬韻
9	宋	統	◎	《古》	他綜切	透	透	一等合口宋韻	一等合口宋韻
10	寘	態	◎	《韻》	他計切	透	透	一等開口代韻	四等開口霽韻
11	屋	透	◎	《雅》	他候切	透	透	一等開口候韻	一等開口候韻
12	曷	泰	◎	《說》	他達切	透	透	一等開口泰韻	一等開口曷韻
13	藥	惕	◎	《韻》	汀藥切	透	透	四等開口錫韻	三等開口藥韻
14	合	䵬	◎	《新》	他合切	透	透	一等開口合韻	一等開口合韻

（三）定　母

定母例計五十四例，楊慎切語聲母同於例字者二十九例，而韻母相同佔十八例。匣母切定母一例，見母切定母一例，穿母切定母一例，神母切定母一例，透母切定母八例，喻母切定母三例，照母切定母二例，徹母切定母一例，端母切定母二例，澄母切定母二例，禪母切定母二例，牀母切定母一例。

序號	韻	例字	直音	引書	切語	例字聲母	切語聲母	例字歸韻	切語歸韻
1	東	洞	同	《韻》	徒紅切	定	定	一等開口東韻	一等開口東韻
2	冬	童	鍾	《韻》	諸容切	定	照	一等開口東韻	三等合口鍾韻
3	支	怠	怡	《韻》	盈之切	定	喻	一等開口海韻	三等開口之韻
4	支	提	時	《五》	市之切	定	禪	四等開口齊韻	三等開口之韻
5	虞	臺	胡	《增》	洪孤切	定	匣	一等開口咍韻	一等合口模韻
6	虞	杜	屠	《五》 《集》	同都切	定	定	一等合口姥韻	一等合口模韻

<table>
<tr><td rowspan="5">7</td><td rowspan="5">虞</td><td rowspan="5">鍍</td><td rowspan="5">塗</td><td>《廣》</td><td rowspan="5">同都切</td><td rowspan="5">定</td><td rowspan="5">定</td><td rowspan="5">一等合口模韻</td><td rowspan="5">一等合口模韻</td></tr>
<tr><td>《古》</td></tr>
<tr><td>《增》</td></tr>
<tr><td>《五》</td></tr>
<tr><td>《集》</td></tr>
<tr><td rowspan="2">8</td><td rowspan="2">齊</td><td rowspan="2">折</td><td rowspan="2">提</td><td>《廣》</td><td>杜奚切</td><td rowspan="2">定</td><td rowspan="2">定</td><td rowspan="2">四等開口齊韻</td><td rowspan="2">四等開口齊韻</td></tr>
<tr><td>《古》</td><td>田黎切</td></tr>
<tr><td>9</td><td>灰</td><td>跆</td><td>臺</td><td>《古》</td><td>堂來切</td><td>定</td><td>定</td><td>一等開口咍韻</td><td>一等開口咍韻</td></tr>
<tr><td rowspan="3">10</td><td rowspan="3">灰</td><td rowspan="3">詒</td><td rowspan="3">臺</td><td>《古》</td><td rowspan="2">堂來切</td><td rowspan="3">定</td><td rowspan="3">定</td><td rowspan="3">一等開口海韻</td><td rowspan="3">一等開口咍韻</td></tr>
<tr><td>《集》</td></tr>
<tr><td>《五》</td><td>徒哀切</td></tr>
<tr><td>11</td><td>眞</td><td>甸</td><td>陳</td><td>《韻》</td><td>池鄰切</td><td>定</td><td>澄</td><td>四等開口霰韻</td><td>三等開口眞韻</td></tr>
<tr><td>12</td><td>眞</td><td>塡</td><td>陳</td><td>《韻》</td><td>池鄰切</td><td>定</td><td>澄</td><td>四等開口先韻</td><td>三等開口眞韻</td></tr>
<tr><td>13</td><td>寒</td><td>但</td><td>彈</td><td>《古》</td><td>唐干切</td><td>定</td><td>定</td><td>一等開口寒韻</td><td>一等開口寒韻</td></tr>
<tr><td>14</td><td>寒</td><td>汗</td><td>干</td><td>《五》</td><td>古寒切</td><td>定</td><td>見</td><td>一等開口寒韻</td><td>一等開口寒韻</td></tr>
<tr><td rowspan="2">15</td><td rowspan="2">蕭</td><td rowspan="2">袑</td><td rowspan="2">弨</td><td>《集》</td><td>蚩招切</td><td rowspan="2">定</td><td rowspan="2">穿</td><td rowspan="2">四等開口蕭韻</td><td rowspan="2">三等開口宵韻</td></tr>
<tr><td>《五》</td><td>尺招切</td></tr>
<tr><td rowspan="2">16</td><td rowspan="2">蕭</td><td rowspan="2">窕</td><td rowspan="2">恌</td><td>《增》</td><td>他彫切</td><td rowspan="2">定</td><td rowspan="2">透</td><td rowspan="2">四等開口篠韻</td><td rowspan="2">四等開口蕭韻</td></tr>
<tr><td>《古》</td><td>丁聊切</td></tr>
<tr><td rowspan="2">17</td><td rowspan="2">豪</td><td rowspan="2">條</td><td rowspan="2">絛</td><td>《增》</td><td rowspan="2">他刀切</td><td rowspan="2">定</td><td rowspan="2">透</td><td rowspan="2">四等開口蕭韻</td><td rowspan="2">一等開口豪韻</td></tr>
<tr><td>《古》</td></tr>
<tr><td rowspan="2">18</td><td rowspan="2">尤</td><td rowspan="2">揄</td><td rowspan="2">投</td><td>《增》</td><td rowspan="2">徒侯切</td><td rowspan="2">定</td><td rowspan="2">定</td><td rowspan="2">一等開口侯韻</td><td rowspan="2">一等開口侯韻</td></tr>
<tr><td>《古》</td></tr>
<tr><td>19</td><td>青</td><td>奠</td><td>停</td><td>《增》</td><td>唐丁切</td><td>定</td><td>定</td><td>四等開口霰韻</td><td>四等開口青韻</td></tr>
<tr><td>20</td><td>侵</td><td>潭</td><td>淫</td><td>《古》</td><td>夷針切</td><td>定</td><td>喻</td><td>一等開口覃韻</td><td>三等開口侵韻</td></tr>
</table>

<table>
<tr><td rowspan="3">21</td><td rowspan="3">覃</td><td rowspan="3">澹</td><td rowspan="3">談</td><td>《廣》</td><td>徒甘切</td><td rowspan="3">定</td><td rowspan="3">定</td><td rowspan="3">一等開口談韻</td><td rowspan="3">一等開口談韻
一等開口覃韻</td></tr>
<tr><td>《五》</td><td>徒含切</td></tr>
<tr><td>《古》</td><td>徒南切</td></tr>
<tr><td>22</td><td>語</td><td>桃</td><td>杼</td><td>《古》</td><td>士與切</td><td>定</td><td>牀</td><td>一等開口豪韻</td><td>三等開口語韻</td></tr>
<tr><td rowspan="2">23</td><td rowspan="2">賄</td><td rowspan="2">駘</td><td rowspan="2">迨</td><td>《五》</td><td rowspan="2">徒亥切</td><td rowspan="2">定</td><td rowspan="2">定</td><td rowspan="2">一等開口海韻</td><td rowspan="2">一等開口海韻</td></tr>
<tr><td>《廣》</td></tr>
<tr><td rowspan="4">24</td><td rowspan="4">篠</td><td rowspan="4">嬥</td><td rowspan="4">窕</td><td>《廣》</td><td rowspan="4">徒了切</td><td rowspan="4">定</td><td rowspan="4">定</td><td rowspan="4">四等開口篠韻</td><td rowspan="4">四等開口篠韻</td></tr>
<tr><td>《增》</td></tr>
<tr><td>《五》</td></tr>
<tr><td>《古》</td></tr>
<tr><td rowspan="4">25</td><td rowspan="4">感</td><td rowspan="4">倓</td><td rowspan="4">毯</td><td>《古》</td><td rowspan="4">吐敢切</td><td rowspan="4">定</td><td rowspan="4">透</td><td rowspan="4">一等開口談韻
一等開口感韻
一等開口闞韻</td><td rowspan="4">一等開口敢韻</td></tr>
<tr><td>《五》</td></tr>
<tr><td>《集》</td></tr>
<tr><td>《增》</td></tr>
<tr><td>26</td><td>送</td><td>挏</td><td>洞</td><td>《古》</td><td>徒弄切</td><td>定</td><td>定</td><td>一等開口東韻</td><td>一等開口送韻</td></tr>
<tr><td rowspan="2">27</td><td rowspan="2">絳</td><td rowspan="2">瞳</td><td rowspan="2">惷</td><td>《集》</td><td>丑降切</td><td rowspan="2">定</td><td rowspan="2">徹</td><td rowspan="2">一等開口東韻</td><td rowspan="2">二等開口絳韻</td></tr>
<tr><td>《五》</td><td>丑絳切</td></tr>
<tr><td rowspan="3">28</td><td rowspan="3">泰</td><td rowspan="3">兌</td><td rowspan="3">娧</td><td>《集》</td><td rowspan="2">吐外切</td><td rowspan="3">定</td><td rowspan="3">透</td><td rowspan="3">一等合口泰韻</td><td rowspan="3">一等合口泰韻</td></tr>
<tr><td>《古》</td></tr>
<tr><td>《五》</td><td>他外切</td></tr>
<tr><td rowspan="2">29</td><td rowspan="2">號</td><td rowspan="2">纛</td><td rowspan="2">蹈</td><td>《古》</td><td>大到切</td><td rowspan="2">定</td><td rowspan="2">定</td><td rowspan="2">一等開口號韻</td><td rowspan="2">一等開口號韻</td></tr>
<tr><td>《增》</td><td>徒到切</td></tr>
<tr><td rowspan="2">30</td><td rowspan="2">徑</td><td rowspan="2">庭</td><td rowspan="2">聽</td><td>《增》</td><td rowspan="2">他定切</td><td rowspan="2">定</td><td rowspan="2">透</td><td rowspan="2">四等開口青韻</td><td rowspan="2">四等開口徑韻</td></tr>
<tr><td>《古》</td></tr>
<tr><td>31</td><td>徑</td><td>奠</td><td>定</td><td>《古》</td><td>徒徑切</td><td>定</td><td>定</td><td>四等開口徑韻</td><td>四等開口徑韻</td></tr>
<tr><td>32</td><td>徑</td><td>甸</td><td>乘</td><td>《增》</td><td>石證切</td><td>定</td><td>禪</td><td>四等開口霰韻</td><td>三等開口證韻</td></tr>
</table>

<table>
<tr><td>33</td><td>宥</td><td>瀆</td><td>豆</td><td>《增》</td><td>大透切</td><td>定</td><td>定</td><td>一等開
口屋韻</td><td>一等開
口候韻</td></tr>
<tr><td>34</td><td>宥</td><td>投</td><td>豆</td><td>《增》</td><td>大透切</td><td>定</td><td>定</td><td>一等開
口侯韻</td><td>一等開
口候韻</td></tr>
<tr><td>35</td><td>宥</td><td>讀</td><td>豆</td><td>《古》</td><td>大透切</td><td>定</td><td>定</td><td>一等開
口屋韻</td><td>一等開
口候韻</td></tr>
<tr><td>36</td><td>宥</td><td>⿱穴彖</td><td>竇</td><td>《增》</td><td>大透切</td><td>定</td><td>定</td><td>一等開
口候韻</td><td>一等開
口候韻</td></tr>
<tr><td rowspan="2">37</td><td rowspan="2">屋</td><td rowspan="2">毒</td><td rowspan="2">竺</td><td>《增》</td><td rowspan="2">都毒切</td><td rowspan="2">定</td><td rowspan="2">端</td><td rowspan="2">一等合
口沃韻</td><td rowspan="2">一等合
口沃韻</td></tr>
<tr><td>《古》</td></tr>
<tr><td>38</td><td>屋</td><td>痡</td><td>讟</td><td>《古》</td><td>他谷切</td><td>定</td><td>透</td><td>一等開
口屋韻</td><td>一等開
口屋韻</td></tr>
<tr><td rowspan="2">39</td><td rowspan="2">月</td><td rowspan="2">兊</td><td rowspan="2">說</td><td>《韻》</td><td rowspan="2">欲雪切</td><td rowspan="2">定</td><td rowspan="2">喻</td><td rowspan="2">一等合
口泰韻</td><td rowspan="2">三等合
口薛韻</td></tr>
<tr><td>《增》</td></tr>
<tr><td rowspan="2">40</td><td rowspan="2">屑</td><td rowspan="2">突</td><td rowspan="2">垤</td><td>《五》</td><td rowspan="2">徒結切</td><td rowspan="2">定</td><td rowspan="2">定</td><td rowspan="2">一等合
口沒韻</td><td rowspan="2">四等開
口屑韻</td></tr>
<tr><td>《集》</td></tr>
<tr><td>41</td><td>屑</td><td>姪</td><td>迭</td><td>《古》</td><td>徒結切</td><td>定</td><td>定</td><td>四等開
口屑韻</td><td>四等開
口屑韻</td></tr>
<tr><td rowspan="2">42</td><td rowspan="2">藥</td><td rowspan="2">兊</td><td rowspan="2">奪</td><td>《五》</td><td rowspan="2">徒活切</td><td rowspan="2">定</td><td rowspan="2">定</td><td rowspan="2">一等合
口泰韻</td><td rowspan="2">一等合
口末韻</td></tr>
<tr><td>《集》</td></tr>
<tr><td>43</td><td>虞</td><td>臺</td><td>◎</td><td>《韻》</td><td>同都切</td><td>定</td><td>定</td><td>一等開
口咍韻</td><td>一等合
口模韻</td></tr>
<tr><td rowspan="6">44</td><td rowspan="6">歌</td><td rowspan="6">池</td><td rowspan="6">◎</td><td>《廣》</td><td rowspan="6">徒何切</td><td rowspan="6">定</td><td rowspan="6">定</td><td rowspan="6">一等開
口歌韻</td><td rowspan="6">一等開
口歌韻</td></tr>
<tr><td>《五》</td></tr>
<tr><td>《經》</td></tr>
<tr><td>《史》</td></tr>
<tr><td>《漢》</td></tr>
<tr><td>《後》</td></tr>
<tr><td>45</td><td>尤</td><td>桃</td><td>◎</td><td>《經》</td><td>食汝切</td><td>定</td><td>神</td><td>一等開
口豪韻</td><td>三等開
口語韻</td></tr>
<tr><td>46</td><td>送</td><td>挏</td><td>◎</td><td>《漢》</td><td>徒孔切</td><td>定</td><td>定</td><td>一等開
口董韻</td><td>一等開
口董韻</td></tr>
<tr><td rowspan="2">47</td><td rowspan="2">霽</td><td rowspan="2">逮</td><td rowspan="2">◎</td><td>《經》</td><td rowspan="2">大計切</td><td rowspan="2">定</td><td rowspan="2">定</td><td rowspan="2">四等開
口霽韻</td><td rowspan="2">四等開
口霽韻</td></tr>
<tr><td>《古》</td></tr>
</table>

<table>
<tr><td>48</td><td>泰</td><td>兌</td><td>◎</td><td>《集》
《增》
《古》
《詩》
《經》</td><td>吐外切</td><td>定</td><td>透</td><td>一等合口泰韻</td><td>一等合口泰韻</td></tr>
<tr><td>49</td><td>問</td><td>錞</td><td>◎</td><td>《山》</td><td>章閏切</td><td>定</td><td>照</td><td>一等合口隊韻</td><td>三等合口稕韻</td></tr>
<tr><td>50</td><td>箇</td><td>憚</td><td>◎</td><td>《古》</td><td>丁賀切</td><td>定</td><td>端</td><td>一等開口翰韻</td><td>一等開口箇韻</td></tr>
<tr><td>51</td><td>屋</td><td>苗</td><td>◎</td><td>《說》
《繫》</td><td>他六切</td><td>定</td><td>透</td><td>四等開口錫韻</td><td>三等開口屋韻</td></tr>
<tr><td>52</td><td>屑</td><td>墆</td><td>◎</td><td>《文》</td><td>徒結切</td><td>定</td><td>定</td><td>四等開口屑韻</td><td>四等開口屑韻</td></tr>
<tr><td>53</td><td>屋</td><td>苗</td><td>◎</td><td>《說》
《繫》</td><td>徒歷切</td><td>定</td><td>定</td><td>四等開口錫韻</td><td>四等開口錫韻</td></tr>
<tr><td>54</td><td>隊</td><td>鐜</td><td>◎</td><td>《繫》</td><td>大妹切</td><td>定</td><td>定</td><td>一等合口隊韻</td><td>一等合口末韻</td></tr>
</table>

（四）泥　母

泥母例計十四例，楊愼切語聲母同於例字者十一例，而韻母相同佔四例。溪母切泥母一例，群母切泥母一例，曉母切泥母一例。

序號	韻	例字	直音	引書	切語	例字聲母	切語聲母	例字歸韻	切語歸韻
1	元	暖	暄	《增》	許元切	泥	曉	一等合口緩韻	三等合口元韻
2	青	佞	寧	《集》	囊丁切	泥	泥	四等開口徑韻	四等開口青韻
3	青	甯	寧	《增》	奴經切	泥	泥	四等開口青韻	四等開口青韻
4	蒸	耐	能	《古》	奴登切	泥	泥	一等開口代韻	一等開口登韻
5	薺	泥	瀰	《古》	乃禮切	泥	泥	四等開口薺韻	四等開口薺韻
6	潸	㬎	赧	《集》	乃版切	泥	泥	二等開口潸韻	二等合口潸韻

<table>
<tr><td rowspan="2">7</td><td rowspan="2">徑</td><td rowspan="2">年</td><td rowspan="2">甯</td><td>《五》</td><td rowspan="2">乃定切</td><td rowspan="2">泥</td><td rowspan="2">泥</td><td rowspan="2">四等開
口先韻</td><td rowspan="2">四等開
口徑韻</td></tr>
<tr><td>《集》</td></tr>
<tr><td>8</td><td>錫</td><td>南</td><td>惄</td><td>《五》</td><td>奴歷切</td><td>泥</td><td>泥</td><td>一等開
口覃韻</td><td>四等開
口錫韻</td></tr>
<tr><td rowspan="2">9</td><td rowspan="2">豪</td><td rowspan="2">儂</td><td rowspan="2">猱</td><td>《五》</td><td rowspan="2">奴刀切</td><td rowspan="2">泥</td><td rowspan="2">泥</td><td rowspan="2">一等合
口冬韻</td><td rowspan="2">一等開
口豪韻</td></tr>
<tr><td>《集》</td></tr>
<tr><td>10</td><td>葉</td><td>攝</td><td>愜</td><td>《五》</td><td>苦協切</td><td>泥</td><td>溪</td><td>四等開
口帖韻</td><td>四等開
口帖韻</td></tr>
<tr><td rowspan="2">11</td><td rowspan="2">鹽</td><td rowspan="2">涅</td><td rowspan="2">◎</td><td>《集》</td><td rowspan="2">其兼切</td><td rowspan="2">泥</td><td rowspan="2">群</td><td rowspan="2">四等開
口屑韻</td><td rowspan="2">四等開
口添韻</td></tr>
<tr><td>《五》</td></tr>
<tr><td>12</td><td>嘯</td><td>溺</td><td>◎</td><td>《增》</td><td>奴吊切</td><td>泥</td><td>泥</td><td>四等開
口嘯韻</td><td>四等開
口嘯韻</td></tr>
<tr><td>13</td><td>箇</td><td>那</td><td>◎</td><td>《後》</td><td>乃賀切</td><td>泥</td><td>泥</td><td>一等開
口箇韻</td><td>一等開
口箇韻</td></tr>
<tr><td rowspan="3">14</td><td rowspan="3">箇</td><td rowspan="3">柰</td><td rowspan="3">◎</td><td>《廣》</td><td rowspan="3">乃个切</td><td rowspan="3">泥</td><td rowspan="3">泥</td><td rowspan="3">一等開
口泰韻</td><td rowspan="3">一等開
口箇韻</td></tr>
<tr><td>《集》</td></tr>
<tr><td>《增》</td></tr>
</table>

（五）知　母

知母例計十例，楊愼切語聲母同於例字者七例，而韻母相同佔六例。娘母切知母一例，照母切知母一例，端母切知母一例。

序號	韻	例字	直音	引書	切語	例字 聲母	切語 聲母	例字 歸韻	切語 歸韻
1	陽	漲	張	《古》	中良切	知	知	三等開 口陽韻	三等開 口陽韻
2	送	衷	仲	《古》	陟仲切	知	知	三等開 口送韻	三等開 口送韻
3	寘	質	贄	《增》 《古》	脂利切	知	照	三等開 口至韻	三等開 口至韻
4	遇	壴	注	《五》	中句切	知	知	三等合 口遇韻	三等合 口遇韻
5	震	塡	鎭	《古》	陟刃切	知	知	三等開 口震韻	三等開 口震韻
6	宥	啄	咮	《增》	陟救切	知	知	二等開 口覺韻	三等開 口宥韻

7	屑	鮿	輒	《古》	陟涉切	知	知	三等開口葉韻	三等開口葉韻
8	葉	耴	聶	《集》 《五》	昵輒切 尼輒切	知	娘	三等開口葉韻	三等開口葉韻
9	漾	張	◎	《古》	知亮切	知	知	三等開口漾韻	三等開口漾韻
10	月	掇	◎	《韻》	旦悅切	知	端	三等合口薛韻	三等合口薛韻

（六）徹　母

徹母例計五例，楊慎切語聲母同於例字者四例，而韻母相同佔一例。匣母切徹母一例。

序號	韻	例字	直音	引書	切語	例字聲母	切語聲母	例字歸韻	切語歸韻
1	侵	闖	琛	《集》 《五》	癡林切 丑林切	徹	徹	三等開口沁韻	三等開口侵韻
2	禡	樗	樺	《古》	胡化切	徹	匣	三等開口魚韻	二等合口禡韻
3	屑	屮	徹	《廣》 《五》 《集》	丑列切 敕列切	徹	徹	三等開口薛韻	三等開口薛韻
4	東	寵	◎	《韻》	癡凶切	徹	徹	三等合口腫韻	三等合口鍾韻
5	送	忡	◎	《韻》	敕衆切	徹	徹	三等開口東韻	三等開口送韻

（七）澄　母

澄母例計十六例，楊慎切語聲母同於例字者五例，而韻母相同佔四例。邪母切澄母一例，定母切澄母四例，知母切澄母一例，透母切澄母一例，徹母切澄母二例，精母切澄母二例。

序號	韻	例字	直音	引書	切語	例字聲母	切語聲母	例字歸韻	切語歸韻
1	支	趍	馳	《廣》 《集》	直離切 陳知切	澄	澄	三等開口支韻	三等開口支韻

2	支	治	持	《古》	澄之切	澄	澄	三等開口之韻	三等開口之韻
3	魚	著	除	《古》 《增》	陳如切	澄	澄	三等開口魚韻	三等開口魚韻
4	灰	治	台	《集》 《五》	湯來切 土來切	澄	透	三等開口之韻	一等開口咍韻
5	尤	趎	疇	《集》 《五》	陳留切 直由切	澄	澄	三等合口虞韻	三等開口尤韻
6	覃	湛	耽	《韻》	持林切	澄	澄	三等開口侵韻	三等開口侵韻
7	鹽	湛	尖	《增》	將廉切	澄	精	三等開口侵韻	三等開口鹽韻
8	篠	趙	掉	《五》 《集》	徒了切	澄	定	三等開口小韻	四等開口篠韻
9	感	湛	禫	《古》 《五》	徒感切	澄	定	三等開口侵韻	一等開口感韻
10	沁	湛	浸	《古》 《增》	子鴆切	澄	精	三等開口侵韻	三等開口沁韻
12	錫	逐	滌	《集》 《古》 《五》	亭歷切 徒歷切	澄	定	三等開口屋韻	四等開口錫韻
13	青	朾	◎	《經》	敕丁切	澄	徹	二等開口耕韻	二等開口耕韻
14	語	紵	◎	《古》	展呂切	澄	知	三等開口語韻	三等開口語韻
15	語	芧	◎	《增》 《古》	象呂切	澄	邪	三等開口語韻	三等開口語韻
16	嘯	稠	◎	《集》 《五》 《漢》	徒吊切	澄	定	三等開口尤韻	四等開口嘯韻
17	藥	躇	◎	《增》 《古》	敕畧切	澄	徹	三等開口魚韻	三等開口藥韻

（八）娘　母

娘母例計三例，楊慎切語聲母同於例字者二例，皆韻母相同。泥母切娘母一例。

序號	韻	例字	直音	引書	切語	例字聲母	切語聲母	例字歸韻	切語歸韻
1	薺	柅	◎	《周》	乃李切	娘	泥	三等開口旨韻	三等開口止韻
2	御	女	◎	《古》	尼據切	娘	娘	三等開口御韻	三等開口御韻
3	屋	恧	◎	《古》	女六切	娘	娘	三等開口屋韻	三等開口屋韻

三、牙　音

（一）見　母

見母例計七十九例，楊慎切語聲母同於例字者五十八例，而韻母相同佔二十五例。匣母切見母五例，邪母切見母一例，並母切見母一例，來母切見母一例，溪母切見母三例，群母切見母七例，審母切見母一例，影母切見母二例。

序號	韻	例字	直音	引書	切語	例字聲母	切語聲母	例字歸韻	切語歸韻
1	冬	釭	工	《五》	古冬切	見	見	一等合口冬韻	一等合口冬韻
2	支	皆	箕	《韻》	堅奚切	見	見	二等開口皆韻	四等開口齊韻
3	支	荄	皆	《韻》	堅奚切	見	見	二等開口皆韻	四等開口齊韻
4	虞	救	拘	《集》 《五》	恭于切 舉朱切	見	見	三等開口宥韻	三等合口虞韻
5	虞	皐	辜	《集》	攻乎切	見	見	一等開口豪韻	一等合口模韻
6	齊	鷄	笄	《古》	堅奚切	見	見	四等開口齊韻	四等開口齊韻
7	眞	龜	僎	《集》 《五》	俱倫切 居筠切	見	見	三等合口脂韻	三等合口諄韻
8	眞	眴	旬	《集》 《五》	松倫切 詳遵切	見	邪	四等合口銑韻	三等合口諄韻
9	元	肩	跟	《集》 《五》	胡恩切 戶恩切	見	匣	三等開口先韻	一等開口痕韻

10	元	昆	魂	《古》	胡昆切	見	匣	一等合口魂韻	一等合口魂韻
11	刪	綸	關	《五》	古還切	見	見	二等合口山韻	二等合口刪韻
12	刪	貫	彎	《集》	烏關切	見	影	一等合口桓韻	二等合口刪韻
				《古》					
13	刪	關	彎	《增》	烏還切	見	影	二等合口刪韻	二等合口刪韻
14	先	麓	堅	《集》	經天切	見	見	四等開口先韻	四等開口先韻
				《古》					
15	豪	咎	皐	《廣》	古勞切	見	見	一等開口豪韻	一等開口豪韻
				《五》					
				《禮》	姑勞切				
				《古》	居勞切				
16	麻	駕	加	《集》	居牙切	見	見	二等開口禡韻	二等開口麻韻
				《古》					
				《五》	古牙切				
17	麻	叚	瑕	《集》	何加切	見	匣	二等開口馬韻	二等開口麻韻
				《五》	胡加切				
18	麻	假	遐	《古》	何加切	見	匣	二等開口馬韻	二等開口麻韻
19	陽	㽘	岡	《古》	居郎切	見	見	一等開口蕩韻	一等開口唐韻
				《集》					
				《五》	古郎切				
20	陽	横	光	《集》	姑黃切	見	見	一等合口唐韻	一等合口唐韻
				《古》					
21	陽	羹	郎	《韻》	盧當切	見	來	二等開口庚韻	一等開口唐韻
22	陽	庚	亢	《五》	古行切	見	見	二等開口庚韻	二等開口庚韻
				《古》	居行切				
23	尤	九	仇	《古》	渠尤切	見	群	三等開口有韻	三等開口尤韻
24	尤	九	鳩	《增》	居尤切	見	見	三等開口有韻	三等開口尤韻

25	尤	茍	鉤	《集》	古侯切	見	見	一等開口厚韻	一等開口侯韻
26	尤	龜	丘	《集》	祛尤切	見	溪	三等開口尤韻	三等開口尤韻
				《古》					
				《五》	去鳩切				
27	尤	拘	勾	《古》	居侯切	見	見	三等合口虞韻	一等開口侯韻
				《增》	古侯切				
28	鹽	柑	鉗	《古》	其淹切	見	群	一等開口談韻	三等開口鹽韻
29	麌	沽	估	《古》	果五切	見	見	一等合口姥韻	一等合口姥韻
30	旱	竿	笴	《古》	古旱切	見	見	一等開口寒韻	一等開口旱韻
31	潸	閒	簡	《集》	賈限切	見	見	二等開口襉韻 二等開口山韻	二等開口產韻
				《五》	古限切				
32	篠	糾	矯	《古》	舉夭切	見	見	三等開口黝韻	三等開口小韻
33	巧	佼	狡	《古》	古巧切	見	見	二等開口巧韻	二等開口巧韻
34	舸	果	祼	《增》	古玩切	見	見	一等合口果韻	一等合口換韻
				《古》					
35	送	矼	控	《五》	苦貢切	見	溪	二等開口江韻	一等開口送韻
				《集》					
36	味	刉	暨	《五》	其既切	見	群	三等開口微韻	三等開口未韻
				《集》					
				《古》					
				《增》					
37	御	椐	據	《廣》	居御切	見	見	三等開口御韻	三等開口御韻
				《集》					
				《五》					
38	御	居	倨	《古》	居御切	見	見	三等開口魚韻	三等開口御韻
39	霽	决	桂	《集》	涓惠切	見	見	四等合口屑韻	四等合口霽韻
				《五》	古惠切				

<table>
<tr><td>40</td><td>泰</td><td>创</td><td>蓋</td><td>《集》</td><td>居太切</td><td>見</td><td>見</td><td>一等開口歌韻</td><td>一等開口泰韻</td></tr>
<tr><td>41</td><td>卦</td><td>薊</td><td>芥</td><td>《五》</td><td>古隘切</td><td>見</td><td>見</td><td>四等開口霽韻</td><td>二等開口卦韻</td></tr>
<tr><td rowspan="2">42</td><td rowspan="2">翰</td><td rowspan="2">干</td><td rowspan="2">幹</td><td>《集》</td><td>居案切</td><td rowspan="2">見</td><td rowspan="2">見</td><td rowspan="2">一等開口寒韻</td><td rowspan="2">一等開口翰韻</td></tr>
<tr><td>《五》</td><td>古案切</td></tr>
<tr><td>43</td><td>翰</td><td>个</td><td>幹</td><td>《古》</td><td>居案切</td><td>見</td><td>見</td><td>一等開口箇韻</td><td>一等開口翰韻</td></tr>
<tr><td rowspan="2">44</td><td rowspan="2">諫</td><td rowspan="2">卝</td><td rowspan="2">貫</td><td>《集》</td><td>古患切</td><td rowspan="2">見</td><td rowspan="2">見</td><td rowspan="2">二等合口諫韻</td><td rowspan="2">二等合口諫韻</td></tr>
<tr><td>《韻》</td><td>扃縣切</td></tr>
<tr><td rowspan="2">45</td><td rowspan="2">效</td><td rowspan="2">覺</td><td rowspan="2">較</td><td>《古》</td><td rowspan="2">居效切</td><td rowspan="2">見</td><td rowspan="2">見</td><td rowspan="2">二等開口效韻</td><td rowspan="2">二等開口效韻</td></tr>
<tr><td>《增》</td></tr>
<tr><td rowspan="3">46</td><td rowspan="3">號</td><td rowspan="3">皐</td><td rowspan="3">號</td><td>《集》</td><td>後到切</td><td rowspan="3">見</td><td rowspan="3">匣</td><td rowspan="3">一等開口豪韻</td><td rowspan="3">一等開口號韻</td></tr>
<tr><td>《五》</td><td rowspan="2">胡到切</td></tr>
<tr><td>《古》</td></tr>
<tr><td rowspan="2">47</td><td rowspan="2">禡</td><td rowspan="2">[illegible]</td><td rowspan="2">稼</td><td>《增》</td><td rowspan="2">居訝切</td><td rowspan="2">見</td><td rowspan="2">見</td><td rowspan="2">二等開口馬韻</td><td rowspan="2">二等開口禡韻</td></tr>
<tr><td>《古》</td></tr>
<tr><td>48</td><td>漾</td><td>廣</td><td>誑</td><td>《古》</td><td>古況切</td><td>見</td><td>見</td><td>一等合口蕩韻</td><td>三等合口漾韻</td></tr>
<tr><td>49</td><td>徑</td><td>經</td><td>徑</td><td>《古》</td><td>吉定切</td><td>見</td><td>見</td><td>四等開口徑韻</td><td>四等開口徑韻</td></tr>
<tr><td rowspan="2">50</td><td rowspan="2">宥</td><td rowspan="2">𣪘</td><td rowspan="2">救</td><td>《集》</td><td>居又切</td><td rowspan="2">見</td><td rowspan="2">見</td><td rowspan="2">三等開口宥韻</td><td rowspan="2">三等開口宥韻</td></tr>
<tr><td>《五》</td><td>居祐切</td></tr>
<tr><td>51</td><td>宥</td><td>句</td><td>逅</td><td>《五》</td><td>古候切</td><td>見</td><td>見</td><td>一等開口候韻</td><td>一等開口候韻</td></tr>
<tr><td rowspan="2">52</td><td rowspan="2">物</td><td rowspan="2">槩</td><td rowspan="2">骨</td><td>《集》</td><td>吉忽切</td><td rowspan="2">見</td><td rowspan="2">見</td><td rowspan="2">一等開口代韻</td><td rowspan="2">一等合口沒韻</td></tr>
<tr><td>《五》</td><td>古忽切</td></tr>
<tr><td rowspan="3">53</td><td rowspan="3">黠</td><td rowspan="3">劀</td><td rowspan="3">刮</td><td>《古》</td><td>古刹切</td><td rowspan="3">見</td><td rowspan="3">見</td><td rowspan="3">二等合口黠韻</td><td rowspan="3">二等開口鎋韻
二等合口黠韻</td></tr>
<tr><td>《增》</td><td rowspan="2">古滑切</td></tr>
<tr><td>《五》</td></tr>
<tr><td rowspan="2">54</td><td rowspan="2">屑</td><td rowspan="2">髻</td><td rowspan="2">結</td><td>《增》</td><td>古屑切</td><td rowspan="2">見</td><td rowspan="2">見</td><td rowspan="2">四等開口霽韻</td><td rowspan="2">三等開口質韻</td></tr>
<tr><td>《古》</td><td>吉屑切</td></tr>
<tr><td>55</td><td>藥</td><td>格</td><td>閣</td><td>《古》</td><td>葛鶴切</td><td>見</td><td>見</td><td>一等開口鐸韻</td><td>一等開口鐸韻</td></tr>
</table>

<table>
<tr><td rowspan="2">56</td><td rowspan="2">職</td><td rowspan="2">棘</td><td rowspan="2">僰</td><td>《增》</td><td>蒲墨切</td><td rowspan="2">見</td><td rowspan="2">並</td><td rowspan="2">三等開口職韻</td><td rowspan="2">一等開口德韻</td></tr>
<tr></tr>
<tr><td rowspan="2">57</td><td rowspan="2">緝</td><td rowspan="2">跲</td><td rowspan="2">急</td><td>《集》</td><td>訖立切</td><td rowspan="2">見</td><td rowspan="2">見</td><td rowspan="2">二等開口洽韻</td><td rowspan="2">三等開口緝韻</td></tr>
<tr><td>《五》</td><td>居立切</td></tr>
<tr><td>58</td><td>鹽</td><td>衿</td><td>◎</td><td>《史》</td><td>其炎切</td><td>見</td><td>群</td><td>三等開口侵韻</td><td>三等開口鹽韻</td></tr>
<tr><td>59</td><td>咸</td><td>鑑</td><td>◎</td><td>《五》</td><td>古咸切</td><td>見</td><td>見</td><td>二等開口咸韻</td><td>二等開口咸韻</td></tr>
<tr><td>60</td><td>旱</td><td>笴</td><td>◎</td><td>《古》</td><td>古旱切</td><td>見</td><td>見</td><td>一等開口旱韻</td><td>一等開口旱韻</td></tr>
<tr><td>61</td><td>銑</td><td>建</td><td>◎</td><td>《經》</td><td>其展切</td><td>見</td><td>群</td><td>三等合口願韻</td><td>三等開口獮韻</td></tr>
<tr><td>62</td><td>舸</td><td>寡</td><td>◎</td><td>《韻》</td><td>古火切</td><td>見</td><td>見</td><td>三等合口馬韻</td><td>一等合口果韻</td></tr>
<tr><td>63</td><td>養</td><td>扃</td><td>◎</td><td>《玉》</td><td>書掌切</td><td>見</td><td>審</td><td>四等合口青韻</td><td>三等開口養韻</td></tr>
<tr><td>64</td><td>寘</td><td>溉</td><td>◎</td><td>《韻》</td><td>居氣切</td><td>見</td><td>見</td><td>一等開口代韻</td><td>三等開口未韻</td></tr>
<tr><td rowspan="2">65</td><td rowspan="2">味</td><td rowspan="2">機</td><td rowspan="2">◎</td><td>《增》</td><td rowspan="2">其既切</td><td rowspan="2">見</td><td rowspan="2">群</td><td rowspan="2">三等開口微韻</td><td rowspan="2">三等開口未韻</td></tr>
<tr><td>《古》</td></tr>
<tr><td>66</td><td>御</td><td>舉</td><td>◎</td><td>《古》</td><td>居御切</td><td>見</td><td>見</td><td>三等開口語韻</td><td>三等開口御韻</td></tr>
<tr><td>67</td><td>遇</td><td>瞿</td><td>◎</td><td>《後》</td><td>久住切</td><td>見</td><td>見</td><td>三等合口遇韻</td><td>三等合口遇韻</td></tr>
<tr><td rowspan="2">68</td><td rowspan="2">泰</td><td rowspan="2">儈</td><td rowspan="2">◎</td><td>《廣》</td><td rowspan="2">古外切</td><td rowspan="2">見</td><td rowspan="2">見</td><td rowspan="2">一等合口泰韻</td><td rowspan="2">一等合口泰韻</td></tr>
<tr><td>《五》</td></tr>
<tr><td>69</td><td>問</td><td>謴</td><td>◎</td><td>《五》</td><td>古困切</td><td>見</td><td>見</td><td>一等合口慁韻</td><td>一等合口慁韻</td></tr>
<tr><td>70</td><td>翰</td><td>懽</td><td>◎</td><td>《說》</td><td>古玩切</td><td>見</td><td>見</td><td>一等合口換韻</td><td>一等合口換韻</td></tr>
<tr><td rowspan="3">71</td><td rowspan="3">宥</td><td rowspan="3">叫</td><td rowspan="3">◎</td><td>《經》</td><td rowspan="3">古幼切</td><td rowspan="3">見</td><td rowspan="3">見</td><td rowspan="3">四等開口嘯韻</td><td rowspan="3">三等開口幼韻</td></tr>
<tr><td>《集》</td></tr>
<tr><td>《五》</td></tr>
<tr><td rowspan="2">72</td><td rowspan="2">沁</td><td rowspan="2">衿</td><td rowspan="2">◎</td><td>《古》</td><td rowspan="2">其鴆切</td><td rowspan="2">見</td><td rowspan="2">群</td><td rowspan="2">三等開口侵韻</td><td rowspan="2">三等開口沁韻</td></tr>
<tr><td>《經》</td></tr>
</table>

73	沃	告	◎	《經》	古報切	見	見	一等開口號韻	一等開口號韻
		告	◎	《廣》					
				《五》					
				《列》					
74	沃	告	◎	《廣》	古沃切	見	見	一等合口沃韻	一等合口沃韻
				《五》					
				《列》					
75	質	結	◎	《韻》	激質切	見	見	四等開口屑韻	三等開口質韻
76	曷	趨	◎	《苑》	起遏切	見	溪	三等開口月韻	一等開口曷韻
77	曷	檜	◎	《經》	古活切	見	見	一等合口末韻	一等合口末韻
				《增》					
				《古》					
78	馬	叚	◎	《五》	古下切	見	見	二等開口馬韻	二等開口馬韻
79	洽	夾	◎	《說》	古狎切	見	見	二等開口洽韻	二等開口狎韻

（二）溪　母

溪母例計二十例，楊慎切語聲母同於例字者十八例，而韻母相同佔八例。見母切溪母二例。

序號	韻	例字	直音	引書	切語	例字聲母	切語聲母	例字歸韻	切語歸韻
1	東	穽	空	《集》	枯公切	溪	溪	一等合口緩韻	一等開口東韻
				《五》	苦紅切				
2	陽	慶	羌	《增》	驅羊切	溪	溪	三等開口映韻	三等開口陽韻
				《古》	墟羊切				
3	陽	阬	岡	《古》	居郎切	溪	見	二等開口庚韻	一等開口唐韻
4	尤	㲉	丘	《集》	袪尤切	溪	溪	三等開口尤韻	三等開口尤韻
5	侵	鎮	欽	《古》	袪音切	溪	溪	三等開口侵韻	三等開口侵韻
				《集》					

				《廣》 《五》 《增》	去金切 驅音切				
6	紙	奎	蛫	《集》 《五》	苦委切 丘軌切	溪	溪	四等合口齊韻	三等合口紙韻 三等合口旨韻
7	紙	頃	跬	《增》	犬蘂切	溪	溪	三等合口靜韻	三等合口紙韻
8	虁	苦	古	《增》 《古》	公土切 果五切	溪	見	一等合口姥韻	一等合口姥韻
9	薺	諳	啓	《集》 《五》	遣禮切 康禮切	溪	溪	四等開口薺韻	四等開口薺韻
10	迥	綮	謦	《古》 《增》 《集》 《五》	棄挺切 去挺切	溪	溪	四等開口薺韻	四等開口迥韻
11	泰	渴	惕	《五》	苦蓋切	溪	溪	一等開口曷韻	一等開口泰韻
12	漾	康	亢	《古》	口浪切	溪	溪	一等開口唐韻	一等開口宕韻
13	魚	去	◎	《增》 《韻》	丘於切 邱於切	溪	溪	三等開口語韻 三等開口遇韻	三等開口魚韻
14	迥	謦	◎	《古》	棄挺切	溪	溪	四等開口迥韻	四等開口迥韻
15	宋	恐	◎	《增》 《古》	欺用切	溪	溪	三等合口用韻	三等合口用韻
16	隊	蒯	◎	《韻》	苦對切	溪	溪	二等合口怪韻	一等合口隊韻
17	月	契	◎	《韻》	丘傑切	溪	溪	四等開口霽韻	三等開口薛韻
18	曷	濶	◎	《增》	苦括切	溪	溪	一等合口末韻	一等合口末韻

19	黠	劼	◎	《經》	苦八切	溪	溪	二等開口黠韻	二等開口黠韻
20	屑	契	◎	《經》	苦結切	溪	溪	四等開口屑韻	四等開口屑韻

（三）群　母

群母例計三十二例，楊慎切語聲母同於例字者二十五例，而韻母相同佔十七例。見母切群母二例，邪母切群母一例，溪母切群母三例，曉母切群母一例。

序號	韻	例字	直音	引書	切語	例字聲母	切語聲母	例字歸韻	切語歸韻
1	微	俟	祈	《五》 《廣》	渠希切	群	群	三等開口微韻	三等開口微韻
2	虞	句	劬	《古》	權俱切	群	群	三等合口虞韻	三等合口虞韻
3	文	矜	勤	《增》	渠斤切	群	群	三等開口欣韻	三等開口欣韻
4	先	卷	權	《古》	逵員切	群	群	三等合口仙韻	三等合口仙韻
5	先	婘	拳	《古》 《增》	逵員切	群	群	三等合口仙韻	三等合口仙韻
6	先	捲	拳	《古》	逵員切	群	群	三等合口仙韻	三等合口仙韻
7	蕭	轎	橋	《增》	渠驕切	群	群	三等開口宵韻	三等開口宵韻
8	肴	艽	交	《增》 《五》 《古》	居肴切 古肴切 居肴切	群	見	三等開口尤韻	二等開口肴韻
9	尤	舊	鵂	《五》	許尤切	群	曉	三等開口宥韻	三等開口尤韻
10	侵	黔	禽	《古》	渠金切	群	群	三等開口侵韻	三等開口侵韻
11	語	渠	詎	《古》	其據切	群	群	三等開口魚韻	三等開口御韻
12	吻	頎	懇	《增》 《古》	口很切	群	溪	三等開口微韻	一等開口很韻

13	阮	楗	蹇	《古》	紀偃切	群	見	三等開口阮韻	三等開口阮韻
14	阮	頎	懇	《增》	口很切	群	溪	三等開口微韻	一等開口很韻
15	阮	圈	捲	《五》	求晚切	群	群	三等合口阮韻	三等合口阮韻
16	銑	藑	吮	《五》	詳兗切	群	邪	三等合口清韻	三等合口獮韻
17	有	臯	臼	《古》	巨九切	群	群	三等開口有韻	三等開口有韻
18	寑	唫	噤	《古》	渠飲切	群	群	三等開口寑韻	三等開口寑韻
19	寘	綦	忌	《古》 《集》 《五》	渠記切 奇寄切	群	群	三等開口之韻	三等開口志韻 三等開口寘韻
20	漾	弶	倞	《古》	其亮切	群	群	三等開口漾韻	三等開口漾韻
21	屑	渴	竭	《增》 《古》	巨列切	群	群	三等開口薛韻	三等開口薛韻
22	虞	懼	癯	《古》	權俱切	群	群	三等合口遇韻	三等合口虞韻
23	文	卷	◎	《五》 《集》	丘云切	群	溪	三等合口仙韻	三等合口文韻
24	講	滰	◎	《說》	其兩切	群	群	三等開口養韻	三等開口養韻
25	語	咎	◎	《韻》	跽許切	群	群	三等開口有韻	三等開口語韻
26	嘯	橋	◎	《古》	渠廟切	群	群	三等開口宵韻	三等開口笑韻
27	嘯	翹	◎	《廣》 《五》	巨要切	群	群	三等開口笑韻	三等開口笑韻
28	漾	倞	◎	《古》	其亮切	群	群	三等開口映韻	三等開口漾韻
29	漾	競	◎	《韻》	其亮切	群	群	三等開口映韻	三等開口漾韻

30	敬	滰	◎	《五》	渠敬切	群	群	三等開口養韻	三等開口映韻
31	敬	滰	◎	《說》	其兩切	群	群	三等開口養韻	三等開口養韻
32	質	姞	◎	《古》	極乙切	群	群	三等開口質韻	三等開口質韻

（四）疑　母

疑母例計三十三例，楊愼切語聲母同於例字者三十例，而韻母相同佔十六例。見母切疑母一例，來母切疑母一例，曉母切疑母一例。

序號	韻	例字	直音	引書	切語	例字聲母	切語聲母	例字歸韻	切語歸韻
1	微	磑	機	《五》	居依切	疑	見	一等合口灰韻	三等開口微韻
2	微	魏	巍	《五》	語韋切	疑	疑	三等合口未韻	三等合口微韻
				《集》					
				《古》					
				《古》					
3	魚	衙	魚	《古》	魚居切	疑	疑	三等開口魚韻	三等開口魚韻
4	齊	䑒	倪	《集》	研奚切	疑	疑	四等開口齊韻	四等開口齊韻
5	佳	倪	涯	《集》	宜佳切	疑	疑	四等開口齊韻	二等開口佳韻
				《五》	五佳切				
6	佳	顏	崖	《增》	宜佳切	疑	疑	二等開口刪韻	二等開口佳韻
7	眞	言	誾	《增》	魚巾切	疑	疑	三等開口元韻	三等開口眞韻
8	元	阮	原	《集》	愚袁切	疑	疑	三等合口元韻	三等合口元韻
				《廣》					
				《增》					
				《古》					
				《五》	愚袁切				
9	麻	吾	牙	《廣》	五加切	疑	疑	二等開口麻韻	二等開口麻韻
				《五》					
				《集》	牛加切				

<table>
<tr><td rowspan="2">10</td><td rowspan="2">侵</td><td rowspan="2">霠</td><td rowspan="2">岑</td><td>《集》</td><td>魚音切</td><td rowspan="2">疑</td><td rowspan="2">疑</td><td rowspan="2">三等開口侵韻</td><td rowspan="2">三等開口侵韻</td></tr>
<tr><td>《五》</td><td>魚金切</td></tr>
<tr><td>11</td><td>紙</td><td>蛾</td><td>蟻</td><td>《增》</td><td>魚猗切</td><td>疑</td><td>疑</td><td>三等開口紙韻</td><td>三等開口紙韻</td></tr>
<tr><td rowspan="2">12</td><td rowspan="2">紙</td><td rowspan="2">儀</td><td rowspan="2">擬</td><td>《古》</td><td>偶起切</td><td rowspan="2">疑</td><td rowspan="2">疑</td><td rowspan="2">三等開口支韻</td><td>三等開口止韻</td></tr>
<tr><td>《韻》</td><td>語綺切</td><td>三等開口紙韻</td></tr>
<tr><td rowspan="3">13</td><td rowspan="3">語</td><td rowspan="3">衙</td><td rowspan="3">語</td><td>《增》</td><td>偶許切</td><td rowspan="3">疑</td><td rowspan="3">疑</td><td rowspan="3">三等開口語韻</td><td rowspan="3">三等開口語韻</td></tr>
<tr><td>《古》</td><td>魚許切</td></tr>
<tr><td>《五》</td><td>魚巨切</td></tr>
<tr><td>14</td><td>薺</td><td>掜</td><td>擬</td><td>《古》</td><td>吾禮切</td><td>疑</td><td>疑</td><td>四等開口薺韻</td><td>四等開口薺韻</td></tr>
<tr><td>15</td><td>有</td><td>咢</td><td>吼</td><td>《五》</td><td>呼后切</td><td>疑</td><td>曉</td><td>一等開口鐸韻</td><td>一等開口厚韻</td></tr>
<tr><td>16</td><td>御</td><td>迓</td><td>御</td><td>《五》</td><td>牛倨切</td><td>疑</td><td>疑</td><td>二等開口禡韻</td><td>三等開口御韻</td></tr>
<tr><td rowspan="2">17</td><td rowspan="2">霽</td><td rowspan="2">帠</td><td rowspan="2">詣</td><td>《增》</td><td rowspan="2">研計切</td><td rowspan="2">疑</td><td rowspan="2">疑</td><td rowspan="2">四等開口霽韻</td><td rowspan="2">四等開口霽韻</td></tr>
<tr><td>《古》</td></tr>
<tr><td rowspan="2">18</td><td rowspan="2">禡</td><td rowspan="2">牙</td><td rowspan="2">砑</td><td>《增》</td><td rowspan="2">五駕切</td><td rowspan="2">疑</td><td rowspan="2">疑</td><td rowspan="2">二等開口麻韻</td><td rowspan="2">二等開口禡韻</td></tr>
<tr><td>《古》</td></tr>
<tr><td rowspan="2">19</td><td rowspan="2">禡</td><td rowspan="2">衙</td><td rowspan="2">迓</td><td>《增》</td><td rowspan="2">五駕切</td><td rowspan="2">疑</td><td rowspan="2">疑</td><td rowspan="2">二等開口麻韻</td><td rowspan="2">二等開口禡韻</td></tr>
<tr><td>《古》</td></tr>
<tr><td rowspan="2">20</td><td rowspan="2">物</td><td rowspan="2">疑</td><td rowspan="2">仡</td><td>《五》</td><td>魚訖切</td><td rowspan="2">疑</td><td rowspan="2">疑</td><td rowspan="2">三等開口之韻</td><td rowspan="2">三等開口迄韻</td></tr>
<tr><td>《古》</td><td>魚乞切</td></tr>
<tr><td>21</td><td>屑</td><td>蜺</td><td>臬</td><td>《古》</td><td>倪結切</td><td>疑</td><td>疑</td><td>四等開口屑韻</td><td>四等開口屑韻</td></tr>
<tr><td>22</td><td>藥</td><td>詻</td><td>噩</td><td>《古》</td><td>蓮各切</td><td>疑</td><td>來</td><td>二等開口陌韻</td><td>一等開口鐸韻</td></tr>
<tr><td>23</td><td>微</td><td>磑</td><td>◎</td><td>《繫》</td><td>五對切</td><td>疑</td><td>疑</td><td>一等合口隊韻</td><td>一等合口隊韻</td></tr>
<tr><td rowspan="2">24</td><td rowspan="2">微</td><td rowspan="2">磑</td><td rowspan="2">◎</td><td>《五》</td><td rowspan="2">魚衣切</td><td rowspan="2">疑</td><td rowspan="2">疑</td><td rowspan="2">一等合口灰韻</td><td rowspan="2">三等開口微韻</td></tr>
<tr><td>《集》</td></tr>
<tr><td rowspan="2">25</td><td rowspan="2">薺</td><td rowspan="2">掜</td><td rowspan="2">◎</td><td>《玉》</td><td rowspan="2">吾禮切</td><td rowspan="2">疑</td><td rowspan="2">疑</td><td rowspan="2">四等開口薺韻</td><td rowspan="2">四等開口薺韻</td></tr>
<tr><td>《古》</td></tr>
</table>

26	舸	雅	◎	《韻》	語可切	疑	疑	二等開口馬韻	一等開口哿韻
27	養	[illegible]	◎	《五》	魚兩切	疑	疑	一等開口唐韻	三等開口養韻
28	寑	吟	◎	《古》	凝錦切	疑	疑	三等開口侵韻 三等開口沁韻	三等開口寑韻
29	號	敖	◎	《經》	五報切	疑	疑	一等開口豪韻	一等開口號韻
30	漾	仰	◎	《古》	牛向切	疑	疑	三等開口漾韻	三等開口漾韻
31	沁	吟	◎	《古》	宜禁切	疑	疑	三等開口沁韻	三等開口沁韻
32	屑	霓	◎	《文》	五結切	疑	疑	四等開口屑韻	四等開口屑韻
33	錫	鶃	◎	《古》	倪歷切	疑	疑	四等開口錫韻	四等開口錫韻

四、齒　音

（一）精　母

精母例計十九例，楊慎切語聲母同於例字者十七例，而韻母相同佔八例。疏母切精母一例，莊母切精母一例。

序號	韻	例字	直音	引書	切語	例字聲母	切語聲母	例字歸韻	切語歸韻
1	東	總	㚇	《集》 《古》 《五》	祖叢切 子紅切	精	精	一等開口董韻	一等開口東韻
2	支	觜	崔	《五》	醉綏切	精	精	三等開口支韻	三等開口脂韻
3	支	柴	崔	《五》	醉綏切	精	精	三等開口支韻	三等開口脂韻
4	陽	葬	臧	《增》	茲郎切	精	精	一等開口宕韻	一等開口唐韻

<table>
<tr><td rowspan="2">5</td><td rowspan="2">陽</td><td rowspan="2">將</td><td rowspan="2">牂</td><td>《增》</td><td rowspan="2">茲郎切</td><td rowspan="2">精</td><td rowspan="2">精</td><td>三等開口陽韻</td><td rowspan="2">一等開口唐韻</td></tr>
<tr><td>《古》</td><td>三等開口漾韻</td></tr>
<tr><td rowspan="3">6</td><td rowspan="3">庚</td><td rowspan="3">氏</td><td rowspan="3">精</td><td>《集》</td><td>咨盈切</td><td rowspan="3">精</td><td rowspan="3">精</td><td rowspan="3">三等開口清韻</td><td rowspan="3">三等開口清韻</td></tr>
<tr><td>《五》</td><td rowspan="2">子盈切</td></tr>
<tr><td>《廣》</td></tr>
<tr><td rowspan="2">7</td><td rowspan="2">鹽</td><td rowspan="2">瀸</td><td rowspan="2">尖</td><td>《廣》</td><td rowspan="2">子廉切</td><td rowspan="2">精</td><td rowspan="2">精</td><td rowspan="2">三等開口鹽韻</td><td rowspan="2">三等開口鹽韻</td></tr>
<tr><td>《五》</td></tr>
<tr><td rowspan="4">8</td><td rowspan="4">董</td><td rowspan="4">縱</td><td rowspan="4">總</td><td>《集》</td><td rowspan="2">祖動切</td><td rowspan="4">精</td><td rowspan="4">精</td><td rowspan="4">三等合口用韻
三等合口鍾韻</td><td rowspan="4">一等開口董韻</td></tr>
<tr><td>《古》</td></tr>
<tr><td>《增》</td><td rowspan="2">作孔切</td></tr>
<tr><td>《五》</td></tr>
<tr><td>9</td><td>宋</td><td>錝</td><td>縱</td><td>《五》</td><td>子宋切</td><td>精</td><td>精</td><td>一等合口宋韻</td><td>一等合口宋韻</td></tr>
<tr><td rowspan="2">10</td><td rowspan="2">霽</td><td rowspan="2">裚</td><td rowspan="2">霽</td><td>《五》</td><td rowspan="2">子計切</td><td rowspan="2">精</td><td rowspan="2">精</td><td rowspan="2">四等開口霽韻</td><td rowspan="2">四等開口霽韻</td></tr>
<tr><td>《集》</td></tr>
<tr><td rowspan="2">11</td><td rowspan="2">霽</td><td rowspan="2">祭</td><td rowspan="2">瘵</td><td>《廣》</td><td rowspan="2">側界切</td><td rowspan="2">精</td><td rowspan="2">莊</td><td rowspan="2">三等開口祭韻</td><td rowspan="2">二等開口怪韻</td></tr>
<tr><td>《五》</td></tr>
<tr><td rowspan="2">12</td><td rowspan="2">震</td><td rowspan="2">薦</td><td rowspan="2">進</td><td>《增》</td><td rowspan="2">即刃切</td><td rowspan="2">精</td><td rowspan="2">精</td><td rowspan="2">四等開口霰韻</td><td rowspan="2">三等開口震韻</td></tr>
<tr><td>《古》</td></tr>
<tr><td rowspan="2">13</td><td rowspan="2">禡</td><td rowspan="2">唶</td><td rowspan="2">借</td><td>《古》</td><td rowspan="2">子夜切</td><td rowspan="2">精</td><td rowspan="2">精</td><td rowspan="2">三等開口禡韻</td><td rowspan="2">三等開口禡韻</td></tr>
<tr><td>《增》</td></tr>
<tr><td>14</td><td>嘯</td><td>穛</td><td>醮</td><td>《古》</td><td>子肖切</td><td>精</td><td>精</td><td>三等開口笑韻</td><td>三等開口笑韻</td></tr>
<tr><td>15</td><td>篠</td><td>湫</td><td>◎</td><td>《五》</td><td>子了切</td><td>精</td><td>精</td><td>四等開口篠韻</td><td>四等開口篠韻</td></tr>
<tr><td>16</td><td>遇</td><td>足</td><td>◎</td><td>《古》</td><td>子遇切</td><td>精</td><td>精</td><td>三等合口遇韻</td><td>三等合口遇韻</td></tr>
<tr><td>17</td><td>遇</td><td>作</td><td>◎</td><td>《列》</td><td>即具切</td><td>精</td><td>精</td><td>一等開口箇韻</td><td>三等合口遇韻</td></tr>
<tr><td>18</td><td>諫</td><td>帴</td><td>◎</td><td>《說》</td><td>所八切</td><td>精</td><td>疏</td><td>三等開口獮韻</td><td>二等開口黠韻</td></tr>
<tr><td>19</td><td>屑</td><td>際</td><td>◎</td><td>《韻》</td><td>子結切</td><td>精</td><td>精</td><td>三等開口祭韻</td><td>四等開口屑韻</td></tr>
</table>

（二）清　母

清母例計三十二例，楊慎切語聲母同於例字者二十六例，而韻母相同佔十二例。心母切清母二例，莊母切清母一例，透母切清母一例，徹母切清母一例，精母切清母一例。

序號	韻	例字	直音	引書	切語	例字聲母	切語聲母	例字歸韻	切語歸韻
1	虞	取	趨	《增》	逡須切	清	清	三等合口虞韻	三等合口虞韻
				《集》					
				《五》	七逾切				
2	先	竣	筌	《集》	逡緣切	清	清	三等合口諄韻	三等合口仙韻
				《五》	此緣切				
3	先	[illegible]	筌	《古》	逡緣切	清	清	三等合口諄韻	三等合口仙韻
				《五》	此緣切				
4	蕭	愀	鍬	《五》	七遙切	清	清	三等開口小韻	三等開口宵韻
5	豪	[illegible]	操	《五》	七刀切	清	清	一等開口豪韻	一等開口豪韻
				《廣》					
6	豪	參	操	《五》	七刀切	清	清	一等開口覃韻	一等開口豪韻
7	歌	溠	蹉	《廣》	七何切	清	清	一等開口歌韻	一等開口歌韻
				《五》					
8	庚	綪	爭	《古》	菑莖切	清	莊	四等開口霰韻	二等開口耕韻
9	尤	取	秋	《集》	雌由切	清	清	三等合口虞韻	三等開口尤韻
				《五》	七由切			一等開口厚韻	
10	寘	誎	刺	《廣》	七賜切	清	清	三等開口寘韻	三等開口寘韻
				《集》					
				《增》					
11	遇	狙	覷	《古》	七慮切	清	清	三等開口魚韻	三等開口御韻
12	霰	淒	倩	《五》	倉甸切	清	清	四等開口齊韻	四等開口霰韻
				《集》					

13	號	饕	操	《集》 《五》	七到切	清	清	四等開口錫韻	一等開口號韻
14	沃	趣	促	《古》	趨玉切	清	清	三等合口遇韻 一等開口厚韻	三等合口燭韻
15	藥	舄	托	《五》 《集》	闥各切	清	透	三等開口藥韻	一等開口鐸韻
16	灰	倸	◎	《說》	倉宰切	清	清	一等開口海韻	一等開口海韻
17	寒	竄	◎	《集》 《五》	七丸切	清	清	一等合口換韻	一等合口桓韻
18	寒	爨	◎	《集》 《五》	七丸切	清	清	一等合口換韻	一等合口桓韻
19	青	青	◎	《經》	子丁切	清	精	四等開口青韻	四等開口青韻
20	篠	愀	◎	《列》	七小切	清	清	三等開口小韻	三等開口小韻
21	皓	慘	◎	《韻》	采早切	清	清	一等開口感韻	一等開口皓韻
22	有	趣	◎	《集》	此苟切	清	清	一等開口厚韻	一等開口厚韻
23	有	取	◎	《集》	此苟切	清	清	一等開口厚韻	一等開口厚韻
24	感	參	◎	《古》	桑感切	清	心	一等開口覃韻	一等開口感韻
25	感	參	◎	《古》	素感反	清	心	一等開口覃韻	一等開口感韻
26	霽	櫅	◎	《史》	子芮切	清	精	三等合口祭韻	三等合口祭韻
27	隊	竄	◎	《韻》	七外切	清	清	一等合口換韻	一等合口泰韻
28	箇	磋	◎	《廣》	七過反	清	清	一等合口過韻	一等合口過韻
29	屋	鼀	◎	《玉》	七狄切	清	清	三等開口尤韻	四等開口錫韻

30	屋	䣛	◎	《玉》	七由切	清	清	三等開口尤韻	三等開口尤韻
31	屑	察	◎	《韻》	敕列切	清	徹	二等開口黠韻	三等開口薛韻
32	藥	舄	◎	《韻》	七約切	清	清	三等開口藥韻	三等開口藥韻
33	陌	刺	◎	《增》 《古》	七迹切	清	清	三等開口昔韻	三等開口昔韻

（三）從　母

從母例計二十三例，楊愼切語聲母同於例字者十四例，而韻母相同佔十例。邪母切從母二例，初母切從母一例，精母切從母六例。

序號	韻	例字	直音	引書	切語	例字聲母	切語聲母	例字歸韻	切語歸韻
1	支	齊	慈	《五》	疾之切	從	從	四等開口齊韻	三等開口之韻
2	庚	請	情	《古》	慈盈切	從	從	三等開口清韻	三等開口清韻
3	董	從	緫	《集》 《五》	祖動切 作孔切	從	精	三等合口鍾韻 三等合口用韻	一等開口董韻
4	賄	栽	在	《增》 《古》	昨代切	從	從	一等開口代韻	一等開口代韻
5	銑	前	戩	《增》 《古》	子踐切 子淺切	從	精	四等開口先韻	三等開口獮韻
6	泰	栽	在	《古》 《增》	昨代切	從	從	一等開口代韻	一等開口代韻
7	泰	叢	悴	《五》	祖外切	從	精	一等開口東韻	一等合口泰韻
8	隊	栽	載	《古》 《增》	昨代切	從	從	一等開口代韻	一等開口代韻
9	敬	請	淨	《增》	疾正切	從	從	三等開口勁韻	三等開口勁韻

10	屑	蕞	蕝	《古》	租悅切	從	精	一等合口泰韻	三等合口薛韻
11	洽	捷	插	《古》	測洽切	從	初	三等開口葉韻	二等開口洽韻
12	冬	慒	◎	《廣》 《五》	藏宗切	從	從	一等合口冬韻	一等合口冬韻
13	冬	慒	◎	《廣》 《五》	似由切	從	邪	一等合口冬韻	三等開口尤韻
14	寒	聚	◎	《經》	才官切	從	從	三等合口虁韻 三等合口遇韻	一等合口桓韻
15	歌	痤	◎	《經》	在禾切	從	從	一等合口戈韻	一等合口戈韻
16	虁	粗	◎	《古》	坐五切	從	從	一等合口姥韻	一等合口姥韻
17	吻	蹲	◎	《五》	才本切	從	從	一等合口魂韻	一等合口混韻
18	銑	吮	◎	《廣》 《五》	徐兗切	從	邪	三等合口獮韻	三等合口獮韻
19	諫	前	◎	《經》	子踐切	從	精	四等開口先韻	三等開口獮韻
20	嘯	譙	◎	《古》	才咲切	從	從	三等開口宵韻	三等開口笑韻
21	號	漕	◎	《古》	在到切	從	從	一等開口號韻	一等開口號韻
22	漾	藏	◎	《古》	才浪切	從	從	一等開口宕韻	一等開口宕韻
23	屑	蕞	◎	《漢》	子悅切	從	精	一等合口泰韻	三等合口薛韻

（四）心　母

心母例計四十四例，楊愼切語聲母同於例字者二十二例，而韻母相同佔五例。見母切心母一例，來母切心母一例，穿母切心母一例，清母切心母二例，疏母切心母八例，透母切心母一例，照母切心母一例，精母切心母一例，審母切心母二例，曉母切心母二例，幫母切心母一例。

<table>
<tr><th>序號</th><th>韻</th><th>例字</th><th>直音</th><th>引書</th><th>切語</th><th>例字
聲母</th><th>切語
聲母</th><th>例字
歸韻</th><th>切語
歸韻</th></tr>
<tr><td rowspan="3">1</td><td rowspan="3">銑</td><td rowspan="3">洒</td><td rowspan="3">毨</td><td>《集》</td><td>穌典切</td><td rowspan="3">心</td><td rowspan="3">心</td><td rowspan="3">四等開
口薺韻</td><td rowspan="3">四等開
口銑韻</td></tr>
<tr><td>《五》</td><td>息淺切</td></tr>
<tr><td>《古》</td><td>蘇典切</td></tr>
<tr><td>2</td><td>屋</td><td>王</td><td>肅</td><td>《五》</td><td>息逐切</td><td>心</td><td>心</td><td>三等合
口燭韻</td><td>三等開
口屋韻</td></tr>
<tr><td>3</td><td>震</td><td>洒</td><td>汛</td><td>《古》</td><td>思晉切</td><td>心</td><td>心</td><td>四等開
口薺韻</td><td>三等開
口震韻</td></tr>
<tr><td>4</td><td>支</td><td>禠</td><td>斯</td><td>《古》</td><td>相支切</td><td>心</td><td>心</td><td>三等開
口支韻</td><td>三等開
口支韻</td></tr>
<tr><td rowspan="3">5</td><td rowspan="3">魚</td><td rowspan="3">蘇</td><td rowspan="3">蔬</td><td>《古》</td><td rowspan="2">山於切</td><td rowspan="3">心</td><td rowspan="3">疏</td><td rowspan="3">一等合
口模韻</td><td rowspan="3">三等開
口魚韻</td></tr>
<tr><td>《集》</td></tr>
<tr><td>《五》</td><td>所葅切</td></tr>
<tr><td rowspan="4">6</td><td rowspan="4">魚</td><td rowspan="4">斯</td><td rowspan="4">梳</td><td>《古》</td><td rowspan="3">山於切</td><td rowspan="4">心</td><td rowspan="4">疏</td><td rowspan="4">三等開
口支韻</td><td rowspan="4">三等開
口魚韻</td></tr>
<tr><td>《增》</td></tr>
<tr><td>《集》</td></tr>
<tr><td>《五》</td><td>所葅切</td></tr>
<tr><td>7</td><td>眞</td><td>信</td><td>申</td><td>《增》</td><td>升人切</td><td>心</td><td>審</td><td>三等開
口震韻</td><td>三等開
口眞韻</td></tr>
<tr><td rowspan="2">8</td><td rowspan="2">元</td><td rowspan="2">宣</td><td rowspan="2">暄</td><td>《集》</td><td>許元切</td><td rowspan="2">心</td><td rowspan="2">曉</td><td rowspan="2">三等合
口仙韻</td><td rowspan="2">三等合
口元韻</td></tr>
<tr><td>《五》</td><td>況袁切</td></tr>
<tr><td rowspan="4">9</td><td rowspan="4">刪</td><td rowspan="4">須</td><td rowspan="4">頒</td><td>《古》</td><td rowspan="3">逋還切</td><td rowspan="4">心</td><td rowspan="4">幫</td><td rowspan="4">三等合
口虞韻</td><td rowspan="4">二等合
口刪韻</td></tr>
<tr><td>《增》</td></tr>
<tr><td>《集》</td></tr>
<tr><td>《五》</td><td>布還切</td></tr>
<tr><td rowspan="3">10</td><td rowspan="3">蕭</td><td rowspan="3">騷</td><td rowspan="3">蕭</td><td>《古》</td><td rowspan="2">先彫切</td><td rowspan="2">心</td><td rowspan="2">心</td><td rowspan="3">一等開
口豪韻</td><td rowspan="2">四等開
口蕭韻</td></tr>
<tr><td>《增》</td></tr>
<tr><td>《五》</td><td>相邀切</td><td>心</td><td>心</td><td>三等開
口宵韻</td></tr>
<tr><td rowspan="3">11</td><td rowspan="3">蕭</td><td rowspan="3">肖</td><td rowspan="3">消</td><td>《集》</td><td>思邀切</td><td rowspan="3">心</td><td rowspan="3">心</td><td rowspan="3">三等開
口笑韻</td><td rowspan="2">三等開
口宵韻</td></tr>
<tr><td>《五》</td><td>相邀切</td></tr>
<tr><td>《古》</td><td>先彫切</td><td>四等開
口蕭韻</td></tr>
<tr><td rowspan="2">12</td><td rowspan="2">肴</td><td rowspan="2">箾</td><td rowspan="2">梢</td><td>《集》</td><td>師交切</td><td rowspan="2">心</td><td rowspan="2">疏</td><td rowspan="2">四等開
口蕭韻</td><td rowspan="2">二等開
口肴韻</td></tr>
<tr><td>《五》</td><td>所交切</td></tr>
</table>

13	侵	纖	箴	《集》	諸深切	心	照	三等開口鹽韻	三等開口侵韻
14	侵	三	森	《韻》	疏簪切	心	疏	一等開口談韻 一等開口闞韻	三等開口侵韻
15	覃	颯	藍	《五》	魯甘切	心	來	一等開口合韻	一等開口談韻
16	董	駷	竦	《古》	荀勇切	心	心	三等合口腫韻	三等合口腫韻
17	薺	洒	洗	《古》	山禮切	心	疏	四等開口薺韻	四等開口薺韻
18	蟹	斯	纚	《古》	所綺切	心	疏	三等開口支韻	三等開口紙韻
19	銑	先	毨	《增》 《古》	蘇典切	心	心	四等開口先韻 四等開口霰韻	四等開口銑韻
20	銑	鱻	尟	《洪》	蘇典切	心	心	三等開口仙韻	四等開口銑韻
21	巧	騷	掃	《增》 《古》	蘇老切	心	心	一等開口豪韻	一等開口皓韻
22	舸	綏	妥	《增》 《古》	吐火切	心	透	三等合口脂韻	一等合口果韻
23	寘	隸	肄	《集》	息利切	心	心	三等開口至韻	三等開口至韻
24	隊	訊	碎	《韻》	息悴切	心	心	三等開口震韻	三等合口至韻
25	願	鮮	獻	《增》	許建切	心	曉	三等開口線韻	三等開口願韻
26	效	繡	肖	《韻》	先弔切	心	心	三等開口宥韻	四等開口嘯韻
27	效	霄	肖	《韻》	先弔切	心	心	三等開口宥韻	四等開口嘯韻
28	質	嘯	叱	《增》 《古》 《五》	尺栗切 昌栗切	心	穿	四等開口嘯韻	三等開口質韻

<table>
<tr><td>29</td><td>黠</td><td>選</td><td>刷</td><td>《古》</td><td>數滑切</td><td>心</td><td>疏</td><td>三等合
口獮韻
三等合
口線韻</td><td>二等合
口黠韻</td></tr>
<tr><td>30</td><td>黠</td><td>揳</td><td>戛</td><td>《古》</td><td>訖黠切</td><td>心</td><td>見</td><td>四等開
口屑韻</td><td>二等開
口黠韻</td></tr>
<tr><td rowspan="2">31</td><td rowspan="2">藥</td><td rowspan="2">昔</td><td>鵲</td><td rowspan="2">《韻》</td><td rowspan="2">七約切</td><td rowspan="2">心</td><td rowspan="2">清</td><td rowspan="2">三等開
口昔韻</td><td rowspan="2">三等開
口藥韻</td></tr>
<tr><td>舃</td></tr>
<tr><td rowspan="2">32</td><td rowspan="2">錫</td><td rowspan="2">宿</td><td rowspan="2">戚</td><td>《五》</td><td rowspan="2">倉歷切</td><td rowspan="2">心</td><td rowspan="2">清</td><td rowspan="2">三等開
口宥韻</td><td rowspan="2">四等開
口錫韻</td></tr>
<tr><td>《集》</td></tr>
<tr><td>33</td><td>尤</td><td>鱐</td><td>◎</td><td>《經》</td><td>所留切</td><td>心</td><td>疏</td><td>三等開
口屋韻</td><td>三等開
口尤韻</td></tr>
<tr><td>34</td><td>醽</td><td>寫</td><td>◎</td><td>《韻》</td><td>洗與切</td><td>心</td><td>心</td><td>三等開
口馬韻</td><td>三等開
口語韻</td></tr>
<tr><td rowspan="3">35</td><td rowspan="3">銑</td><td rowspan="3">洗</td><td rowspan="3">◎</td><td>《經》</td><td rowspan="3">先典切</td><td rowspan="3">心</td><td rowspan="3">心</td><td rowspan="3">四等開
口薺韻</td><td rowspan="3">四等開
口銑韻</td></tr>
<tr><td>《史》</td></tr>
<tr><td>《漢》</td></tr>
<tr><td>36</td><td>舸</td><td>娑</td><td>◎</td><td>《文》</td><td>蘇可切</td><td>心</td><td>心</td><td>一等開
口哿韻</td><td>一等開
口哿韻</td></tr>
<tr><td>37</td><td>有</td><td>滫</td><td>◎</td><td>《增》</td><td>息有切</td><td>心</td><td>心</td><td>三等開
口有韻</td><td>三等開
口有韻</td></tr>
<tr><td rowspan="4">38</td><td rowspan="4">泰</td><td rowspan="4">椒</td><td rowspan="4">◎</td><td>《集》</td><td rowspan="4">祖外切</td><td rowspan="4">心</td><td rowspan="4">精</td><td rowspan="4">一等開
口厚韻</td><td rowspan="4">一等合
口泰韻</td></tr>
<tr><td>《增》</td></tr>
<tr><td>《五》</td></tr>
<tr><td>《古》</td></tr>
<tr><td>39</td><td>隊</td><td>訊</td><td>◎</td><td>《韻》</td><td>息悴切</td><td>心</td><td>心</td><td>三等開
口震韻</td><td>三等合
口至韻</td></tr>
<tr><td>40</td><td>效</td><td>繡</td><td>◎</td><td>《韻》</td><td>先吊切</td><td>心</td><td>心</td><td>三等開
口宥韻</td><td>四等開
口嘯韻</td></tr>
<tr><td>41</td><td>屋</td><td>歗</td><td>◎</td><td>《韻》</td><td>息六切</td><td>心</td><td>心</td><td>三等合
口至韻</td><td>三等開
口屋韻</td></tr>
<tr><td>42</td><td>屋</td><td>脩</td><td>◎</td><td>《韻》</td><td>式竹切</td><td>心</td><td>審</td><td>三等開
口尤韻</td><td>三等開
口屋韻</td></tr>
<tr><td>43</td><td>屑</td><td>愬</td><td>◎</td><td>《經》</td><td>山革切</td><td>心</td><td>疏</td><td>一等合
口暮韻</td><td>二等開
口麥韻</td></tr>
<tr><td>44</td><td>篠</td><td>礵</td><td>◎</td><td>《廣》</td><td>思六切</td><td>心</td><td>心</td><td>三等開
口屋韻</td><td>三等開
口屋韻</td></tr>
</table>

（五）邪　母

邪母例計七例，楊慎切語聲母同於例字者一例，屬韻母相同。見母切邪母一例，從母切邪母一例，喻母切邪母二例，審母切邪母一例，曉母切邪母一例。

序號	韻	例字	直音	引書	切語	例字聲母	切語聲母	例字歸韻	切語歸韻
1	東	訟	公	《古》	沽紅切	邪	見	三等合口鍾韻	一等開口東韻
2	先	巡	沿	《古》	全專切	邪	從	三等合口諄韻	三等合口仙韻
3	麻	緒	畬	《集》 《五》	詩車切 式車切	邪	審	三等開口語韻	三等開口麻韻
4	尤	慒	怬	《古》	徐由切	邪	邪	三等開口尤韻	三等開口尤韻
5	紙	巳	己	《韻》	養里切	邪	喻	三等開口止韻	三等開口止韻
6	銑	羨	衍	《古》	以淺切	邪	喻	三等開口線韻	三等開口獮韻
7	寘	隋	◎	《經》 《集》	呼恚切	邪	曉	三等合口支韻	三等開口寘韻

（六）照　母

照母例計二十六例，楊慎切語聲母同於例字者十九例，而韻母相同佔八例。匣母切照母一例，知母切照母一例，溪母切照母一例，群母切照母二例，澄母切照母一例，禪母切照母一例。

序號	韻	例字	直音	引書	切語	例字聲母	切語聲母	例字歸韻	切語歸韻
1	東	衆	中	《古》	陟隆切	照	知	三等開口東韻	三等開口東韻
2	支	巵	欹	《集》 《五》	丘奇切 去奇切	照	溪	三等開口支韻	三等開口支韻
3	支	支	岐	《集》 《五》	翹移切 巨支切	照	群	三等開口支韻	三等開口支韻

4	支	氏	支	《古》 《增》 《集》	章移切	照	照	三等開口脂韻	三等開口支韻
5	支	祇	支	《古》	章移切	照	照	三等開口脂韻	三等開口支韻
6	眞	振	眞	《古》	之人切	照	照	三等開口眞韻	三等開口眞韻
7	眞	震	珍	《增》	之人切	照	照	三等開口震韻	三等開口眞韻
8	蕭	昭	韶	《古》	馳遙切	照	澄	三等開口宵韻	三等開口宵韻
9	蕭	詔	韶	《古》 《增》	時饒切 時招切	照	禪	三等開口笑韻	三等開口宵韻
10	蕭	招	翹	《古》 《增》	祈堯切 祁堯切	照	群	三等開口宵韻	四等開口蕭韻
11	麻	諸	遮	《五》 《廣》	正奢切	照	照	三等開口魚韻	三等開口麻韻
12	養	仉	掌	《廣》 《五》	諸兩切	照	照	三等開口養韻	三等開口養韻
13	寘	織	志	《古》	職吏切	照	照	三等開口志韻	三等開口志韻
14	遇	燭	炷	《增》	朱戍切	照	照	三等合口燭韻	三等合口遇韻
15	漾	章	障	《古》	之亮切	照	照	三等開口漾韻	三等開口漾韻
16	宥	鑄	呪	《韻》	職救切	照	照	三等合口遇韻	三等開口宥韻
17	宥	注	咮	《古》	職救切	照	照	三等合口遇韻	三等開口宥韻
18	屑	制	哲	《增》 《古》	之列切	照	照	三等開口祭韻	三等開口薛韻
19	藥	繳	灼	《古》	職畧切	照	照	三等開口藥韻	三等開口藥韻
20	藥	禚	灼	《廣》 《五》 《古》	之若切 職畧切	照	照	三等開口藥韻	三等開口藥韻

21	藥	炤	灼	《增》	職畧切	照	照	三等開口笑韻	三等開口藥韻
22	葉	汁	叶	《集》 《五》	檄頰切 胡頰切	照	匣	三等開口緝韻	四等開口帖韻
23	語	者	◎	《韻》	掌與切	照	照	三等開口馬韻	三等開口語韻
24	軫	純	◎	《廣》 《增》 《五》 《古》 《新》	之尹切	照	照	三等合口準韻	三等合口準韻
25	寘	拙	◎	《韻》	朱類切	照	照	三等合口薛韻	三等合口至韻
26	沁	枕	◎	《廣》 《五》	之任切	照	照	三等開口沁韻	三等開口沁韻

（七）穿　母

穿母例計九例，楊慎切語聲母同於例字者四例，而韻母相同佔二例。知母切穿母一例，透母切穿母二例，精母切穿母二例。

序號	韻	例字	直音	引書	切語	例字聲母	切語聲母	例字歸韻	切語歸韻
1	銑	僢	舛	《增》 《古》	尺兗切	穿	穿	三等合口準韻	三等合口獮韻
2	藥	斥	柝	《五》	他各切	穿	透	三等開口昔韻	一等開口鐸韻
3	錫	俶	逖	《古》 《增》	他歷切	穿	透	三等開口屋韻	四等開口錫韻
4	軫	春	◎	《經》	出允切	穿	穿	三等合口諄韻	三等合口準韻
5	篠	愁	◎	《經》	子小切	穿	精	三等開口尤韻	三等開口小韻
6	絳	惷	◎	《說》	陟絳切	穿	知	三等合口準韻	二等開口絳韻
7	寘	出	◎	《經》 《廣》 《集》	尺類切	穿	穿	三等合口至韻	三等合口至韻

8	味	掣	◎	《經》	昌逝切	穿	穿	三等開口祭韻	三等開口祭韻
9	緝	斟	◎	《說》	子入切	穿	精	三等開口緝韻	三等開口緝韻
				《五》					

（八）神　母

神母例計三例，楊愼切語聲母皆不同於例字，喻母切神母一例，照母切神母一例，禪母切神母一例。

序號	韻	例字	直音	引書	切語	例字聲母	切語聲母	例字歸韻	切語歸韻
1	支	示	時	《五》	市之切	神	禪	三等開口至韻	三等開口之韻
				《集》					
2	震	唇	震	《集》	之刃切	神	照	三等合口諄韻	三等開口震韻
				《五》	章刃切				
3	徑	繩	孕	《五》	以證切	神	喻	三等開口蒸韻	三等開口證韻
				《集》					

（九）審　母

審母例計十四例，楊愼切語聲母同於例字者十例，而韻母相同佔六例。心母切審母一例，透母切審母二例，喻母切審母一例。

序號	韻	例字	直音	引書	切語	例字聲母	切語聲母	例字歸韻	切語歸韻
1	麻	赦	賒	《增》	詩遮切	審	審	三等開口禡韻	三等開口麻韻
2	陽	謪	商	《增》	尸羊切	審	審	三等開口陽韻	三等開口陽韻
				《古》					
3	寢	淰	審	《古》	式荏切	審	審	三等開口寢韻	三等開口寢韻
				《增》					
4	御	舒	豫	《古》	羊茹切	審	喻	三等開口魚韻	三等開口御韻
5	震	申	信	《集》	思晉切	審	心	三等開口眞韻	三等開口震韻
				《增》					
				《五》	息晉切				

<table>
<tr><td rowspan="4">6</td><td rowspan="4">禡</td><td rowspan="4">厙</td><td rowspan="4">赦</td><td>《廣》</td><td>始夜切</td><td rowspan="4">審</td><td rowspan="4">審</td><td rowspan="4">三等開口禡韻</td><td rowspan="4">三等開口禡韻</td></tr>
<tr><td>《五》</td><td rowspan="3">式夜切</td></tr>
<tr><td>《集》</td></tr>
<tr><td>《古》</td></tr>
<tr><td rowspan="5">7</td><td rowspan="5">宥</td><td rowspan="5">守</td><td rowspan="5">狩</td><td>《廣》</td><td rowspan="5">舒救切</td><td rowspan="5">審</td><td rowspan="5">審</td><td rowspan="5">三等開口宥韻</td><td rowspan="5">三等開口宥韻</td></tr>
<tr><td>《集》</td></tr>
<tr><td>《五》</td></tr>
<tr><td>《古》</td></tr>
<tr><td>《增》</td></tr>
<tr><td>8</td><td>㒀</td><td>稅</td><td>脫</td><td>《增》</td><td>他括切</td><td>審</td><td>透</td><td>三等合口祭韻</td><td>一等合口末韻</td></tr>
<tr><td>9</td><td>紙</td><td>施</td><td>◎</td><td>《韻》</td><td>尸是切</td><td>審</td><td>審</td><td>三等開口支韻
三等開口寘韻</td><td>三等開口紙韻</td></tr>
<tr><td>10</td><td>軫</td><td>水</td><td>◎</td><td>《韻》</td><td>式允切</td><td>審</td><td>審</td><td>三等合口旨韻</td><td>三等合口準韻</td></tr>
<tr><td>11</td><td>琰</td><td>夾</td><td>◎</td><td>《說》</td><td>失冉切</td><td>審</td><td>審</td><td>三等開口琰韻</td><td>三等開口琰韻</td></tr>
<tr><td>12</td><td>遇</td><td>束</td><td>◎</td><td>《古》</td><td>詩汗切</td><td>審</td><td>審</td><td>三等合口燭韻</td><td>一等開口翰韻
一等開口寒韻</td></tr>
<tr><td rowspan="2">13</td><td rowspan="2">泰</td><td rowspan="2">稅</td><td rowspan="2">◎</td><td>《經》</td><td rowspan="2">他外切</td><td rowspan="2">審</td><td rowspan="2">透</td><td rowspan="2">三等合口祭韻</td><td rowspan="2">一等合口泰韻</td></tr>
<tr><td>《增》</td></tr>
<tr><td>14</td><td>葉</td><td>灄</td><td>◎</td><td>《苑》</td><td>書涉切</td><td>審</td><td>審</td><td>三等開口葉韻</td><td>三等開口葉韻</td></tr>
</table>

（十）禪　母

禪母例計十七例，楊愼切語聲母同於例字者四例，而韻母相同佔三例。日母切禪母一例，見母切禪母一例，定母切禪母二例，穿母切禪母二例，神母切禪母三例，透母切禪母二例，照母切禪母二例。

序號	韻	例字	直音	引書	切語	例字聲母	切語聲母	例字歸韻	切語歸韻
1	齊	蟬	提	《集》	田黎切	禪	定	三等開口仙韻	四等開口齊韻
				《五》	杜奚切				
2	齊	是	提	《集》	田黎切	禪	定	三等開口紙韻	四等開口齊韻
				《五》	杜奚切				
3	灰	焞	推	《韻》	吐雷切	禪	透	三等合口諄韻	一等合口灰韻
4	先	單	蟬	《古》	時連切	禪	禪	三等開口仙韻	三等開口仙韻
				《集》					
5	麻	闍	遮	《集》	之奢切	禪	照	三等開口麻韻	三等開口麻韻
				《五》	正奢切				
6	銑	單	闡	《五》	昌善切	禪	穿	三等開口獮韻	三等開口獮韻
7	有	壽	受	《韻》	如九切	禪	日	三等開口有韻	三等開口有韻
8	霰	單	戰	《增》	之膳切	禪	照	三等開口線韻	三等開口線韻
				《古》					
9	漾	償	上	《古》	時亮切	禪	禪	三等開口漾韻	三等開口漾韻
10	敬	繕	勁	《增》	居正切	禪	見	三等開口線韻	三等開口勁韻
				《古》	堅正切				
11	宥	讎	售	《增》	承呪切	禪	禪	三等開口尤韻	三等開口宥韻
				《古》					
12	屋	璹	叔	《集》	神六切	禪	神	三等開口屋韻	三等開口屋韻
13	屑	澨	折	《五》	時制切	禪	禪	三等開口祭韻	三等開口祭韻
				《集》					
14	葉	拾	涉	《增》	實攝切	禪	神	三等開口緝韻	三等開口葉韻
				《古》					
15	灰	焞	◎	《韻》	吐雷切	禪	透	三等合口諄韻	一等合口灰韻
16	蕭	紹	◎	《五》	尺招切	禪	穿	三等開口小韻	三等開口蕭韻
17	藥	碩	◎	《韻》	實若切	禪	神	三等開口昔韻	三等開口藥韻

（十一）莊　母

莊母例計五例，楊愼切語聲母同於例字者三例，而韻母相同佔一例。從母切莊母一例，精母切莊母一例。

序號	韻	例字	直音	引書	切語	例字聲母	切語聲母	例字歸韻	切語歸韻
1	麻	菹	嗟	《集》 《五》	咨邪切 子邪切	莊	精	三等開口魚韻	三等開口麻韻
2	紙	緇	滓	《增》 《古》	壯士切 壯仕切	莊	莊	三等開口之韻	三等開口止韻
3	卦	責	債	《古》 《增》	側賣切	莊	莊	二等開口麥韻	二等開口卦韻
4	屑	札	截	《集》 《五》	咋結切	莊	從	二等開口黠韻	四等開口屑韻
5	職	昃	稷	《古》	札色切	莊	莊	三等開口職韻	三等開口職韻

（十二）初　母

初母例計六例，楊愼切語聲母同於例字者四例，而韻母相同佔二例。清母切初母二例。

序號	韻	例字	直音	引書	切語	例字聲母	切語聲母	例字歸韻	切語歸韻
1	歌	差	瑳	《古》	倉何切	初	清	二等開口麻韻	一等開口歌韻
2	紙	揣	◎	《文》	初毀切	初	初	三等合口紙韻	三等合口紙韻
3	御	楚	◎	《增》 《古》	創據切	初	初	三等開口御韻	三等開口御韻
4	卦	嘬	◎	《五》	倉夬切	初	清	二等合口夬韻	二等合口夬韻
5	諫	羼	◎	《玉》 《集》 《五》	初莧切	初	初	二等開口諫韻	二等開口襇韻
6	禡	差	◎	《集》	楚嫁切	初	初	二等開口麻韻	二等開口禡韻

（十三）牀　母

牀母例計九例，楊愼切語聲母同於例字者二例，而韻母相同佔一例。日母切牀母一例，從母切牀母一例，清母切牀母一例，莊母切牀母二例，透母切牀母一例，禪母切牀母一例。

序號	韻	例字	直音	引書	切語	例字聲母	切語聲母	例字歸韻	切語歸韻
1	佳	槎	柴	《集》	鉏佳切	牀	牀	二等開口麻韻	二等開口佳韻
2	豪	愁	曹	《集》	財勞切	牀	從	三等開口尤韻	一等開口豪韻
3	潸	轏	棧	《古》	任限切	牀	日	二等開口產韻	二等開口產韻
4	潸	棧	戔	《五》 《集》	阻限切	牀	莊	二等開口產韻	二等開口產韻
5	馬	苴	鮓	《古》 《五》 《集》 《增》	側下切	牀	莊	二等開口麻韻	二等開口馬韻
6	卦	柴	寨	《增》	土邁切	牀	透	二等開口佳韻	二等合口夬韻
7	紙	士	◎	《韻》	上止切	牀	禪	三等開口止韻	三等開口止韻
8	銑	譔	◎	《集》 《增》 《古》	雛免切	牀	牀	三等開口獮韻	三等開口獮韻
9	有	鯫	◎	《集》	此苟切	牀	清	一等開口厚韻	一等開口厚韻

（十四）疏　母

疏母例計二十例，楊愼切語聲母同於例字者十六例，而韻母相同佔八例。心母切疏母一例，徹母切疏母一例，疑母切疏母一例，精母切疏母一例。

序號	韻	例字	直音	引書	切語	例字聲母	切語聲母	例字歸韻	切語歸韻
1	支	曬	痴	《集》 《五》	抽知切 丑知切	疏	徹	三等開口寘韻	三等開口支韻

2	眞	籸	莘	《古》 《五》	疏臻切 所臻切	疏	疏	二等開口臻韻	二等開口臻韻
3	陽	爽	霜	《增》 《古》	師莊切	疏	疏	三等開口養韻	三等開口陽韻
4	賄	崽	宰	《五》	作亥切	疏	精	二等開口皆韻 二等開口佳韻	一等開口海韻
5	寑	瘁	審	《古》	所錦切	疏	疏	三等開口寑韻	三等開口寑韻
6	寘	帥	帨	《古》	所類切	疏	疏	三等合口至韻	三等合口至韻
7	寘	率	類	《古》	五遂切	疏	疑	三等合口至韻	三等合口至韻
8	禡	沙	嗄	《廣》 《五》 《集》 《增》 《古》	所嫁切	疏	疏	二等開口禡韻	二等開口禡韻
9	覺	欶	朔	《古》	色角切	疏	疏	二等開口覺韻	二等開口覺韻
10	咸	纔	◎	《五》	所咸切	疏	疏	二等開口銜韻	二等開口咸韻
11	語	贬	◎	《古》	爽阻切	疏	疏	三等開口語韻	三等開口語韻
12	蟹	躧	◎	《文》	所解切	疏	疏	二等開口蟹韻	二等開口蟹韻
13	迥	冼	◎	《古》 《增》	色拯切	疏	疏	四等開口薺韻	三等開口拯韻
14	絳	雙	◎	《五》	色絳切	疏	疏	二等開口江韻	二等開口絳韻
15	遇	朔	◎	《韻》	蘇故切	疏	心	二等開口覺韻	一等合口暮韻
16	霽	殺	◎	《漢》 《經》 《古》	所例切	疏	疏	二等合口怪韻	三等開口祭韻

17	漾	霜	◎	《五》	色壯切	疏	疏	三等開口陽韻	三等開口漾韻
18	漾	孀	◎	《五》	色壯切	疏	疏	三等開口陽韻	三等開口漾韻
19	敬	生	◎	《古》	色敬切	疏	疏	三等開口映韻	三等開口映韻
20	洽	歃	◎	《古》	色洽切	疏	疏	二等開口洽韻	二等開口洽韻

五、喉　音

（一）影　母

影母例計六十二例，楊愼切語聲母同於例字者五十一例，而韻母相同佔十五例。匣母切影母一例，見母切影母一例，明母切影母一例，微母切影母一例，喻母切影母二例，溪母切影母一例，疑母切影母一例，端母切影母一例，曉母切影母二例。

序號	韻	例字	直音	引書	切語	例字聲母	切語聲母	例字歸韻	切語歸韻
1	支	焉	夷	《增》 《古》	延知切	影	喻	三等開口元韻	三等開口支韻
2	支	噫	醫	《古》 《增》	於其切 於基切	影	影	三等開口之韻	三等開口之韻
3	支	意	噫	《增》 《古》	於基切 於其切	影	影	三等開口志韻	三等開口之韻
4	支	懿	噫	《古》	於其切	影	影	三等開口至韻	三等開口之韻
5	微	運	圍	《韻》	于非切	影	為	三等合口問韻	三等合口微韻
6	虞	惡	烏	《古》	汪胡切	影	影	一等合口模韻	一等合口模韻
7	文	蘊	煴	《古》	於云切	影	影	三等合口文韻	三等合口文韻
8	元	苑	鴛	《集》	於袁切	影	影	三等合口阮韻	三等合口元韻
9	元	緼	溫	《廣》 《五》	烏渾切	影	影	一等合口魂韻	一等合口魂韻

<table>
<tr><td>10</td><td>先</td><td>闉</td><td>烟</td><td>《集》</td><td>因蓮切</td><td>影</td><td>影</td><td>三等開
口眞韻</td><td>四等開
口先韻</td></tr>
<tr><td rowspan="2">11</td><td rowspan="2">先</td><td rowspan="2">窅</td><td rowspan="2">綿</td><td>《集》</td><td>彌延切</td><td rowspan="2">影</td><td rowspan="2">明</td><td rowspan="2">四等開
口篠韻
二等開
口肴韻</td><td rowspan="2">三等開
口仙韻
三等開
口先韻</td></tr>
<tr><td>《五》</td><td>莫賢切</td></tr>
<tr><td>12</td><td>肴</td><td>窅</td><td>坳</td><td>《古》</td><td>幺交切</td><td>影</td><td>影</td><td>二等開
口肴韻</td><td>二等開
口肴韻</td></tr>
<tr><td rowspan="2">13</td><td rowspan="2">麻</td><td rowspan="2">烏</td><td rowspan="2">鴉</td><td>《五》</td><td rowspan="2">於加切</td><td rowspan="2">影</td><td rowspan="2">影</td><td rowspan="2">一等合
口模韻</td><td rowspan="2">二等開
口麻韻</td></tr>
<tr><td>《集》</td></tr>
<tr><td rowspan="3">14</td><td rowspan="3">麻</td><td rowspan="3">亞</td><td rowspan="3">鴉</td><td>《五》</td><td rowspan="2">於加切</td><td rowspan="3">影</td><td rowspan="3">影</td><td rowspan="3">二等開
口禡韻</td><td rowspan="3">二等開
口麻韻</td></tr>
<tr><td>《集》</td></tr>
<tr><td>《古》</td><td>幺加切</td></tr>
<tr><td>15</td><td>尤</td><td>區</td><td>甌</td><td>《古》</td><td>烏侯切</td><td>影</td><td>影</td><td>一等開
口侯韻</td><td>一等開
口侯韻</td></tr>
<tr><td rowspan="2">16</td><td rowspan="2">覃</td><td rowspan="2">陰</td><td rowspan="2">菴</td><td>《五》</td><td rowspan="2">烏含切</td><td rowspan="2">影</td><td rowspan="2">影</td><td rowspan="2">三等開
口侵韻</td><td rowspan="2">一等開
口覃韻</td></tr>
<tr><td>《集》</td></tr>
<tr><td rowspan="2">17</td><td rowspan="2">董</td><td rowspan="2">翁</td><td rowspan="2">蓊</td><td>《古》</td><td rowspan="2">烏孔切</td><td rowspan="2">影</td><td rowspan="2">影</td><td rowspan="2">一等開
口東韻</td><td rowspan="2">一等開
口董韻</td></tr>
<tr><td>《增》</td></tr>
<tr><td>18</td><td>紙</td><td>醫</td><td>倚</td><td>《古》</td><td>隱綺切</td><td>影</td><td>影</td><td>三等開
口之韻</td><td>三等合
口紙韻</td></tr>
<tr><td>19</td><td>紙</td><td>醫</td><td>醷</td><td>《古》</td><td>隱綺切</td><td>影</td><td>影</td><td>三等開
口之韻</td><td>三等合
口紙韻</td></tr>
<tr><td>20</td><td>尾</td><td>依</td><td>扆</td><td>《古》</td><td>隱豈切</td><td>影</td><td>影</td><td>三等開
口微韻</td><td>三等開
口尾韻</td></tr>
<tr><td rowspan="2">21</td><td rowspan="2">阮</td><td rowspan="2">鄢</td><td rowspan="2">偃</td><td>《五》</td><td rowspan="2">於殄切</td><td rowspan="2">影</td><td rowspan="2">影</td><td rowspan="2">四等開
口霰韻</td><td rowspan="2">四等開
口銑韻</td></tr>
<tr><td>《集》</td></tr>
<tr><td rowspan="2">22</td><td rowspan="2">有</td><td rowspan="2">幽</td><td rowspan="2">黝</td><td>《增》</td><td>於糾切</td><td rowspan="2">影</td><td rowspan="2">影</td><td rowspan="2">三等開
口幽韻</td><td rowspan="2">三等開
口黝韻</td></tr>
<tr><td>《古》</td><td>幺糾切</td></tr>
<tr><td rowspan="2">23</td><td rowspan="2">感</td><td rowspan="2">韽</td><td rowspan="2">掩</td><td>《五》</td><td rowspan="2">鄔感切</td><td rowspan="2">影</td><td rowspan="2">影</td><td rowspan="2">一等開
口覃韻
二等開
口陷韻</td><td rowspan="2">一等開
口感韻</td></tr>
<tr><td>《集》</td></tr>
</table>

24	感	厭	掩	《五》 《集》	鄔感切	影	影	三等開口葉韻 三等開口豔韻 三等開口琰韻	一等開口感韻
25	琰	淊	琰	《廣》 《五》 《集》	以冉切	影	喻	二等開口咸韻	三等開口琰韻
26	味	威	畏	《韻》	紆胃切	影	影	三等合口微韻	三等合口未韻
27	嘯	約	要	《古》	玄笑切	影	匣	三等開口笑韻	三等開口笑韻
28	沁	陰	癊	《五》 《集》	於禁切	影	影	三等開口侵韻	三等開口沁韻
29	勘	菴	暗	《古》 《增》	烏紺切	影	影	一等開口覃韻 三等開口鹽韻	一等開口勘韻
30	月	暍	謁	《古》	於歇切	影	影	三等開口月韻	三等開口月韻
31	曷	頞	遏	《古》	阿葛切	影	影	一等開口曷韻	一等開口曷韻
32	黠	乙	軋	《古》	乙黠切	影	影	三等開口質韻	三等開口職韻
33	屑	翳	咽	《古》 《增》	一結切	影	影	四等開口齊韻 四等開口霽韻	四等開口屑韻
34	職	意	億	《韻》	乙力切	影	影	三等開口志韻	三等開口職韻
35	合	邑	匼	《古》	遏合切	影	影	三等開口緝韻	一等開口合韻
36	葉	裛	浥	《古》	乙業切	影	影	三等開口業韻	三等開口業韻

37	洽	厭	押	《增》	乙甲切	影	影	三等開口葉韻 三等開口豔韻 三等開口琰韻	二等開口狎韻
38	問	溫	蘊	《增》	於問切	影	影	一等合口魂韻	三等合口問韻
39	冬	膺	◎	《韻》	於容切	影	影	三等開口蒸韻	三等合口鍾韻
40	微	依	◎	《集》 《五》	於希切	影	影	三等開口尾韻	三等開口微韻
41	虞	惡	◎	《集》	荒胡切	影	曉	一等合口模韻	一等合口模韻
42	陽	英	◎	《韻》	於良切	影	影	三等開口庚韻	三等開口陽韻
43	舸	猗	◎	《經》	於可切	影	影	三等開口支韻 三等開口紙韻	一等開口哿韻
44	舸	厄	◎	《六》	五果切	影	疑	二等開口麥韻	一等合口果韻
45	有	憂	◎	《韻》	於糾切	影	影	三等開口尤韻	三等開口黝韻
46	寘	愛	◎	《韻》	許既切	影	曉	一等開口代韻	三等開口未韻
47	味	威	◎	《韻》	紆胃切	影	影	三等合口微韻	三等合口未韻
48	遇	約	◎	《古》	於妙切	影	影	三等開口笑韻	三等開口笑韻
49	泰	嬒	◎	《說》 《五》	古外切	影	見	一等合口泰韻	一等合口泰韻
50	卦	嗄	◎	《集》 《增》 《經》	於邁切	影	影	二等開口夬韻	二等合口夬韻

序號	韻	例字	直音	引書	切語	例字聲母	切語聲母	例字歸韻	切語歸韻
51	箇	涴	◎	《經》 《廣》 《五》	烏臥切	影	影	一等合口過韻	一等合口過韻
52	宥	區	◎	《漢》	口豆切	影	溪	一等開口侯韻	一等開口候韻
53	豔	弇	◎	《集》	於贍切	影	影	三等開口琰韻	三等開口豔韻
54	屋	渥	◎	《韻》	烏谷切	影	影	二等開口覺韻	一等開口屋韻
55	黠	婠	◎	《雅》	一刮切	影	影	一等合口桓韻	二等合口鎋韻
56	屑	翳	◎	《增》 《古》	一結切	影	影	四等開口齊韻 四等開口霽韻	四等開口屑韻
57	陌	戹	◎	《六》	乙革切	影	影	二等開口麥韻	二等開口麥韻
58	錫	約	◎	《文》	都狄切	影	端	三等開口藥韻	四等開口錫韻
59	合	邑	◎	《詩》	於合切	影	影	三等開口緝韻	一等開口合韻
60	葉	浥	◎	《古》	乙業切	影	影	三等開口業韻	三等開口業韻
61	葉	厭	◎	《史》 《漢》 《荀》	一涉切	影	影	三等開口葉韻	三等開口葉韻
62	味	黖	◎	《古》	於既切	影	影	三等開口志韻	三等開口未韻

（二）曉　母

曉母例計二十一例，楊慎切語聲母同於例字者十六例，而韻母相同佔九例。明母切曉母二例，透母切曉母一例，溪母切曉母一例，照母切曉母一例。

序號	韻	例字	直音	引書	切語	例字聲母	切語聲母	例字歸韻	切語歸韻
1	江	舡	肛	《古》	虛江切	曉	曉	二等開口江韻	二等開口江韻

2	微	悕	希	《集》	香依切	曉	曉	三等開口微韻	三等開口微韻
3	虞	幠	呼	《古》	荒胡切	曉	曉	一等合口模韻	一等合口模韻
4	寒	漢	灘	《五》 《集》	他干切	曉	透	一等開口翰韻	一等開口寒韻
5	陽	𢅌	茫	《五》 《集》	謨郎切	曉	明	一等合口唐韻	一等開口唐韻
6	陽	饗	香	《古》	虛良切	曉	曉	三等開口養韻	三等開口陽韻
7	賄	沬	頮	《增》	呼內切	曉	曉	一等合口隊韻	一等合口隊韻
8	軫	昬	憫	《增》	弭盡切	曉	明	一等合口魂韻	三等開口軫韻
9	銑	憲	顯	《增》	呼典切	曉	曉	三等開口願韻	四等開口銑韻
10	霰	敻	眴	《增》 《古》	翾縣切	曉	曉	四等合口霰韻	四等合口霰韻
11	漾	兄	况	《增》 《古》	訏放切 許亮切	曉	曉	三等合口庚韻	三等合口漾韻
12	宥	喙	咮	《古》	職救切	曉	照	三等合口廢韻	三等開口宥韻
13	支	[illegible]	◎	《說》	許規切	曉	曉	三等合口支韻	三等合口支韻
14	支	戲	◎	《經》 《漢》	許宜切	曉	曉	三等開口支韻	三等開口支韻
15	陽	貺	◎	《韻》	虛王切	曉	曉	三等合口漾韻	三等合口漾韻
16	庚	渹	◎	《玉》	虛觥切	曉	曉	二等合口耕韻	二等合口庚韻
17	咸	廞	◎	《五》	苦咸切	曉	溪	三等開口侵韻 三等開口寑韻	二等開口咸韻
18	尾	豨	◎	《古》	許豈切	曉	曉	三等開口尾韻	三等開口尾韻

19	霰	韅	◎	《廣》 《五》	呼甸切	曉	曉	四等開口銑韻	四等開口霰韻
20	禡	赫	◎	《五》	呼訝切	曉	曉	二等開口陌韻	二等開口禡韻
21	禡	呼	◎	《文》	火亞切	曉	曉	一等合口模韻	二等開口禡韻

（三）匣　母

匣母例計四十九例，楊愼切語聲母同於例字者三十三例，而韻母相同佔二十例。見母切匣母七例，並母切匣母一例，溪母切匣母二例，群母切匣母一例，精母切匣母一例，曉母切匣母三例，牀母切匣母一例。

序號	韻	例字	直音	引書	切語	例字聲母	切語聲母	例字歸韻	切語歸韻
1	冬	洚	宗	《集》 《五》	祖賨切 作冬切	匣	精	一等合口冬韻	一等合口冬韻
2	微	驒	揮	《五》	許歸切	匣	曉	一等合口魂韻	三等合口微韻
3	齊	奚	兮	《廣》 《五》	胡雞切	匣	匣	四等開口齊韻	四等開口齊韻
4	文	煇	熏	《集》 《五》	許云切	匣	曉	一等合口魂韻	三等合口文韻
5	寒	虷	干	《古》 《增》	居寒切	匣	見	一等開口寒韻	一等開口寒韻
6	刪	[illegible]	還	《五》	獲頑切	匣	匣	二等合口刪韻	二等合口山韻
7	刪	患	環	《古》 《增》	胡關切	匣	匣	二等合口諫韻	二等合口刪韻
8	庚	硍	鏗	《五》	口莖切	匣	溪	二等開口產韻	二等開口耕韻
9	庚	璜	横	《古》	胡盲切	匣	匣	一等合口唐韻	二等開口庚韻
10	侵	肣	琴	《集》 《增》 《古》 《五》	渠金切 巨金切	匣	群	一等開口覃韻	三等開口侵韻

11	鹽	鳺	丸	《五》	胡官切	匣	匣	一等合口桓韻	一等合口桓韻
12	皓	薃	好	《古》	許皓切	匣	曉	一等開口皓韻	一等開口皓韻
13	馬	夏	假	《增》	舉下切	匣	見	二等開口馬韻	二等開口馬韻
14	馬	蘳	踝	《廣》 《五》 《集》	胡瓦切 戶瓦切	匣	匣	二等合口馬韻	二等合口馬韻
15	送	鴻	贑	《韻》	古送切	匣	見	一等開口東韻 一等開口董韻	一等開口送韻
16	遇	壺	瓠	《古》	洪孤切	匣	匣	一等合口模韻	一等合口模韻
17	隊	⿱艹豈	潰	《廣》 《增》 《五》 《古》	胡對切	匣	匣	一等合口隊韻	一等合口隊韻
18	諫	轘	患	《廣》 《五》 《集》 《增》 《古》	胡慣切	匣	匣	二等合口諫韻	二等合口諫韻
19	諫	環	宦	《古》	胡慣切	匣	匣	二等合口刪韻	二等合口諫韻
20	效	洨	效	《五》	胡教切	匣	匣	二等開口肴韻	二等開口效韻
21	效	殽	效	《增》	胡孝切	匣	匣	二等開口肴韻	二等開口效韻
22	效	爻	效	《增》	胡孝切	匣	匣	二等開口肴韻	二等開口效韻
23	禡	吳	樺	《古》	胡化切	匣	匣	二等合口禡韻	二等合口禡韻
24	禡	樗	樺	《古》	胡化切	匣	匣	二等合口禡韻	二等合口禡韻

25	虁	苄	戶	《古》 《集》	後五切	匣	匣	一等合口姥韻	一等合口姥韻
26	曷	越	活	《增》 《古》	戶括切	匣	匣	一等合口末韻	一等合口末韻
27	曷	害	曷	《增》 《古》	何葛切	匣	匣	一等開口泰韻	一等開口曷韻
28	藥	瓠	穫	《集》 《五》	黃郭切 胡郭切	匣	匣	一等合口鐸韻	一等合口鐸韻
29	東	㚅	◎	《漢》	胡工切	匣	匣	一等開口東韻	一等開口東韻
30	陽	衡	◎	《急》	戶郎切	匣	匣	二等開口庚韻	一等開口唐韻
31	蒸	鉉	◎	《韻》	古冥切	匣	見	四等合口銑韻	四等開口青韻
32	蒸	鉉	◎	《韻》	古熒切	匣	見	四等合口銑韻	四等合口青韻
33	鹽	狎	◎	《集》	蒲瞻切	匣	並	二等開口狎韻	三等開口鹽韻
34	董	鴻	◎	《文》 《後》	胡孔切	匣	匣	一等開口董韻	一等開口董韻
35	紙	矦	◎	《五》	鉏里切	匣	牀	一等開口侯韻	三等開口止韻
36	賄	回	◎	《漢》	胡悔切	匣	匣	一等合口灰韻	一等合口賄韻
37	馬	夏	◎	《玉》	胡嫁切	匣	匣	二等開口禡韻	二等開口禡韻
38	馬	鮭	◎	《後》	胡瓦切	匣	匣	二等合口馬韻	二等合口馬韻
39	馬	夏	◎	《經》 《說》 《廣》 《五》 《漢》 《文》	胡雅切	匣	匣	二等開口馬韻	二等開口馬韻
40	迴	迴	◎	《古》	戶茗切	匣	匣	四等開口迴韻	四等合口迴韻

41	絳	紅	◎	《五》	古巷切	匣	見	一等開口東韻	二等開口絳韻
42	絳	閧	◎	《廣》 《五》 《古》	胡降切	匣	匣	二等開口絳韻	二等開口絳韻
43	卦	吴	◎	《增》 《古》	戶快切	匣	匣	二等合口禡韻	二等合口夬韻
44	漾	杭	◎	《雅》	口葬切	匣	溪	一等開口唐韻	一等開口宕韻
45	漾	桁	◎	《集》 《五》	下浪切	匣	匣	二等開口庚韻	一等開口宕韻
46	敬	蝗	◎	《廣》 《集》 《五》 《古》	戶孟切	匣	匣	二等開口映韻	二等開口映韻
47	徑	恆	◎	《經》 《增》	古鄧切	匣	見	一等開口登韻	一等開口嶝韻
48	沃	鶴	◎	《韻》	胡沃切	匣	匣	一等開口鐸韻	一等合口沃韻
49	合	蓋	◎	《經》	戶臘切	匣	匣	一等開口盍韻	一等開口盍韻

（四）為　母

爲母例計十一例，楊愼切語聲母同於例字者八例，而韻母相同佔四例。匣母切爲母一例，疑母切爲母一例，曉母切爲母一例。

序號	韻	例字	直音	引書	切語	例字聲母	切語聲母	例字歸韻	切語歸韻
1	虞	杅	污	《集》 《古》	雲俱切	爲	爲	三等合口虞韻	三等合口虞韻
2	蒸	雄	陵	《韻》	于陵切	爲	爲	三等開口東韻	三等開口蒸韻
3	麌	蛡	詡	《集》 《五》	火羽切 况羽切	爲	曉	三等開口職韻	三等合口麌韻
4	麌	羽	戶	《集》 《五》	後五切 侯古切	爲	匣	三等合口麌韻	一等合口姥韻

5	吻	抎	隕	《古》	羽粉切	爲	爲	三等合 口吻韻	三等合 口吻韻
6	問	員	運	《古》	王問切	爲	爲	三等合 口問韻	三等合 口問韻
7	歌	爲	◎	《韻》	吾禾切	爲	疑	三等開 口支韻 三等合 口寘韻	一等合 口戈韻
8	紙	有	◎	《韻》	羽軌切	爲	爲	三等開 口有韻	三等合 口旨韻
9	紙	友	◎	《韻》	羽軌切	爲	爲	三等開 口有韻	三等合 口旨韻
10	吻	抎	◎	《古》	羽粉切	爲	爲	三等合 口吻韻	三等合 口吻韻
11	遇	雩	◎	《增》 《古》	王遇切	爲	爲	三等合 口麌韻	三等合 口遇韻

（五）喻　母

喻母例計二十七例，楊慎切語聲母同於例字者十九例，而韻母相同佔十一例。定母切喻母一例，微母切喻母一例，穿母切喻母三例，透母切喻母一例，審母切喻母二例。

序號	韻	例字	直音	引書	切語	例字 聲母	切語 聲母	例字 歸韻	切語 歸韻
1	支	圯	怡	《增》 《古》 《集》 《五》	盈之切 弋枝切	喻	喻	三等開 口之韻	三等開 口之韻 三等開 口支韻
2	支	异	怡	《增》 《古》	盈之切	喻	喻	三等開 口之韻	三等開 口之韻
3	支	誃	移	《集》	敞尒切	喻	穿	三等開 口支韻	三等開 口紙韻
4	支	寅	夷	《古》	延知切	喻	喻	三等開 口眞韻	三等開 口支韻
5	支	夤	夷	《古》	延知切	喻	喻	三等開 口眞韻	三等開 口支韻

<table>
<tr><td>6</td><td>支</td><td>台</td><td>怡</td><td>《古》</td><td>盈之切</td><td>喻</td><td>喻</td><td>三等開口之韻</td><td>三等開口之韻</td></tr>
<tr><td rowspan="2">7</td><td rowspan="2">魚</td><td rowspan="2">余</td><td rowspan="2">徐</td><td>《集》</td><td>商居切</td><td rowspan="2">喻</td><td rowspan="2">審</td><td rowspan="2">三等開口魚韻</td><td rowspan="2">三等開口魚韻</td></tr>
<tr><td>《五》</td><td>傷魚切</td></tr>
<tr><td rowspan="2">8</td><td rowspan="2">虞</td><td rowspan="2">余</td><td rowspan="2">塗</td><td>《五》</td><td rowspan="2">同都切</td><td rowspan="2">喻</td><td rowspan="2">定</td><td rowspan="2">三等開口魚韻</td><td rowspan="2">一等合口模韻</td></tr>
<tr><td>《集》</td></tr>
<tr><td>9</td><td>眞</td><td>尹</td><td>筠</td><td>《古》</td><td>于倫切</td><td>喻</td><td>爲</td><td>三等合口準韻</td><td>三等合口諄韻</td></tr>
<tr><td>10</td><td>先</td><td>允</td><td>鉛</td><td>《五》</td><td>與專切</td><td>喻</td><td>喻</td><td>三等合口準韻</td><td>三等合口仙韻</td></tr>
<tr><td rowspan="2">11</td><td rowspan="2">先</td><td rowspan="2">衍</td><td rowspan="2">延</td><td>《集》</td><td>夷然切</td><td rowspan="2">喻</td><td rowspan="2">喻</td><td rowspan="2">三等開口獮韻
三等開口線韻</td><td rowspan="2">三等開口仙韻</td></tr>
<tr><td>《五》</td><td>以然切</td></tr>
<tr><td>12</td><td>蕭</td><td>珧</td><td>遙</td><td>《集》</td><td>餘招切</td><td>喻</td><td>喻</td><td>三等開口宵韻</td><td>三等開口宵韻</td></tr>
<tr><td>13</td><td>蕭</td><td>媱</td><td>姚</td><td>《集》</td><td>餘招切</td><td>喻</td><td>喻</td><td>三等開口宵韻</td><td>三等開口宵韻</td></tr>
<tr><td rowspan="2">14</td><td rowspan="2">陽</td><td rowspan="2">煬</td><td rowspan="2">埸</td><td>《集》</td><td>尸羊切</td><td rowspan="2">喻</td><td rowspan="2">審</td><td rowspan="2">三等開口陽韻</td><td rowspan="2">三等開口陽韻</td></tr>
<tr><td>《五》</td><td>式羊切</td></tr>
<tr><td>15</td><td>腫</td><td>臾</td><td>湧</td><td>《古》</td><td>尹竦切</td><td>喻</td><td>喻</td><td>三等合口虞韻</td><td>三等合口腫韻</td></tr>
<tr><td rowspan="3">16</td><td rowspan="3">琰</td><td rowspan="3">淡</td><td rowspan="3">琰</td><td>《廣》</td><td rowspan="3">以冉切</td><td rowspan="3">喻</td><td rowspan="3">喻</td><td rowspan="3">三等開口琰韻</td><td rowspan="3">三等開口琰韻</td></tr>
<tr><td>《五》</td></tr>
<tr><td>《增》</td></tr>
<tr><td>17</td><td>寘</td><td>移</td><td>易</td><td>《古》</td><td>以豉切</td><td>喻</td><td>喻</td><td>三等開口支韻</td><td>三等開口寘韻</td></tr>
<tr><td rowspan="2">18</td><td rowspan="2">御</td><td rowspan="2">礜</td><td rowspan="2">豫</td><td>《五》</td><td>羊如切</td><td rowspan="2">喻</td><td rowspan="2">喻</td><td rowspan="2">三等開口御韻</td><td rowspan="2">三等開口御韻</td></tr>
<tr><td>《廣》</td><td>羊洳切</td></tr>
<tr><td rowspan="2">19</td><td rowspan="2">豔</td><td rowspan="2">鹽</td><td rowspan="2">豔</td><td>《集》</td><td rowspan="2">以贍切</td><td rowspan="2">喻</td><td rowspan="2">喻</td><td rowspan="2">三等開口豔韻</td><td rowspan="2">三等開口豔韻</td></tr>
<tr><td>《增》</td></tr>
<tr><td rowspan="2">20</td><td rowspan="2">質</td><td rowspan="2">溢</td><td rowspan="2">實</td><td>《集》</td><td>尺栗切</td><td rowspan="2">喻</td><td rowspan="2">穿</td><td rowspan="2">三等開口質韻</td><td rowspan="2">三等開口質韻</td></tr>
<tr><td>《五》</td><td>神質切</td></tr>
<tr><td rowspan="2">21</td><td rowspan="2">錫</td><td rowspan="2">夜</td><td rowspan="2">掖</td><td>《集》</td><td>夷益切</td><td rowspan="2">喻</td><td rowspan="2">喻</td><td rowspan="2">三等開口禡韻</td><td rowspan="2">三等開口昔韻</td></tr>
<tr><td>《五》</td><td>羊益切</td></tr>
</table>

22	錫	躍	趯	《增》 《古》	他歷切	喻	透	三等開口藥韻	四等開口錫韻
23	尤	䍃	◎	《說》 《五》 《廣》	以周切	喻	喻	三等開口尤韻	三等開口尤韻
24	侵	㸒	◎	《說》	余箴切	喻	喻	三等開口侵韻	三等開口侵韻
25	腫	衝	◎	《廣》 《五》	余隴切	喻	喻	三等合口腫韻	三等合口腫韻
26	紙	移	◎	《經》	昌氏切	喻	穿	三等開口支韻	三等開口支韻
27	藥	屵	◎	《廣》 《五》	以灼切	喻	喻	三等開口藥韻	三等開口藥韻

六、舌齒音

（一）來　母

來母例計五十五例，楊慎切語聲母同於例字者四十八例，而韻母相同佔十五例。匣母切來母一例，微母切來母一例，滂母切來母一例，照母切來母一例，群母切來母一例，精母切來母一例，影母切來母一例。

序號	韻	例字	直音	引書	切語	例字聲母	切語聲母	例字歸韻	切語歸韻
1	支	蠡	離	《五》	呂支切	來	來	三等開口支韻	三等開口支韻
2	支	婁	羸	《集》	倫爲切	來	來	一等開口侯韻	三等合口支韻
3	支	麗	离	《集》 《古》 《增》	鄰知切	來	來	三等開口支韻	三等開口支韻
				《廣》 《五》	呂支切				
4	支	羅	籬	《集》	鄰知切	來	來	一等開口歌韻	三等開口支韻
				《五》	呂支切				
5	支	來	乚乚	《韻》	陵之切	來	來	一等開口咍韻	三等開口之韻

<table>
<tr><td>6</td><td>魚</td><td>廬</td><td>纑</td><td>《增》</td><td>龍都切</td><td>來</td><td>來</td><td>三等開口魚韻</td><td>一等合口模韻</td></tr>
<tr><td>7</td><td>虞</td><td>婁</td><td>盧</td><td>《洪》</td><td>淩如切</td><td>來</td><td>來</td><td>三等合口虞韻</td><td>三等開口魚韻</td></tr>
<tr><td rowspan="2">8</td><td rowspan="2">眞</td><td rowspan="2">蜦</td><td rowspan="2">淪</td><td>《集》</td><td>龍春切</td><td rowspan="2">來</td><td rowspan="2">來</td><td rowspan="2">四等開口霽韻</td><td rowspan="2">三等合口諄韻</td></tr>
<tr><td>《五》</td><td>力迍切</td></tr>
<tr><td rowspan="2">9</td><td rowspan="2">先</td><td rowspan="2">泠</td><td rowspan="2">憐</td><td>《集》</td><td>靈年切</td><td rowspan="2">來</td><td rowspan="2">來</td><td rowspan="2">四等開口青韻</td><td rowspan="2">四等開口先韻</td></tr>
<tr><td>《五》</td><td>落賢切</td></tr>
<tr><td>10</td><td>先</td><td>零</td><td>連</td><td>《古》</td><td>靈年切</td><td>來</td><td>來</td><td>四等開口先韻</td><td>四等開口先韻</td></tr>
<tr><td>11</td><td>蕭</td><td>料</td><td>聊</td><td>《增》</td><td>蓮條切</td><td>來</td><td>來</td><td>四等開口蕭韻</td><td>四等開口蕭韻</td></tr>
<tr><td>12</td><td>豪</td><td>轑</td><td>勞</td><td>《增》</td><td>郎刀切</td><td>來</td><td>來</td><td>一等開口皓韻</td><td>一等開口豪韻</td></tr>
<tr><td rowspan="2">13</td><td rowspan="2">豪</td><td rowspan="2">潦</td><td rowspan="2">澇</td><td>《增》</td><td rowspan="2">郎刀切</td><td rowspan="2">來</td><td rowspan="2">來</td><td rowspan="2">一等開口皓韻
一等開口號韻</td><td rowspan="2">一等開口豪韻</td></tr>
<tr><td>《古》</td></tr>
<tr><td>14</td><td>陽</td><td>駺</td><td>良</td><td>《集》</td><td>呂張切</td><td>來</td><td>來</td><td>一等開口唐韻</td><td>三等開口陽韻</td></tr>
<tr><td rowspan="5">15</td><td rowspan="5">陽</td><td rowspan="5">浪</td><td rowspan="5">郎</td><td>《古》</td><td rowspan="2">盧當切</td><td rowspan="5">來</td><td rowspan="5">來</td><td rowspan="5">一等開口唐韻</td><td rowspan="5">一等開口唐韻</td></tr>
<tr><td>《集》</td></tr>
<tr><td>《五》</td><td rowspan="2">魯當切</td></tr>
<tr><td>《廣》</td></tr>
<tr><td>《增》</td><td>魯堂切</td></tr>
<tr><td>16</td><td>侵</td><td>聆</td><td>琴</td><td>《集》</td><td>渠金切</td><td>來</td><td>群</td><td>四等開口青韻</td><td>三等開口侵韻</td></tr>
<tr><td>17</td><td>覃</td><td>啉</td><td>藍</td><td>《五》</td><td>魯甘切</td><td>來</td><td>來</td><td>一等開口覃韻</td><td>一等開口談韻</td></tr>
<tr><td>18</td><td>覃</td><td>倯</td><td>藍</td><td>《五》</td><td>魯甘切</td><td>來</td><td>來</td><td>一等開口覃韻</td><td>一等開口談韻</td></tr>
<tr><td rowspan="4">19</td><td rowspan="4">鹽</td><td rowspan="4">溓</td><td rowspan="4">濂</td><td>《廣》</td><td rowspan="3">勒兼切</td><td rowspan="4">來</td><td rowspan="4">來</td><td rowspan="4">三等開口琰韻</td><td rowspan="4">四等開口添韻</td></tr>
<tr><td>《集》</td></tr>
<tr><td>《五》</td></tr>
<tr><td>《古》</td><td>離鹽切</td></tr>
</table>

<table>
<tr><td rowspan="2">20</td><td rowspan="2">紙</td><td rowspan="2">麗</td><td rowspan="2">蠡</td><td>《集》</td><td>里弟切</td><td rowspan="2">來</td><td rowspan="2">來</td><td rowspan="2">四等開口霽韻</td><td rowspan="2">四等開口薺韻</td></tr>
<tr><td>《五》</td><td>盧啓切</td></tr>
<tr><td>21</td><td>窶</td><td>婁</td><td>縷</td><td>《古》</td><td>隴主切</td><td>來</td><td>來</td><td>三等合口虞韻</td><td>三等合口窶韻</td></tr>
<tr><td rowspan="2">22</td><td rowspan="2">軫</td><td rowspan="2">沴</td><td rowspan="2">軫</td><td>《集》</td><td>止忍切</td><td rowspan="2">來</td><td rowspan="2">照</td><td rowspan="2">四等開口霽韻</td><td rowspan="2">三等開口軫韻</td></tr>
<tr><td>《五》</td><td>章忍切</td></tr>
<tr><td rowspan="2">23</td><td rowspan="2">銑</td><td rowspan="2">瀾</td><td rowspan="2">輦</td><td>《五》</td><td rowspan="2">力展切</td><td rowspan="2">來</td><td rowspan="2">來</td><td rowspan="2">三等開口仙韻
三等開口線韻</td><td rowspan="2">三等開口獮韻</td></tr>
<tr><td>《集》</td></tr>
<tr><td rowspan="4">24</td><td rowspan="4">銑</td><td rowspan="4">連</td><td rowspan="4">輦</td><td>《古》</td><td rowspan="4">力展切</td><td rowspan="4">來</td><td rowspan="4">來</td><td rowspan="4">三等開口仙韻</td><td rowspan="4">三等開口獮韻</td></tr>
<tr><td>《增》</td></tr>
<tr><td>《五》</td></tr>
<tr><td>《集》</td></tr>
<tr><td rowspan="2">25</td><td rowspan="2">送</td><td rowspan="2">攏</td><td rowspan="2">弄</td><td>《五》</td><td rowspan="2">盧貢切</td><td rowspan="2">來</td><td rowspan="2">來</td><td rowspan="2">一等開口屋韻</td><td rowspan="2">一等開口送韻</td></tr>
<tr><td>《集》</td></tr>
<tr><td>26</td><td>御</td><td>錄</td><td>慮</td><td>《古》</td><td>良橡切</td><td>來</td><td>來</td><td>三等合口燭韻</td><td>三等開口養韻</td></tr>
<tr><td rowspan="3">27</td><td rowspan="3">霽</td><td rowspan="3">淚</td><td rowspan="3">麗</td><td>《五》</td><td rowspan="3">郎計切</td><td rowspan="3">來</td><td rowspan="3">來</td><td rowspan="3">三等合口至韻</td><td rowspan="3">四等開口霽韻</td></tr>
<tr><td>《集》</td></tr>
<tr><td>《古》</td></tr>
<tr><td rowspan="4">28</td><td rowspan="4">泰</td><td rowspan="4">厲</td><td rowspan="4">賴</td><td>《五》</td><td rowspan="4">落蓋切</td><td rowspan="4">來</td><td rowspan="4">來</td><td rowspan="4">三等開口祭韻</td><td rowspan="4">一等開口泰韻</td></tr>
<tr><td>《集》</td></tr>
<tr><td>《古》</td></tr>
<tr><td>《增》</td></tr>
<tr><td>29</td><td>霰</td><td>荔</td><td>藺</td><td>《五》</td><td>郎甸切</td><td>來</td><td>來</td><td>四等開口霽韻
三等開口寘韻</td><td>四等開口霰韻</td></tr>
<tr><td rowspan="3">30</td><td rowspan="3">漾</td><td rowspan="3">狼</td><td rowspan="3">浪</td><td>《集》</td><td rowspan="2">郎宕切</td><td rowspan="3">來</td><td rowspan="3">來</td><td rowspan="3">一等開口唐韻</td><td rowspan="3">一等開口宕韻</td></tr>
<tr><td>《古》</td></tr>
<tr><td>《五》</td><td>來宕切</td></tr>
<tr><td>31</td><td>漾</td><td>筤</td><td>浪</td><td>《五》</td><td>來宕切</td><td>來</td><td>來</td><td>一等開口唐韻</td><td>一等開口宕韻</td></tr>
</table>

32	宥	飂	溜	《增》	力救切	來	來	三等開口宥韻	三等開口宥韻
33	宥	鏤	漏	《集》 《古》	郎豆切	來	來	一等開口侯韻	一等開口候韻
34	沃	睩	祿	《五》	盧谷切	來	來	一等開口屋韻	一等開口屋韻
35	沃	角	錄	《五》 《集》	盧谷切	來	來	一等開口屋韻	一等開口屋韻
36	物	貍	鬱	《增》 《古》	紆勿切	來	影	三等開口之韻	三等合口物韻
37	屑	戾	烈	《古》	力薛切	來	來	四等開口霽韻	三等開口薛韻
38	藥	路	落	《集》	歷各切	來	來	一等合口暮韻	一等開口鐸韻
39	藥	濼	薄	《古》	匹各切	來	滂	一等開口鐸韻	一等開口鐸韻
40	錫	漻	歷	《集》	狼狄切	來	來	四等開口蕭韻	四等開口錫韻
41	錫	珞	歷	《集》	狼狄切	來	來	一等開口鐸韻	四等開口錫韻
42	錫	寥	歷	《古》 《增》	狼狄切 郎狄切	來	來	四等開口錫韻	四等開口錫韻
43	豪	登	勞	《廣》 《五》 《集》 《古》	魯刀切 郎刀切	來	來	一等開口豪韻	一等開口豪韻
44	齊	蠡	◎	《漢》	洛奚切	來	來	三等開口支韻	四等開口齊韻
45	佳	貍	◎	《經》	亡皆切	來	微	三等開口之韻	二等開口皆韻
46	篠	劉	◎	《古》	子小切	來	精	三等開口尤韻 三等開口有韻	三等開口小韻
47	琰	溓	◎	《文》	力檢切	來	來	三等開口琰韻	三等開口琰韻

48	霽	列	◎	《經》	祿計切	來	來	三等開口薛韻	四等開口霽韻
49	漾	掠	◎	《廣》	離灼切	來	來	三等開口藥韻	三等開口藥韻
50	敬	零	◎	《增》 《古》	力正切	來	來	四等開口徑韻	三等開口勁韻
51	徑	稜	◎	《增》 《古》	魯鄧切	來	來	一等開口登韻	一等開口嶝韻
52	宥	廖	◎	《古》	力救切	來	來	三等開口宥韻	三等開口宥韻
53	沁	臨	◎	《古》	力鴆切	來	來	三等開口沁韻	三等開口沁韻
54	曷	剌	◎	《古》	郎達切	來	來	一等開口曷韻	一等開口曷韻
55	陌	輅	◎	《漢》	胡格切	來	匣	一等合口暮韻	二等開口陌韻

（二）日　母

日母例計十二例，楊愼切語聲母同於例字者九例，而韻母相同佔四例。泥母切日母二例，娘母切日母一例。

序號	韻	例字	直音	引書	切語	例字聲母	切語聲母	例字歸韻	切語歸韻
1	東	氄	戎	《集》	而融切	日	日	三等合口腫韻	三等開口東韻
1	東	氄	戎	《五》	如融切	日	日	三等合口腫韻	三等開口東韻
2	蒸	耳	仍	《五》	如乘切	日	日	三等開口止韻	三等開口蒸韻
2	蒸	耳	仍	《古》	如蒸切	日	日	三等開口止韻	三等開口蒸韻
3	馬	若	惹	《廣》	人者切	日	日	三等開口馬韻	三等開口馬韻
3	馬	若	惹	《五》	人者切	日	日	三等開口馬韻	三等開口馬韻
3	馬	若	惹	《古》	爾者切	日	日	三等開口馬韻	三等開口馬韻
4	宥	肉	揉	《古》	如又切	日	日	三等開口屋韻	三等開口宥韻
5	屑	汭	蓺	《五》 《集》	如劣切	日	日	三等合口祭韻	三等合口薛韻
6	藥	溺	弱	《集》 《古》	日灼切	日	日	三等開口藥韻	三等開口藥韻
7	緝	廿	入	《古》	人汁切	日	日	三等開口緝韻	三等開口緝韻

<table>
<tr><td rowspan="2">8</td><td rowspan="2">葉</td><td rowspan="2">咠</td><td rowspan="2">聶</td><td>《集》</td><td>昵輒切</td><td rowspan="2">日</td><td rowspan="2">娘</td><td rowspan="2">三等開口葉韻</td><td rowspan="2">三等開口葉韻</td></tr>
<tr><td>《五》</td><td>尼輒切</td></tr>
<tr><td>9</td><td>庚</td><td>攘</td><td>◎</td><td>《漢》</td><td>汝庚切</td><td>日</td><td>日</td><td>三等開口陽韻
三等開口養韻
三等開口漾韻</td><td>二等開口庚韻</td></tr>
<tr><td>10</td><td>腫</td><td>氄</td><td>◎</td><td>《說》</td><td>而隴切</td><td>日</td><td>日</td><td>三等合口腫韻</td><td>三等合口腫韻</td></tr>
<tr><td rowspan="8">11</td><td rowspan="8">顐</td><td rowspan="8">耎</td><td rowspan="8">◎</td><td>《說》</td><td rowspan="8">奴困切</td><td rowspan="8">日</td><td rowspan="8">泥</td><td rowspan="8">三等合口獮韻</td><td rowspan="8">一等合口慁韻</td></tr>
<tr><td>《玉》</td></tr>
<tr><td>《六》</td></tr>
<tr><td>《廣》</td></tr>
<tr><td>《集》</td></tr>
<tr><td>《增》</td></tr>
<tr><td>《五》</td></tr>
<tr><td>《古》</td></tr>
<tr><td>12</td><td>箇</td><td>如</td><td>◎</td><td>《五》</td><td>奴个切</td><td>日</td><td>泥</td><td>三等開口魚韻
三等開口御韻</td><td>一等開口箇韻</td></tr>
</table>

貳、楊慎古聲統計分析

本節分析計九百十五例，其中六百二十九例《廣韻》聲母歸類彼此相同，約佔 69%，但若配以韻母分析，有三百例的聲韻與《廣韻》同音，佔整體統計約 33%，與楊慎古韻統計結果相仿。

關於楊慎古聲歸納統計，參見附表〈楊慎古聲歸納表〉，橫軸表《轉注古音略》例字聲母，縱軸爲楊慎切語聲母。觀察此表，除例字與切語《廣韻》聲母相同外，其餘二百八十六例，例字與切語的聲母相配散亂。如知母切語可與澄、照、穿母例字相切；莊母切語可與清、牀母例字相切。由切語、直音引據資料可知，此與《廣韻》後的音韻分化相關。楊慎所收的古籍古聲，僅部份具有上古音遺留的音韻現象，如日母字例字，有些以娘、泥母相切。知母字例字，偶有以端母相切等。但整體而言，楊慎古聲並無歸納上古聲母的觀念。

在九百十五例中，有六百二十九例《廣韻》聲母相同，但進一步以韻母比較，與《廣韻》聲同韻異者佔三百二十九例，此亦屬《廣韻》後的音韻分化現象。其餘三百例雖與《廣韻》聲韻相同，但與韻書中的罕用音讀相關，以例字群母歸納爲例，如序號【1】「俟」，不採牀母收群母，故音「祈」；序號【2】「句」，不採見母收群母，故音「劬」；序號【3】「矜」，不採見母收群母，故音「勤」；序號【4】「卷」，不採見母收群母，故音「權」。楊慎將此類音讀，亦納入己身古音體系中。

表 4-3　楊慎古聲歸納表

	幫	滂	並	明	非	敷	奉	微	端	透	定	泥	知	徹	澄	娘	見	溪	羣	疑	精	清	從	心	邪	照	穿	神	審	禪	莊	初	牀	疏	影	曉	匣	為	喻	來	日
幫	12	1	1		2		1																	1																	
滂	1	4	4																																					1	
並	3	2	17	3			4										1																				1				
明	2			36				2																											1	2					
非	1				4	1	1																																		
敷	1		1		1	2	2																																		
奉						1	11																																		
微				4				1																											1				1	1	
端									16	1	2		1																						1						
透									2	11	8				1							1		1			2		2	2			1			1			1		
定									5	1	29				4															2									1		
泥												11				1																									2
知									2				7		1											1	1														
徹										1	1			4	2							1												1							
澄									4		2				5											1															
娘													1			2																									1
見											1						58	2	2	1				1	1					1					1		7				
溪												1					3	18	3							1									1	1	2				
羣												1					7		25							2											1			1	
疑																				30														1	1			1			
精				2											2						17	2	6	1			2				1			1			1			1	
清																						26		2								2	1								
從																							14		1						1		1								
心																						2		22					1					1							
邪															1		1		1				2		1																
照									3		2		1											1		19		1		2						1				1	
穿											1													1			4			2									3		
神									1		1																			3											
審																	1							2	1				9										2		
禪											2															1		1		4			1								
莊																					1	1									3		2								
初																							1									4									
牀											1																						2				1				
疏																					1			8										16							
影																	2																		51					1	
曉												1							1	1				2	1										2	16	3	1			
匣											1			1			5									1									1		33	1		1	
為																																						8			
喻				1					1		3														2			1	1						2				19		
來			1														1			1				1																48	
日																														1			1								9

第四節　小　結

本章以三種研究面向對於楊慎古音學進行探究，分別爲楊慎古音學在研究上的盲點、楊慎「古韻」探析及楊慎「古聲」探析，期望藉此釐清楊慎古音學的紛雜內容。

楊慎古音學理論環境，尚處於泛古音研究範疇，相關研究盲點必須闡明，以作爲探究的基石。前人研究認爲楊慎古音具有「時有古今」、「音有轉移」等觀念，筆者持反對立場，楊慎古音學文獻雖賦予「古音」之名，但他的研究方式爲蒐羅前人音注材料，探尋古今異音爲目的，並未對同一時代語料文獻，作全面的歸納分析。此外，楊慎的「轉注古音」理論，由於古今音變的觀念薄弱，面對眾多古音材料時，未能以音韻「與時變化」的方式解釋，而是依其不同的語料，提出「互換轉注」的說法，楊慎整理的古音，其內涵應頗爲紛雜。因此在第三章第三節文末處，《古音叢目》增設別於《轉注古音略》的出例音注，或許與此相關。

楊慎的古音學文獻，採《平水韻》韻目區分，彼此文獻韻目有不同的分合差異。前人以爲韻目的分合變化，呈現楊慎與時俱進的上古韻部觀念。筆者以〈古音駢字題辭〉的著作年代爲證，推翻此說。並透過平田昌司的背景研究，認爲楊慎的古音學文獻以《平水韻》韻目區分，與明代的復古文風影響有關。至於韻目分合變化，筆者以《韻林原訓》爲證，說明楊慎接受「古人韻緩」的觀念，並引楊慎擬古詩歌用韻分析及《丹鉛餘錄》等記載，得知楊慎在應用古韻之時亦具的「韻緩」態度。楊慎〈跋古音略〉云：「陸以古人韻緩，不凡改字，此成名言。今之讀古書古韻者，但當隨其聲之叶而讀之，若來之爲釐，慶之爲羌，馬之爲姥，聲韻全別，不容不改。其韻苟相近，可以叶讀，則何必改字。」〔註 52〕均與此觀念相符。

前人對於楊慎古音學持「韻例」、「駢字疊詞」等解釋說法，筆者對此有不同的說解，楊慎的「韻例」研究，受到時代復古風氣影響，但「韻例」資料零散，難以呈現其古音體系。《古音駢字》、《古音複字》著作主旨與《轉注古音

〔註 52〕〔明〕楊慎：《轉注古音略》（《函海》本），頁 11127。

略》、《古音叢目》有異，欲藉此知悉楊慎古音學則有困難。前人或直以上古音韻解釋楊慎古音學體系，因而提出上古聲韻歸納及「陰陽對轉」等說法，筆者秉持不同立場，給予駁斥。

筆者藉由考釋凡例，擇選《轉注古音略》例字，以《廣韻》歸類爲樞紐，比較例字與切語的聲韻差異。由於古籍、韻書的收字性質，楊慎古音僅部分具有「存古」之跡，若以陳師新雄的上古音韻理論檢視，有些調同異韻的韻母，具有上古音遺留的音韻現象。部份聲母亦與上古聲母相符，但整體散亂而無歸納。楊慎古音亦有《廣韻》之後分化的音讀現象，在擇音方面，楊慎重視聲調差異的音讀，在如今分析中，發現楊慎具有許多與《廣韻》聲調相異的音讀韻母。此外，在與《廣韻》比較過程中，亦有聲同韻異、聲異韻同之音存在楊慎的古音體系中。楊慎的音讀，有與《廣韻》完全音同者，根據筆者分析，此類音讀屬韻書中的罕用音，而楊慎將此收入其中。因此，由於研究方式之因，導致楊慎的古音體系紛雜，各自具有不同的特色呈現，絕不能以單一論述角度進行解析說明。

第五章　楊愼古音學文獻的價値

以上分析《轉注古音略》、《古音叢目》音釋內容，考察楊愼古音體系的音韻內涵，希冀對於楊愼古音學研究，能有一己之創見。本章欲以古音學史脈絡角度，分析楊愼古音學的繼承與發展。首節對於楊愼「叶音」的承繼方式進行研究。隨著學術研究日進，關於「叶音」，具有不同於過往的看法，這對於研究楊愼「叶音」觀念的繼承，無疑是極大的裨益。

第一節　「叶音」說的繼承與改變

筆者在前文中，針對楊愼古音學文獻、體系進行研究。此節欲探討楊愼在古音學史的承繼脈絡，對此，令研究者爭論不休、尙無定論者，即楊愼的「叶音」觀念。筆者認爲，前人分別以三種立場，說明楊愼古音學中的「叶音」觀。有以古音發展的視角進行解釋，認爲楊愼反對「叶音」，如張世祿《中國音韻學史》云：

> 明代楊愼、陳第諸人竭力排斥「叶韻」的謬誤。〔註 1〕

由於重視古音學研究開展的面向，張世祿將楊愼與陳第並列，說明二人排斥「叶音」，繼而影響後世古音學的興起。高小方《中國語言文字學史料學》亦稟持該

〔註 1〕張世祿：《中國音韻學史》（臺北：臺灣商務印書館，1986 年），頁 264。

角度：「明代有楊慎、焦竑、陳第皆力斥『叶韻』說之謬。」〔註2〕在這面向中，學者進一步探索，提出楊慎排斥的「叶音」與朱熹相關，如劉青松〈楊慎古音學思想初探〉云：

> 依朱熹，則古詩押韻似乎可以無所不叶、無所不通。對於這種隨便言「叶音」的作法，楊慎是持反對態度的，並力圖予以糾正。〔註3〕

王金旺亦言：「在古音思想上，楊慎也公開反對朱熹的『叶音說』。」〔註4〕以上敘述，學者均以古音學進展角度強調楊慎對於「叶音」、或是朱熹的「叶音」抱持反對立場。

楊慎若反對前人「叶音」之說，自身是否具備「叶音」觀念。對此，學者以楊慎的音韻理論爲證，說明楊慎本身相信「叶音」，但與宋人有異，如劉人鵬〈「叶音」說歷史考〉云：

> 楊慎曾著《轉注古音略》、《古音略例》、《古音餘》、《古音附錄》諸書，有志遍考古音，但基本上相信古有「叶音」之實，只是在「叶音」的領域裡糾正一些氾濫的說法（如朱子「類推」之說）而已。〔註5〕

楊慎〈答李仁夫論轉注書〉內容，確實批評「類推」之說。因此，濮之珍《中國語言學史》亦云：

> 楊慎不同意宋人「叶韻」之說，因爲宋人「叶韻」是無標準的。他提出古人叶韻是有標準的，是從轉注而來的。〔註6〕

盧淑美《楊升菴古音學研究》言：「楊升菴相信有「叶音」，但此「叶音」並非宋人之『叶音』。」〔註7〕這些說法，皆是以楊慎〈答李仁夫論轉著書〉等理論

〔註2〕高小方：《中國語言文字學史料學》（南京：南京大學出版社，2005年），頁94。

〔註3〕劉青松：〈楊慎古音學思想初探〉，《古漢語研究》（2000年第3期），頁19。

〔註4〕王金旺：《楊慎古音學研究》（蘭州：西北師範大學漢語文字學所碩士論文，2010年），頁23。

〔註5〕劉人鵬：〈「叶音」說歷史考〉，《中國文學研究》（1989年第3輯），頁28。

〔註6〕濮之珍：《中國語言學史》（臺北：書林出版有限公司，1990年），頁353。

〔註7〕盧淑美：《楊升菴古音學研究》（嘉義：中正大學中國文學研究所碩士論文，1993年），頁89。

爲基，而提出的看法。

楊愼既反對宋人「叶音」，對於該說進行修正，那楊愼的「叶音」面貌爲何。學者考釋楊愼古音學文獻，最終認爲楊愼仍無法擺脫前人「叶音」觀念，如雷磊〈楊愼古音學源流考辨〉云：

> 楊愼並沒有完全擺脫「叶音說」。如楊氏韻書中有「某古音（本音）某」，「叶韻（合韻）某」例，是說某字有本音，又可以轉讀（主要是轉聲），似有「叶音」之例，不過這樣的例子不多。〔註 8〕

李新魁〈論明代之音韻學研究〉透過文獻分析，亦持此說立場：

> 楊愼所作的古音論著爲數甚多，蒐集材料甚勤，其中某些地方論述或對字音的訂定，有其精闢之處。但從總體上說，因爲楊氏在觀念上仍受「叶韻」說所囿，研究方法上也未臻至善，所以其古音學說仍未脫前代學人之窠臼。〔註 9〕

此外，張世祿的《中國古音學》，與《中國音韻學史》檢視角度不同，認爲楊愼古音學文獻仍具「叶音」：

> 惟楊愼本一字數義，展轉注釋之說，以詮釋六書之轉注，謂展轉其聲，以注釋他字之用；古來叶韻實不出轉注之例。其說不可通，而楊氏書猶多言叶韻。〔註 10〕

韓小荊《楊愼小學評議》則進一步強調，楊愼的「叶音」與宋人無異：

> 他雖認爲古音不可以隨便取叶，但又不能完全擺脫「叶音說」的影響，徹底否定「叶音說」，實際上只是從理論角度對「叶音」說做了一翻修繕工作，而骨子裡並無本質區別。〔註 11〕

何九盈亦言：「楊愼強調『古音轉注』要以「義理」爲據，但他的『轉注』論還

〔註 8〕雷磊：〈楊愼古音學源流考辨〉，《井岡山師範學院學報（哲學社會科學版）》（2004 年 8 月第 25 卷第 4 期），頁 147。

〔註 9〕李新魁：〈論明代之音韻學研究〉，《第二屆國際暨第十屆全國聲韻學學術研討會論文集》（1992 年 5 月），頁 877。

〔註 10〕張世祿：《中國古音學》（臺北：臺灣商務印書館，1930 年），頁 28。

〔註 11〕韓小荊：《楊愼小學評議》（武漢：湖北大學漢語言文字學研究所碩士論文，1999 年），頁 34。

是字無定韻，可以隨上下文臨時改變音讀，跟宋人『叶音』說沒有本質上的差異。」〔註12〕這些說法，是藉由文獻角度而得到的解釋。

以上所述，由於立場與觀察角度的差異，使得楊慎「叶音」說法紛歧，張世祿甚至在不同的論著中，呈現解釋的差異。筆者以爲欲探究楊慎的「叶音」繼承，須涉及「叶音」史發展的認知，以下將分述釐清。

壹、「叶音」緣起與傳統評價

「叶音」發展歷史，其源甚早，金師周生曾於〈漢字叶韻史論〉，以《經典釋文》的叶音，論其發源時代：

> 論及漢字叶韻音，總會提到陸德明的《經典釋文》，因爲該書是載錄叶韻音的最早文獻。《經典釋文》收錄三十多個叶韻音，並非全都是陸德明所造，其中還引用了徐邈、沈重的讀法，可見其產生時代甚早。書中常於叶韻音後有「後放此」「後皆放此」的注文，可見古人讀叶韻音的數目必不止於此……而今敦煌發現隋釋道騫《楚辭音》，其中也有叶韻注音，這件這是一種普遍存在的現象。稍晚，唐代顏師古注《漢書》、李賢注《後漢書》、李善注《文選》、公孫羅《文選音決》及張守節《史記正義》、司馬貞《史記索隱》等，都可以發現不少爲押韻而設的改讀音，他們的改讀對象不限於《詩經》、《楚辭》，更可證明叶韻音的使用範圍是遍及「古代韻文」的。〔註13〕

「叶音」在學術史上發展甚早，至古音學興起，對於過去叶音方式，偏向以批判的眼光檢視。焦竑曾云：「詩有古韻今韻。古韻久不傳，學者於《毛詩》、〈離騷〉皆以今韻讀之，其有不合，則強爲之音，曰：『此叶也。』」〔註14〕陳第《屈宋古音義・凡例》云：「皆以發明古音，以見叶音說之謬也。」〔註15〕顧炎武以

〔註12〕何九盈：《中國古代語言學史（新增訂本）》（北京：北京大學出版社，2006 年），頁217。

〔註13〕金師周生：〈漢字叶音韻史論〉，《國科會中文學門小學類92～97研究成果發表會》（2010年3月），頁3。

〔註14〕〔明〕焦竑：《焦氏筆乘》（上海：上海古籍出版社，2008年），頁83。

〔註15〕〔明〕陳第：《毛詩古音考・屈宋古音義》（北京：中華書局，2008年），頁162。

爲：「一家也，忽而谷，忽而公，歌之者難爲音，聽之者難爲耳矣。此其病在乎以後代作詩之體，求六經之文，而厚誣古人以謬悠忽怳，不可據之字音也。」〔註 16〕古音學史研究上，對於「叶音」，則視與古音研究方法兩相違背。如董同龢言：「由我們看，所謂『叶韻』實在是以今律古而削足適履的辦法。」〔註 17〕張世祿《中國音韻學史》云：

> 「叶韻」原來是用後代的語音勉強合於古書中和研究古音的根本觀念相違背；我們既然認定吳才老是依據陸氏韻緩不煩改字之說，來做《韻補》，遂爲近代古音學的萌芽，便應當斷定他不是提倡「叶韻」的。〔註 18〕

在張世祿的論述中，「叶音」成爲古音學判斷的關鍵，但隨著研究日展，對於「叶音」於古音學史的定位，逐漸產生變化。

貳、「叶音」觀的再認識

清人江永《古韻標準》就曾對於「叶音」的批判提出看法，他認爲「唐人叶韻之叶字亦本無病，病在不言叶音是本音，使後人疑詩中自有叶音耳。叶韻，六朝人謂之協句，顏師古注《漢書》謂之合韻。叶即協也、合也，猶俗語言押韻。故叶字本無病。自陳氏有古無叶音之說，顧氏從之，又或以古音有異，須別轉一音者爲叶音，今亦不必如此分別。」〔註 19〕錢大昕曾言：「所云協句，即古音也。」〔註 20〕黃侃對於陳第反對「叶音」的看法認爲「夫古韻固亦有通叶，陳季立竟謂古無叶音，則又非。」〔註 21〕這些論述，皆展現「叶音」與古音的關係並非背道而馳，清人陳僅更直言楊愼「叶音」、「轉注」與古音的關係：

> 「叶音」之說起於魏晉之間，叶即協字，音韻俱異而切響以通，俾與上下音相協也。叶音不見於古。故楊升庵謂之「轉注」。要之，後

〔註 16〕〔清〕顧炎武：《音學五書》（北京：中華書局，1982 年），頁 61。

〔註 17〕董同龢：《漢語音韻學》（臺北：文史哲出版社，2002 年），頁 238。

〔註 18〕張世祿：《中國音韻學史》，頁 265。

〔註 19〕〔清〕江永：《古韻標準》（臺北：廣文書局，1966 年），頁 6。

〔註 20〕〔清〕錢大昕：《潛研堂集》（上海：上海古籍出版社，2009 年），頁 234。

〔註 21〕黃侃：《黃侃論學雜著》（北京：中華書局，1964 年），頁 109。

人之所謂叶音實謂古人之正音。〔註22〕

相對於古音學的興盛，「叶音」在學術史上的研究並不平衡。直至學術日展，對於「叶音」，開始有不同認知視角，也逐漸給予公允的評價，在釐清同時，楊愼「叶音」的繼承與定位，得以明朗。關於「叶音」觀念的澄清，主要可分爲二方面：

一、「叶音說」與古音研究關係密切

劉人鵬〈「叶音」說歷史考〉，認爲六朝的叶音，與古音學史發展有密切關係：

> 六朝隋唐之「協韻」說與古音學並非背道而馳；甚至，古音學的之濫觴就在「協韻」說中。〔註23〕

汪業全《叶音研究》對於「叶音」傳統說法，表示質疑，他透過文獻的佐證，提出有些「叶音」具有一致性及古音根據：

> 「臨時改讀」、「強爲之音」以求押韻被當做叶音的基本特徵而加以強調。類似的說法至今還時有所見。這類解釋值得商榷。稍加統計就會發現，不少相同的字叶音相同。譬如，「服」字，朱熹《詩集傳》、《楚辭集注》及《儀禮經傳通釋》共注叶音28次，皆叶蒲北反；「天」字，朱熹注叶28次，皆叶鐵因反；「西」字叶音10例，見於公孫羅《文選音決》、李善《文選注》、五臣《文選》注、顏師古《漢書》注和李賢《後漢書》注，皆叶音先；「馬」字，朱熹注叶17次，皆叶滿補反，《文選音決》叶亡古反，隋人道騫《楚辭音》叶音姥，三家叶音實同。「臨時改讀」無法解釋叶音這種的一致性。朱熹《詩集傳》注「叶韻未詳」5例。這是「強爲之音」無法解釋的。根據我們的研究，合於古韻歸屬或有古音根據的叶音不在少數。〔註24〕

對於宋人「叶音」觀念，學者進行重新檢視，如陳鴻儒研究朱熹《詩集傳》叶

〔註22〕〔清〕陳僅《詩誦》，錄於《續修四庫全書》（上海：上海古籍出版社，1995年）第70冊，頁548。

〔註23〕劉人鵬：〈「叶音」說歷史考〉，頁31。

〔註24〕汪業全：《叶音研究》（長沙：嶽麓書社，2009年），頁1～2。

音，以爲「一代名儒，亂呼字音，豈非孺兒不啻？每每讀到此類批評朱熹的論述，心中總是疑惑不解。十年前，筆者細讀過《詩集傳》，覺得其中之叶音大多不是『強爲之音』，也沒有造成『凡字皆無正呼』的惡習。」〔註25〕因此陳鴻儒〈《詩集傳》叶音與朱熹古韻〉提出：「《詩集傳》的叶音即朱熹心目中的古音。」〔註26〕

學者對於宋人「叶音」與古音研究關係開始給予積極肯定。伍明清《宋代之古音學》云：

> 歸結宋人研究古音之動機，實始於讀詩求協之實用目的，由於以今音讀古詩覺其不合，遂有古今音異之認識，欲解決此一問題。故進而嘗試求取適當之讀音以讀詩，此即「叶韻」說之本質。故吳棫作《毛詩補音》與《韻補》人皆以爲其說叶韻，又以爲說古音之作，實則二者原無牴觸，叶韻說乃是爲解決古今音異問題而生；由於覺古今音異，而嘗試求取「適當」讀音以讀古詩，遂開出古音研究之結果，其觀念並無錯誤，故本文以爲叶韻說爲古音研究之濫觴。〔註27〕

張民權《宋代古音學與吳棫《詩補音》研究》亦言：「宋儒古韻通轉叶音之說，破除了人們觀念上的迷信，把人們的視野引向了一個更深遠更廣闊的世界。從而也把古音研究從今音學中分離出來，開拓了古音學（或古韻學）研究這一新的學科領域。」〔註28〕這些說法顯示，學者面對「叶音」觀念，從原爲古音研究的視角評價，轉爲古音學史的態度檢視。

二、宋人「叶音」內涵與文獻關係

劉曉南〈朱熹叶音本意考〉，認爲宋人「叶音」性質並非改音：

> 明末以來古音學家給朱熹「叶音説」作的界定實際上不足以概括朱熹全部注叶的語言事實。問題可能出在批評朱熹叶韻不合古音的同

〔註25〕陳鴻儒〈《詩集傳》叶音辨〉，《古漢語研究》（2001年第2期），頁20。

〔註26〕陳鴻儒：〈《詩集傳》叶音與朱熹古韻〉，《古漢語研究》（2001年第2期），頁23。

〔註27〕伍明清：《宋代之古音學》（臺北：國立臺灣大學中國文學研究所碩士論文，1987年），頁167。

〔註28〕張民權：《宋代古音學與吳棫《詩補音》研究》（北京：商務印書館，2005年），頁80。

> 時卻誤會了他所說的「叶」字的含義……叶音的叶不能簡單地理解爲「改音」，而是應當理解爲「押韻」……不但朱熹，宋人筆下用來講韻的「叶」字大概都是這個意思。〔註29〕

陳鴻儒亦言「朱熹的叶音就是朱熹心目中的古音，『叶』字不過是押韻的意思。」〔註30〕但對於顧炎武「一家也，忽而谷，忽而公」的批評，劉曉南〈重新認識宋人叶音〉提出了解釋，認爲這與當時背景相關：

> 吳、朱二位的一字多叶是有原因的，在宋代詩歌用韻可以一字多音通用……既然是作詩通例，通於今者亦可適於古，此自然之理，吳、朱實爲援其例以說古詩。〔註31〕

宋人「叶音」不能直以「改音」概括，可由韻書開始觀察，金師周生言：「唐代韻書不收叶韻音，宋代《廣韻》亦復如是，這應該是陸法言編書的原則。丁度所編撰的《集韻》，因爲要廣收古籍音切，有意無意的開始錄入叶韻音。」〔註32〕劉曉南認爲如此收音方式，對於「叶音」研究影響甚鉅：

> 宋代權威韻書《集韻》還拿來作收字定音的根據，吳棫《韻補》、毛氏《增韻》、黃公紹、熊忠《古今韻會舉要》均踵事其後，以致「經傳韻語協音，不可勝紀。」其消極一面古今雜揉至使一字叉音大增，積極的一面是宋人由此看到紛雜的古詩用韻中叶韻自有條理，逐漸形成古詩用韻中的古音一定的觀點。〔註33〕

在韻書影響下，朱熹的《詩集傳》叶音有從韻書中「多音選一音」，及更多爲「韻書失載的音」。〔註34〕韻書失載之音，宋人由古籍文獻中探尋，因此張民權云：

〔註29〕劉曉南：〈朱熹叶音本意考〉，《古漢語研究》（2004年第3期），頁4。

〔註30〕陳鴻儒〈《詩集傳》叶音辨〉，頁23。

〔註31〕劉曉南：〈重新認識宋人叶音〉，《語文研究》（2006年第4期），頁5。

〔註32〕金師周生：〈漢字叶音韻史論〉，頁4。

〔註33〕劉曉南：〈論朱熹詩騷叶音的語音根據及其價值〉，《古漢語研究》（2003年第4期），頁32。

〔註34〕劉曉南：〈朱熹叶音本意考〉，頁5。

> 吳棫他們是有意識地朝這方面去研究，加以考證歸納。他們首先知道韻有古今，然後由經傳諸子中考證古音。〔註35〕

劉曉南也認爲宋人「把文獻中表現出的一個個與今音不同的具體字音，看作韻書失收的古音」。〔註36〕吳棫《韻補》即與韻書收「叶音」相關，並以文獻佐證而成：

> 或許受到《集韻》收錄叶韻音，與逐句注釋古韻文的影響，南宋初年吳棫在舊有叶韻音的基礎上，開始大量製造叶韻音音讀，他認爲叶韻音是古音的一種，後代因爲收音不夠全面，所以需要增「補」，《韻補》一書就是因此得名的。由於他每增一音，都有古代韻文爲證，所以取得當時朱熹的認同。〔註37〕

在學者的研究之下，推翻了「叶音」即「強爲之音」的觀念，其中脈絡發展、觀念，也重新釐清。

三、楊愼「叶音說」的繼承發展

筆者在第三章研究中，認爲楊愼《古音叢目》收錄吳棫《詩補音》外，由於學術環境原因，亦受到朱熹《詩集傳》音釋影響。所以楊愼「叶音」性質十分複雜，導致各家論楊愼「叶音」者，說法各異。筆者以爲楊愼古音學中具有「叶音」性質，《古音後語》提及的「雙音並義、傍音、叶音，皆轉注之極也。」即是明確的證據。對於宋人的「叶音」研究，楊愼並非全然反對，由上述宋人「叶音」研究可知，不論是韻書中多音選一音，及找尋韻書失載之音的觀念，楊愼都加以繼承，這也爲楊愼「轉注古音」及爲何在韻書中搜尋古音，提出合理的解釋。楊愼反對「類推」求音方式。〈答李仁夫論轉注書〉云：「程可久又爲之說曰：『才老之說雖多，不過四聲互用，切響通用而已。』朱子又因可久而衍其說云：『明乎此，古音雖不盡見，而可以類推。』愚謂可久互用，通用之說近之，類推之說可疑也。」劉人鵬認爲「類推」方式對於「叶音」研究發展而言，是有著負面影響：

〔註35〕張民權：《宋代古音學與吳棫《詩補音》研究》，頁89。

〔註36〕劉曉南：〈重新認識宋人叶音〉，頁5。

〔註37〕金師周生：〈漢字叶音韻史論〉，頁4。

> 程迥由才老之書歸納爲二條通則：「四聲互用」與「切響通用」，朱子同意，且以爲「如通其說，則古書雖不盡見，今可以例推也。」終使叶音之說誤入歧途，在錯誤的理論根據之下，任意改讀。〔註38〕

楊慎的「叶音」研究，將「類推」說法否定，回歸古籍考證探究，這對於「叶音」史發展而言，無疑具有助力。筆者以為，楊慎在「叶音」的區別上，有著己身判定方式，如《古音叢目・二十三梗二十四迥》「冥」注：「《詩》：『維塵冥冥。』莫迥切。」《古音叢目・二十五有》「稻」注：「徒荀切。《詩・七月》。」但朱熹《詩集傳》中作「叶莫迥反」〔註39〕、「叶徒苟反」〔註40〕，楊慎此處釋文不注「叶」字，應採吳棫《詩補音》音注而得，呈現出楊慎在吳棫、朱熹音注文獻間，有著注「叶」與否的判斷。

楊慎的「叶音」，與宋人一般，是指其韻文押韻而言，今舉《轉注古音略》「亨」、「叟」、「南」為例：

韻	字	釋文
陽	亨	火剛切。《周易》「德合無疆」與「品物咸亨」叶，陶宏景讀。
尤	叟	音搜。劉越石詩：「昔在渭濱叟。」與「秋」、「丘」諸韻叶。
侵	南	《詩》：「遠送于南。」又：「飄風自南。」「以雅以南。」司馬長卿〈長門〉：「鸞鳳飛而北南。」與「心」、「淫」相叶。陸機詩、柳子厚〈淮雅〉皆叶「心」韻。

各例注「叶」，與韻文相關，皆指押韻，《古音略例》內容之所以分為〈《易》叶音例〉、〈《詩》叶音例〉、〈《尚書》叶音例〉、〈《楚辭》叶音〉、〈《老子》叶音〉等「叶音」標目，因為這些古籍皆具有韻文押韻性質。筆者於第二章論述楊慎「轉注古音」時，以為楊慎「轉注古音」標準具有層次，「叶音」被楊慎定位「轉注之極」，在楊慎的觀念中，所謂的「古音」、「本音」與「叶音」還是有著層次區別，如《轉注古音略・七虞》「莽」注：

> 「莽」、「馬」古音非叶也，觀明德后以「莽」易「馬」，足徵古「莽」、「馬」同音。

〔註38〕劉人鵬：〈「叶音」說歷史考〉，頁40。

〔註39〕〔宋〕朱熹注：《詩集傳》（北京：中華書局，2011年），頁200。

〔註40〕〔宋〕朱熹注：《詩集傳》，頁120。

楊慎以古籍異文方式，證「莽」、「馬」屬古音，並非「叶音」關係。又如《轉注古音略·九屑》「枻」注：

本音「裔」，叶音「泄」。《文選》：「玄津重枻。」與「烈」叶。

注文「本音」與「叶音」有別，可見以韻文押韻的「叶音」與「古音」、「本音」並無等同，除非以大量韻文資料爲其證據，如《轉注古音略·七虞》「華」注：

古音同「敷」。《毛詩》：「隰有荷華。」「都」、「且」爲韻。《楚辭》：「采疏麻兮瑶華。」與「居」、「疎」爲韻。《周易》：「枯楊生華，老婦得其士夫。」《後漢書》：「仕宦當作執金吾，娶妻當得陰麗華。」此類極多，乃知古「華」字本有「敷」音，非叶也。

由《毛詩》、《楚辭》、《周易》、《後漢書》等大量韻文始可證明，古「華」具「敷」音，而非「叶音」。以上現象，筆者以爲與楊慎對於古代韻文認知有著密切關係，如同第四章所言，楊慎本身擬古詩創作，接受「韻緩」觀念，用韻寬泛，顯現他認爲古代韻文具有「韻緩」的「叶音」特性。古代韻文創作的「叶音」比「古音」、「本音」寬鬆，如《轉注古音略·二十五有》「麴」注：

「求」上聲。酒母也。《釋名》：「麴，朽也。欝欝使衣生朽敗也。」吳棫讀○今按燕、趙之音正叶。

楊慎以爲「麴」、「朽」有押韻關係，讀爲「求」字上聲，此爲「叶音」，因用韻寬泛，故同屬「轉注之極」的「燕、趙」方音即可證之，並無引證其他古籍音注。故「叶音」雖屬楊慎「轉注古音」一部份，但與古籍音注考證的「古音」、「本音」相較，仍有區別。

第二節　影響明、清音韻學說發展

古音學的發展脈絡中，楊慎在宋人「叶音」觀念的基礎上，進行著承繼與修正，將「叶音」導向古音研究的路途。楊慎自身因接受「韻緩」觀念，古音學文獻仍以「叶音」爲證，但已與「古音」、「本音」層次有別。楊慎古音學對於明清音韻學亦有影響，故本節試圖對此闡述，主要分爲陳第、顧炎武、以及其他層面三方向進行探究。

壹、影響陳第古音觀念

陳第（1541～1617）字季立，閩連江人，其古音學主要貢獻，在於破除「叶音」說，江有誥云：「明陳第始知叶音即古本音，誠爲篤論。」〔註41〕陳師新雄《古音研究》以爲陳第「闡明古音，向來叶韻轇葛之說徹底廓清」。〔註42〕以下分析楊愼對於陳第古音學的影響。

一、啟迪「古無叶音」之說

楊崇煥〈陳第古音學出自楊升庵辨〉認爲，陳第「古無叶音」說從楊愼而來：

> 厥後第謂古無叶音，詩之韻，即是當時本音，乃從公説，參其師焦竑《筆乘》而闡明爾。〔註43〕

在楊崇煥論述裡認爲，楊愼古音學「舍叶音」，根據筆者研究，此等說法不完全正確，所謂「宋人叶音，咸無取焉」，是針對「類推」的說法。楊愼古音學對於陳第，應具有啓發性質的影響，雷磊曾云：

> 焦、陳關於「古無叶音説」乃暗合，又互相印證、互相砥礪，而非師承。事實上，焦、陳古音觀恐怕均源自楊愼。焦竑花30餘年之力搜訪揚氏書稿，編成楊愼書目，著錄達200餘種，又整理印行《升庵外集》100卷，可謂楊愼的信奉者和表彰者。陳第與焦竑交往頗多，以「先生」相稱，其世善堂又藏書極富，不會不讀楊愼之書。至謂受父親教誨，似亦可謂吳、楊古音學觀念漸入人心之結果。〔註44〕

雷磊以焦竑整理楊愼著作及焦、陳交往爲證，以爲陳第古音學應受到楊愼影響。陳第〈屈宋古音義跋〉曾引述其父陳應奎之語，顯現在陳第以前，「叶音」之說已遭受到懷疑：

> 余少受《詩》家庭，先人木山公嘗曰：「叶音之説，無終不信。以近世律絕之詩，叶者且寡，乃舉三百篇，盡謂之叶，豈理也哉？然所

〔註41〕〔清〕江有誥：《江氏音學十書》（臺北：廣文書局，1966年）頁1。

〔註42〕陳師新雄：《古音研究》（臺北：五南圖書出版有限公司，1999年），頁17。

〔註43〕林慶彰、賈順先編：《楊愼研究資料彙編》（臺北，中央研究院中國文哲研究所，1992年），頁542。

〔註44〕雷磊：〈楊愼古音學源流考辨〉，頁149。

> 從來遠，未易遽明。爾庶子他日有悟，吾忘吾所欲論著矣。」〔註 45〕

陳應奎對於陳第古音學具直接啓發的地位，陳應奎獲此觀念之源，劉人鵬《陳第之學術》認爲與楊慎古音學著作風行有關，「隆慶三年之前，楊慎之書已盛行於世，則木山公當及見。」〔註 46〕其後又云：

> 由於楊慎古音觀念不清楚，故其書風行天下之後，也更容易讓人發現問題，而楊慎雖然採信「叶音」之說，卻也在某些個別字例上指出某音爲古之「正音」而非叶，……其說「叶音」之不合理，亦使人懷疑叶音之非，而說某些字音乃古之正音而非叶，恐亦啓發後人「古有正音，非叶也」的觀念。〔註 47〕

相較於楊崇煥之說，筆者以爲雷磊、劉人鵬說法更爲明確，楊慎古音學影響學術環境發展，進而啓迪陳應奎、陳第等人對於「叶音」的檢討。在陳第的思想中，對於楊慎古音學說，並非貶抑，反而具有承繼之志，陳第〈屈宋古音義跋〉云：

> 近有搢紳不知古音者，或告之曰：「馬古音姥。」渠乃呼其從者曰：「牽我姥來。」從者愕然，座客皆笑。夫用古于今，人之笑也。則用今于古，古人之笑可知。故自叶音之說以來，賢聖之啞然于地下也久矣。余不得不力爲之辯暢吳、楊之旨，洗今古之陋，實余肝膈所拳拳矣。〔註 48〕

由「辯暢吳、楊之旨」一語，可知陳第是有意承繼楊慎古音學，就陳第的認知而言，楊慎古音學雖受「叶音」影響，但已逐漸恢復古音面貌，故其言：「吳才老、楊用修有志復古，著《韻補》、《古音叢目》諸書，庶幾卓然其不惑。然察其意尙依違于叶音可否之間。」〔註 49〕楊慎對於陳第「古無叶音」影響，昭然可明。

〔註 45〕〔明〕陳第：《毛詩古音考・屈宋古音義》（北京：中華書局，2008 年），頁 253。

〔註 46〕劉人鵬：《陳第之學術》（臺北：國立臺灣大學中國文學研究所碩士論文，1987 年），頁 33。

〔註 47〕劉人鵬：《陳第之學術》，頁 34～35。

〔註 48〕〔明〕陳第：《毛詩古音考・屈宋古音義》，頁 253。

〔註 49〕〔明〕陳第：《毛詩古音考・屈宋古音義》，頁 253。

二、引據資料的參考

張民權、田迪〈論韻譜歸納法在古韻部研究中的意義和作用〉總歸早期古音學研究方法：

> 自宋元明清以來，學者研究古音，主要地是通過考證的方法，觀察某些漢字的古音或古韻部情況，還不懂得以完全歸納法將《詩經》韻腳字加以系聯類聚，劃分古韻部，製作成古韻譜的形式。〔註 50〕

以博學著稱的楊愼，在考證資料上的搜羅成果豐碩，雷磊曾將楊愼與陳第引書情況作一比較，認爲陳第考證材料與楊愼有著密切關聯：

> 我們之所以說楊愼對陳第影響最大，還可以從材料的來源加以證明。陳第《毛詩古音考》引書 90 種（家）左右，而楊愼考訂詩韻引書約 100 種（家），後者略多於前者。且引書之相同性來看，前者幾乎未出後者之範圍。這絕非巧合，合理的推論是，陳第據楊愼韻書所引材料，去掉冷僻的，保留基本的和重要的，以撰成《毛詩古音考》一書，其相承性是明顯的。〔註 51〕

雷磊的引書研究方式、過程，未展現於文中。楊愼本身許多考證語料，轉引自韻書注文，未必直指原典。楊愼考證，亦與吳棫相承，學術脈絡層層相依，難以梳理。如顧炎武《韻補正・序》即云：「才老可謂信而好古者矣，後之人如陳季立、方子謙之書，不過襲其所引用，別爲次第而已。」〔註 52〕認爲陳第古音研究與吳棫關係密切。筆者以爲楊愼考證材料對於陳第具有影響，但並非如雷磊所言如此全面，今舉「客」、「家」、「瓜」三字注文比較爲例，標框註記表二者相同處。

	《轉注古音略》	《毛詩古音考》
客	音恪。周封虞、夏、商三代之後爲三恪，恪者，客也。《詩》云：「有客有客，亦白其馬。」《左傳》：「宋，殷	音恪。周封虞、夏、商三代之後爲三恪。恪者，客也。《左傳》：「宋殷後也，於周爲客。」《太玄》：「大開

〔註 50〕張民權、田迪：〈論韻譜歸納法在古韻部研究中的意義和作用〉，《古漢語研究》（2013 年第 1 期），頁 14。

〔註 51〕雷磊：〈楊愼古音學源流考辨〉，頁 148。

〔註 52〕〔清〕顧炎武：《韻補正》（臺北：廣文書局，1966），頁 1。

	後也，於周爲客。」《易林》：「山鳥野鵲，飛集六博。三梟四散，主人勝客。」甘氏《星經》：「炎火之狀，名曰格澤。不有土功，必有大客。」「格澤」音閣奪。	帷幕，以引方客。」
家	音姑。《左傳》：「姪其从姑，六年其逋。逃歸其國，而棄其家。」《史記》：「長鋏歸來兮食無魚」、「長鋏歸來兮何以爲家」。漢曹大家，音姑。	音姑。漢曹大家讀作姑，後轉而音歌。〈雉朝飛操〉：「我獨何命兮未有家，時將莫兮可奈何？」魏程曉〈嘲熱客詩〉亦以「家」與「過」、「何」爲韻。陸機〈前緩聲歌〉以「家」與「歌」、「波」爲韻。今乃音「加」，聲之遞變也。
瓜	《說文》「孤」、「罛」、「觚」皆以「瓜」得聲。《毛詩》：「投我以木瓜。」《左傳》：「登彼昆吾之墟，綿綿生之瓜。余爲渾良夫，叫天無辜。」	音孤。《說文》「孤」、「罛」、「觚」、「柧」皆以「瓜」得聲，古音可見。後轉音歌。〈道藏詞〉：「僊童掇朱實，神女獻玉瓜。浴身丹浥池，濯髮甘泉波。」

以上比較可知，《毛詩古音考》與《轉注古音略》注文。考證資料確有相似處，但非雷磊所言：「據楊愼韻書所引材料，去掉冷僻的，保留基本的和重要的。」陳第也有不同於楊愼注文的補充，但楊愼古音學文獻仍具一定影響，陳第在前人的考證基礎上，深化其方式，分其「本證」、「旁證」，乃爲其卓越之處。

貳、影響顧炎武古音觀念

顧炎武（1613～1682），初名絳，字忠清，明亡之後改名炎武，字寧人，號亭林，江蘇昆山人。陳師新雄云：「古音學之研究走上有條理有系統之研究，實自顧炎武始。」〔註53〕顧炎武與楊愼古音學最大差異，即在於顧炎武有語音發展的觀念，故張民權《清代前期古音學研究》云：「他們與宋儒乃至元明人不同的是，他們能認清語音發展的歷史層次，不至於把幾個歷史層次的語音放在一個平面上。」〔註54〕顧炎武云：「且經學自有源流，自漢而六朝而唐而宋，必一一考究，而後及於近儒所著，然後可以知其異同離合之指。」〔註55〕與古今音

〔註53〕陳師新雄：《古音研究》，頁57。

〔註54〕張民權：《清代前期古音學研究》（北京：北京廣播學院出版社，2002年），頁45。

〔註55〕〔清〕顧炎武：《顧亭林詩文集》（北京：中華書局，1959），頁91。

變觀念薄弱的楊愼相較，這無疑是突破式的進展。關於顧炎武古音學的淵源，李妍周《顧炎武的古音學》主要分爲陸德明、吳棫、陳第三家探討，而楊愼則與戴侗、沈括等人於小結處概括說明。〔註 56〕筆者以爲，楊愼古音學對於顧炎武的影響或許更爲廣泛。顧炎武早期進行古音研究時，未見吳棫《韻補》全貌，其《韻補正・序》云：

> 余爲《唐韻正》已成書矣，念考古之功，實始於宋吳才老，而其所著《韻補》，僅散見於後人之所引而未得其全。頃過東萊任君唐臣有此書，因從假讀之月餘。其中合者半，否者半。一一取而注之，名曰《韻補正》。〔註 57〕

李妍周對此考證云：

> 顧炎武在 1657 年，他四十五歲時開始北遊，到萊州定交任子良，這時任氏才把《韻補》給顧氏看。顧氏看到《韻補》時，其實《音學五書》主要著作已經完成了。《音學五書》前面有曹學佺在 1643 年，也就是亭林三十一歲時所寫的序。由此可知，顧氏的《音學五書》最主要的《詩本音》，在他三十一歲時早就完成初稿，並且如他在《韻補正・序》裡所說，是完成《唐韻正》之後，沒有看過吳氏的整本著作內容，充其量只看過吳棫對古音的片段意見而已。〔註 58〕

楊愼古音著作與吳棫有密切關係，顧炎武所謂「後人之所引」或與此相關。此外，顧炎武〈轉注古音略跋〉自云：

> 余不揣寡昧，僭爲《唐韻正》一書，一循唐音正軌，而尤賴是書，以尋其端委。裨學者之讀經自考文始，考文自知音始，而古音之亡者終不亡，此厚幸矣。〔註 59〕

顧炎武呈現對於《轉注古音略》的高度評價，並明言《唐韻正》的研究，與《轉

〔註 56〕李妍周：《顧炎武的古音學》（臺北：國立臺灣大學中國文學研究所碩士論文，1990 年），頁 22。

〔註 57〕〔清〕顧炎武：《韻補正》，頁 1。

〔註 58〕李妍周：《顧炎武的古音學》，頁 19。

〔註 59〕王文才、張錫厚輯：《升庵著述序跋》，頁 15。

注古音略》有著密切關係。今考《唐韻正》注文多處引「楊慎曰」，可見其影響性。除楊慎的考證資料外，筆者以爲顧炎武的音學觀念，亦與楊慎互通，以下分三方面論述：

一、「韻緩」觀念的繼承

顧炎武〈古人韻緩不煩改字〉中，認爲古韻文押韻存在「韻緩」觀：

> 陸以爲古人韻緩不煩改字，此誠名言。今之讀古書者，但當隨其聲而讀之，若「家」之爲「姑」，「慶」之爲「羌」，「馬」之爲「姥」，聲韻全別，不容不改，苟其聲相近可讀，則何必改字，如「燔」字必欲作「符沿反」，「官」字必欲作「俱員反」，「天」字必欲作「鐵因反」之類，則贅矣。〔註60〕

此段論述，與楊慎〈跋古音略〉內容十分相仿，二者關係密切。因爲「韻緩」，影響顧炎武的古音學理論發展，如江永曾言：「細考《音學五書》，亦多滲漏，蓋過戲信『古人韻緩不煩改字』之說。」〔註61〕筆者於第四章透過《轉注古音略》、《古音叢目》、《古音獵要》、《韻林原訓》的韻目分合，及楊慎擬古詩等證據，說明楊慎的古音學中，亦含「韻緩」觀念，因此顧炎武的「韻緩」觀或非直承陸德明，而是經由學術傳承所得。

二、古音、「叶音」有別並存

顧炎武《音論》有〈古詩無叶音〉，贊同陳第「古無叶音」之說，但該文文末，卻提出了別於古音的「叶音」現象：

> 已上皆季立之論，其辨古音非叶極爲精當。然愚以古詩中間有一二與正音不合者，如「興」、「蒸」之屬也，而〈小戎〉末章與「音」爲韻，〈大明〉七章與「林」、「心」爲韻，「戎」、「東」之屬也。而〈常棣〉四章與「務」爲韻，〈常武〉首章與「祖」、「父」爲韻，又如箕子〈洪範〉則以「平」與「偏」爲韻……此或出於方音之不同，今之讀者不得不改其本音而合之。雖謂之叶亦可，然特百中之一二耳。〔註62〕

〔註60〕〔清〕顧炎武：《音學五書》（北京：中華書局，1982年），頁31。

〔註61〕〔清〕江永：《古韻標準》（臺北：廣文書局，1966），頁3。

〔註62〕〔清〕顧炎武：《音學五書》，頁37～38。

李妍周《顧炎武的古音學》對此分析得當，以爲顧炎武仍襲「叶音」之說：

> 顧氏對上古時期語言現象的觀察是透過他所作的「音學」研究而得到的。現在從語言學的角度看，正好和顧氏的觀察角度相反。他是拿「古今音異」、「古有本音」的觀念來解釋上古的「音學」，而不是從上古用韻情形看上古時期的語音現象。因此，他又犯了爲諧和誦讀而「叶音」的毛病。他認爲古音是「本音」；以《詩經》來說，韻腳裡有「母」字，在《詩本音》裡指出「母」字共出現十七處，其中十六處都讀「滿以反」（之部），只有〈鄘風・蝃蝀〉二章「母」字（自注：滿補反）與魚部字「雨」通押。顧氏說：「母」字，惟〈蝃蝀〉二章與「雨」韻。又《易・繫辭傳》「如臨父母」，與「度、惧、故」韻，要當以「滿以反」爲正。但是對於古韻不能強合者，無論《詩經》和群經韻，也只得認爲由於方音的緣故以致扞格不相入。〔註63〕

傅定淼云：「顧氏在觀念上並不否認有『百中一二』『不得不改其本音而合之』、『雖謂之叶亦可』的叶音，而在方法上則大量地易叶韻之名卻行叶韻之實。顧炎武對叶韻說的這種態度，直接或間接地影響了清代古音學的主流。」〔註64〕因此，顧炎武雖言「古詩無叶音」，但古代韻文的考證上，仍是承認「叶音」的存在，這種古音、「叶音」有別並存的態度，與楊慎「叶音」觀互通。

三、「還之淳古」態度相通

顧炎武《音學五書・序》云：

> 列古今音之變，而究其所以不同，爲《音論》三卷，考三代以上之音，這三百五篇，爲《詩本音》，注《易》爲《易音》三卷，便沈氏分部之誤，而一一以古音定之，爲《唐韻正》二十卷，綜古音爲十部，爲《古音表》二卷，自是而六經之文乃可讀，他諸子之書，離合有之而不甚遠也。天之未喪斯文，必有聖人復起，舉今日之音還之淳古。〔註65〕

〔註63〕李妍周：《顧炎武的古音學》，頁49。

〔註64〕傅定淼：〈清代古音學中的叶韻觀〉，《黔南民族師範學院學報》（2010年第1期），頁22。

〔註65〕〔清〕顧炎武：《音學五書》，頁3。

對於此說，王力認爲顧炎武具有「復古」思想，並加以批評：「顧亭林有一個缺點，就是他對於語音有復古的思想。他說：『天之未喪斯文，必有聖人復起，舉今日之音還之淳古。』我們只看到《唐韻正》的『正』字，就知道他以古音爲正。」〔註 66〕李妍周《顧炎武的古音學》反對王力之說，認爲顧炎武並非認爲語言復古才是正確，他「所要恢復的古音是古代經書的音。」〔註 67〕顧炎武所以欲「還之淳古」，與他對於《切韻》系韻書觀念相關，顧炎武〈韻書之始〉云：

> 學者皆言韻書本於沈約，《隋書·藝文志》有沈約《四聲》一卷，今不但約書亡，且唐人一書亦亡，然至隋至宋初用韻不異。是知《廣韻》一書，固唐之遺，而唐人所承，則約之譜也。〔註 68〕

將沈約《四聲譜》視爲韻書創制之始，與楊愼觀念相同，顧炎武亦有楊愼「自沈約之韻一出，作詩者據以爲定，若法家之玉條金科，而古學遂失傳矣」的看法：

> 魏晉以下，去古日遠，辭賦日繁，而後名之曰韻，至宋周顒、梁沈約而四聲之譜作，然自秦漢之文，其音已漸戾於古，至東京亦甚，而休文作譜，乃不能上推〈雅〉、〈南〉，旁摭騷子，已成不刊之典，而僅按班、張以下諸人之賦，曹、劉以下諸人之詩所用之音，撰爲定本，於是今音行而古音亡。〔註 69〕

李妍周分析此段以爲：「顧氏所關心的，乃是韻書的流行造成古音的遺失。」〔註 70〕因此顧炎武欲求古書之音。此等「今音行而古音亡」之說，與楊愼探求古籍中的古今異讀的原因完全相同。

參、其他層面的影響

上述以陳第、顧炎武爲例，乃是著重古音學史上，楊愼與各家的銜接關係。

〔註 66〕王力：《漢語音韻學》，收錄《王力文集·第四卷》（濟南：山東教育出版社，1985 年），頁 252。

〔註 67〕李妍周：《顧炎武的古音學》，頁 65。

〔註 68〕〔清〕顧炎武：《音學五書》，頁 15。

〔註 69〕〔清〕顧炎武：《音學五書》，頁 2。

〔註 70〕李妍周：《顧炎武的古音學》，頁 50。

在其他層面上，如明代的「古今韻」韻書，亦受到楊慎古音學影響，所謂「古今韻」，甯忌浮云：

> 「古今韻」即「古韻」和「今韻」……將「古韻」編入韻書，是明朝人的創舉。明人「古韻」源於吳棫的《韻補》，以及明人楊慎的《轉注古音略》。〔註71〕

其中，嘉靖十七年成書的《韻經》五卷，張之象編輯，明人李良杜〈序〉將該書主旨闡述甚明：

> 梁沈休文始出《四聲譜》，自謂入神之作，天下皆與其能，唐以詩賦取士，易名爲《禮部韻略》，歷代因循，莫之能變，其謂江左制韻。但知縱有四聲，而不知衡有七音，遂欲擯廢之亦過矣。宋吳才老集夏英公書爲《韻補》，附之以叶。叶者，諧也。即六書所謂諧聲也。今楊用修撰《古音略》，發明轉注，謂一字數音必展轉注釋後可，即六書所謂轉注也。張月鹿氏復集三家之大成而爲《韻經》。〔註72〕

李良杜言沈約《四聲譜》觀念，同於楊慎之說。《韻經》編撰方式，於各卷卷首云：

> 梁吳興沈約休文撰類
>
> 宋會稽夏竦子喬集古
>
> 渤海吳棫才老補叶
>
> 明弘農楊慎用修轉注
>
> 清河張之象月鹿編輯

《韻經》於各韻下，列欄位置轉注字，根據甯忌浮研究，「《韻經》的轉注字取裁於楊慎的《轉注古音略》」，其取裁方式爲：

> 《轉注古音略》每個字都有音釋、釋義或者書證，《韻經》刪去釋義、書證，只保留音釋。字的排列次第也有更動。〔註73〕

〔註71〕甯忌浮：《漢語韻書史·明代卷》（上海：上海人民，2009年），頁120。

〔註72〕〔明〕張之象編：《韻經》，收錄於《四庫全書存目叢書·經部小學類》206冊（臺南：莊嚴文化，1997年），頁1。

〔註73〕甯忌浮：《漢語韻書史·明代卷》，頁120。

《韻經》中，楊慎的考證資料未存，只置其音注結果。楊慎的音注考釋，對於後世仍具有影響性，如韻圖方面，明末蕭雲從《韻通》即引楊慎研究〔註 74〕；辭典方面，清朝《康熙字典》釋文時見楊慎之說〔註 75〕；古音研究方面，江永《古韻標準》對楊慎語料，或有接受及駁斥；清乾隆指定編纂《欽定叶韻彙輯》，也引述關於楊慎的考證資料，《欽定叶韻彙輯·序》云：

> 叶韻，非古也，而即古也。有今韻而後有叶韻。叶韻者，以古韻而協之於今，故曰非古，然以今視之，則用叶以合異，以古視之則非叶而本同，故曰即古。朕幼習《易》、《詩》諸經，考其音多與今韻不合，長而汎覽百家，其用韻亦往往異於今讀，蓋韻書之行，權輿江左，至唐以聲律取士，部分較嚴，而今所循用，則出於宋、元人之分併，宜其與古不相契也。三代而上，言律呂、言諧聲、言書名，其於音韻當必審清濁，辨脣齒喉舌，有一定之部分。勒之簡策，與律度量衡象魏之法，同爲當世所遵守，而惜其世遠而不傳也。好古之士，欲忖而求之，其道無由。宋吳棫本《易》、《詩》、《史》、《漢》諸書爲《韻補》，子朱子嘗取以釋《毛詩》、《楚辭》。明楊愼廣之爲古音，號稱淵博，及證之羣籍，其疏略不備者則已多矣。因於幾暇指授儒臣，博考經史諸子，以及唐宋大家之文所用古韻，舉而列之，疏其所出，次於今韻之後，臨文索句就考焉。〔註 76〕

此〈序〉呈現清人對「叶韻」的觀念，並非全然推翻，而是具有歷史認知地了解「叶音」與古音的聯繫，侯吟璇《〈欽定叶韻彙輯〉研究》將此書評爲「一部叶韻集成之作」、「可藉此觀察當代文人心中的古韻面貌」。〔註 77〕該〈序〉雖直言楊慎考釋不足，但根據侯吟璇查考，《欽定叶韻彙輯》釋文例證，直引楊慎《轉注古音略》、《古音叢目》、《古音獵要》、《古音附錄》等資料，侯吟璇考

〔註 74〕〔明〕蕭雲從：《韻通》，今藏於國立臺灣師範大學國文所。

〔註 75〕〔清〕張玉書等編：《康熙字典》（北京：中華書局，1958 年）。

〔註 76〕〔清〕梁詩正等：《欽定叶韻彙輯》，收錄於《景印文淵閣四庫全書》第 234 冊，頁 451。

〔註 77〕侯吟璇：《〈欽定叶韻彙輯〉研究》（臺北：世新大學中國文學系碩士論文，2011 年），頁 189～190。

索時，發現似與楊慎著作相關現象：

> 叶韻部份有例證者，有兩種引書的名稱極爲相似，徵引次數也相當，約在四十到五十之間，分別是《轉注古音》與《轉注古音略》。經過查找，並無《轉注古音》一書。〔註78〕

因此侯吟璇在《欽定叶韻彙輯》引《轉注古音》方面，無法考索相關資料，故闕疑待考。筆者以爲此書應與楊慎相關，根據李運益考證，楊慎古音著作曾有一番增訂、整理，成《重訂轉注古音》五卷：

> 楊氏曾有《重訂轉注古音》五卷，實即融會《轉注古音略》、《古音餘》、《古音獵要》、《古音叢目》四書增訂而成，嘉靖本《楊升庵文集》卷三存其序，序中表明了四書的關係：「愼嘗著《轉注古音略》及《古音餘》矣，復有《獵要》、《叢目》諸書，次第刻之滇雲，傳之遠近矣。海內同志嶺南泰泉黃公佐、姑蘇貞山陸公粲，清河月鹿張公之象，或取爲《韻經》，或補其遺略，或訂其踳誤。荒戊多暇，復取三君子之所著會粹之，删其煩重，增其未備，爲五卷。」〔註79〕

傅斯年圖書館藏《升菴雜刻》收《轉注古音》五卷，各卷下題「成都楊愼著，孫宗吾編」，筆者疑此書即爲《重訂轉注古音》，以《轉注古音・一東》爲例，與《轉注古音・一東》收字有異，茲列表如下：

韻	序號	字	引書比較
一東	1	鞠	《轉注古音略》、《古音叢目》、《古音獵要》
	2	弘	《轉注古音略》、《古音叢目》
	3	朋	《轉注古音略》、《古音叢目》、《古音獵要》
	4	肱	《古音餘》
	5	瞢	《轉注古音略》、《古音叢目》
	6	竅	《轉注古音略》、《古音叢目》
	7	滎	◎
	8	眾	《轉注古音略》、《古音叢目》、《古音獵要》

〔註78〕侯吟璇：《《欽定叶韻彙輯》研究》，頁65。

〔註79〕李運益：〈楊愼的古韻學〉，《西南師範大學學報（哲學社會科學版）》（1990年第4期），頁87。

	9	烛	《轉注古音略》、《古音叢目》
	10	蚀	《轉注古音略》、《古音叢目》
	11	萌	《轉注古音略》、《古音叢目》、《古音獵要》
	12	門	《轉注古音略》、《古音叢目》
	13	汎	《轉注古音略》、《古音叢目》
	14	梵	《轉注古音略》、《古音叢目》
	15	蘮	《轉注古音略》、《古音叢目》
	16	隴	《古音餘》
	17	皇	《古音叢目》、《古音餘》
	18	氷	《古音叢目》、《古音餘》
	19	樬	◎
	20	潭	◎
	21	蜳	◎
	22	塚	◎
	23	窻	《轉注古音略》、《古音叢目》、《古音獵要》
	24	雙	《古音叢目》、《古音獵要》
	25	丹	◎
	26	明	《古音叢目》、《古音獵要》、《古音餘》
	27	江	《古音叢目》、《古音獵要》、《古音餘》
	28	岡	《古音叢目》、《古音餘》
	29	棟	《古音叢目》、《古音餘》

上表引書比較部份，爲該韻字於《轉注古音略》、《古音餘》、《古音獵要》、《古音叢目》中的收錄情形，可發現傅斯年圖書館藏《轉注古音》五卷，融會楊慎各本古音學文獻，李運益推論的《重訂轉注古音》應爲此本。表中序號【7】、【19】、【20】、【21】、【22】、【25】等字例均無引書證據，可知《轉注古音》在各本古音學文獻外，另有補充的韻字。透過筆者考察，楊慎《轉注古音》確實存在，而《欽定叶韻彙輯》所引《轉注古音》應爲楊慎《重訂轉注古音》五卷，可見《欽定叶韻彙輯》編纂者對於楊慎語料的重視，將其著作及增訂本兼一併收入。不論如何，《欽定叶韻彙輯》對楊慎考釋具有一定重視程度。

清朝亦有如《韻經》般，只存楊慎古音音讀，去其考釋的作品，如《小品叢鈔》〔註 80〕，今藏國家圖書館，關於其書，《國家圖書館善本書志初稿》介紹：

> 清不著編人。板匡高 15.3 公分，寬 10.5 公分。四周單邊，每半葉九行，行二十二字至二十六字不等。注文小字雙行，行約三十字。版心黑口，單魚尾。上魚尾下提子目名，其下記葉碼，各卷葉次自爲起訖。首卷首葉首行頂格題「理曆法」，次行低約十六格題「餘干胡居仁」，卷末無尾題。無序跋、總目，開卷即爲正文，收子目三十四種：理曆法、天地論、九邊紀略、海運記程、粵西小記、東南水利疏議略、中塘議、三江應宿閘議、三案記異、雜解、古音轉注、仲尼弟子考、周正辨、僞學籍、高士錄、論賦韻書、書評、越書品、越畫記、搨碑法、端溪硯石考、瑟瑟錄、鏡考、婚禮注、刺繡圖、食經、憤時致命篇、董華亭墨跡、樂府本意、荊山詩、綠窗偶集、指荃小詞、主山樓填詞、詞膾，共三十七卷。〔註 81〕

《小品叢鈔》屬蒐集、雜揉各家之作，有些子目如〈理曆法〉、〈天地論〉下述其作者，有些則不詳。〈古音轉注〉不述撰人，但子目下言「旅菴隨筆」，「菴」字疑與楊慎字號相關，其內容由各字詞編排而成，如「允吾」、「冒頓」、「宿留」等，字詞右下附其小字音讀。根據筆者考察，〈古音轉注〉所列的字詞、音讀，與《轉注古音略》有密切關係，今舉例如下：

〈古音轉注〉	《轉注古音略》
肅爽霜	爽：音霜。《詩》：「女也不爽，士二其行。」又「其德不爽，壽考不忘。」《老子》：「五味令人口爽。」《楚辭》：「厲而不爽。」又「肅爽」，駿馬名，《左傳》：「唐公有兩肅爽。」
餘汗干	汗：音干。《水經》「餘汗」今作「干」，水涯也。
商顏崖	顏：音崖。商顏，山名。

比較可知，上述〈古音轉注〉的字詞及音注出自《轉注古音略》，但考證釋文皆刪，留其字詞及音讀，〈古音轉注〉之目的應爲方便求讀古籍之音，故由楊慎古音著作取材而成，可見楊慎對於後世的影響。

〔註 80〕〔清〕不著編人：《小品叢鈔》，今藏於國家圖書館。

〔註 81〕國家圖書館藏組編：《國家圖書館善本書志初稿》（臺北：國家圖書館，2000 年），頁 121。

第三節　小　結

本章以楊慎「叶音」觀念的繼承及影響明清音韻學發展的角度，分析楊慎古音學於學術史的定位。希冀在古音學的發展脈絡中，给予楊慎公允的評價。

在楊慎「叶音」觀念的繼承方面，前人因研究立場的不同，導致說解紛雜。以古音發展的視角探究，會認爲楊慎與陳第皆力斥「叶音」之謬；引用楊慎的音韻理論，注重楊慎修正宋人「叶音」的過程；秉持文獻考究的態度，則強調楊慎「叶音」與宋人無異。諸家立場各異，皆執一方之詞。對此，筆者，藉由「叶音」史發展的釐清，進而探明楊慎的「叶音」觀念。

由於學術日進，對於「叶音」評價，並非以「強爲之音」一語概括，學者發現「叶音」實爲古音學術的濫觴。在這種態度下，檢視宋人「叶音」並非改音，而爲押韻，由於背景因素，宋代詩歌用韻一字多叶，導致後世以爲宋人「叶音」爲盲目改音。在韻書發展上，《集韻》開始收錄「叶音」，《韻補》、《增修互註禮部韻略》、《古今韻會舉要》接踵其事，因此產生從韻書中「多音選一音」，以及搜羅韻書中「失載之音」的方法。

楊慎繼承韻書中多音選一音、找尋韻書失載之音等觀念，致力蒐羅古今異音。在《古音後語》中，明確可知楊慎相信「叶音」，但反對「類推」求音的方式，強調回歸古籍的考證探究。他在「叶音」的區別上，有著己身判定方式，認爲古代韻文因「古人韻緩」，故具「叶音」特性，較「古音」、「本音」寬鬆。因此，在他的「轉注古音」理論中，「叶音」與「古音」、「本音」仍有區分。

楊慎古音學亦影響明、清音韻學發展，分別以陳第、顧炎武、以及其他層面三方向闡述。對於陳第，由於楊慎古音學著作風行於世，其中「叶音」與「古音」、「本音」的區別，啓迪陳應奎、陳第等人對於「叶音」的檢討。陳第對於楊慎古音學，自身亦具備承繼的態度，在陳第《毛詩古音考》中，可見與《轉注古音略》的相似處，陳第在楊慎古音學的基礎上，精進探究，進一步開展研究面貌。

清初大家顧炎武，亦受楊慎古音學影響，顧炎武早年進行古音研究之時，未見吳棫《韻補》，自言《唐韻正》一書，直承《轉注古音略》。根據筆者分析，楊慎與顧炎武，有以下三種觀念互通：一爲「韻緩」觀念，楊慎古音學文獻韻目的分合及擬古詩用韻，均受「韻緩」影響。顧炎武〈古人韻緩不煩改字〉論述，與楊慎〈跋古音略〉相仿，二人均贊同「古人韻緩」之說，可見學術脈絡傳承之跡。二爲對於「叶音」的認知，顧炎武雖認爲古詩無「叶音」，但在韻文的考釋上，仍承認「叶音」的存在，這種古音、「叶音」有別並存的態度，與楊慎觀念相通。三爲「今音行而古音亡」的說法，楊慎與顧炎武均認爲由於沈約之韻盛行，導致古音面貌不存，故二人皆以復古爲志。

在其他層面，楊慎古音學影響明代「古今韻」韻書發展，如張之象編輯的《韻經》，即保留楊慎《轉注古音略》的音釋結果。此外，楊慎古音學文獻的音注考釋，不論是古音學、韻圖、辭典等領域，皆有引用參考之跡。清代編纂的《欽定叶韻彙輯》，似將楊慎《轉注古音略》及其增訂本一併收入引證。而《小品叢鈔》中的〈古音轉注〉，對於《轉注古音略》的徵引，亦呈現另一風貌。

本章藉由古音學的繼承與發展二方面，對於楊慎古音學價值定位作一探究。在研究過程中，可見楊慎在前人的研究基礎上，闡發己身論點，並進而影響後世學術的發展。

第六章　結　論

筆者以文獻分析、比較、輯佚、校勘、音韻結構等探賾角度，分析楊慎古音學文獻，在前人的研究基礎上，有著個人的闡發，以下分述之。

壹、「轉注古音」並非聲、義同源關係

「轉注古音」爲楊慎古音學的基礎，強調「轉注」與音韻的結合。前人研究多數重視「轉注古音」與聲、義同源的關係，筆者對此秉持不同看法。楊慎「轉注」出自宋人毛晃之說，並將「一字數音，必展轉注釋而後可知」誤讀爲《周禮》注文。雖然典籍出處譌誤，楊慎「轉注古音」在「聲轉說」的基礎上發展，深受趙古則的影響，除贊同趙古則的「轉注」研究外，進而將趙古則反對的「雙音並義」、「方音」、「叶音」皆納入他的「轉注古音」體系。透過《古音後語》與〈答李仁夫論轉注書〉分析，筆者認爲楊慎「轉注古音」具有不同層次的音讀解釋方式，而判斷的唯一標準，即「凡見經傳子集與今韻殊者」。因此，楊慎「轉注古音」重視古今異讀的搜羅，他利用典籍中「某讀」、「讀作某」、「叶韻」、「和聲」、「比音」、「動靜字音」等術語，強調「轉注古音」重視古籍音讀的概念。楊慎反對宋人「類推」音讀的看法，認爲必須「義可互則互，理可通則通」，但他的「義理」標準並非字義，而與古籍、方言謠俗相關。楊慎的「轉注古音」，呈現出古今音變觀念上的不足，認爲古音的遺失，乃韻書「定音」所致，故致力探尋古今異讀，欲恢復「轉注古音」之旨。

貳、音讀引書的侷限與價值

楊慎《轉注古音略》文前附〈聞見字書目錄〉、〈夏英公集古篆韻所引書目〉，透過分析，二書目並非代表《轉注古音略》的引用古籍，從《楊升庵叢書》的校勘，呈現對於楊慎音讀引書的來源認知不明。筆者針對《轉注古音略》切語、直音，各自建立分析方法，按其步驟，以求《轉注古音略》可能引書原委。透過筆者建立的「引書綱目」，可知楊慎的音讀引書與〈聞見字書目錄〉、〈夏英公集古篆韻所引書目〉並無直接關係。在此研究基礎上，筆者發現《轉注古音略》韻字在音讀、字形、引用書籍等方面都存有譌誤，故以《古音獵要》、《古音附錄》及相關引用文獻對此進行正誤。楊慎音讀引書，使用了多項方式搜羅古今異讀，如典籍的正文、注文，韻書的釋文、同音、又音、他字等資料，皆爲參考範疇。在考釋過程中，發現楊慎大量運用韻書材料探尋古音，此一研究方法與態度，在古音學史上，具有特殊性質。《切韻》系韻書具「存古」內容，楊慎以古今異讀的檢視態度，大量引用韻書中的語料，方式雖然有其侷限，但在學術史的研究上，可謂創發。

參、建構「三品」理論的內在問題

楊慎繼《轉注古音略》後，著《古音叢目》。楊慎《古音叢目・序》說明，該書以「三品」理論爲檢視標準，結合《轉注古音略》與吳棫著作而成。所謂「三品」，即對於叶音例一致標準的要求，但透過筆者的考釋，發現楊慎的「三品」字例，各有不足處。「當從而無疑者」，是楊慎延續前人之說而得；「當疑而闕之者」，與「轉注古音」觀念互相衝突；「當去而無疑者」，楊慎的例證，與吳棫研究無涉。楊慎「三品」的內在建構極具問題，若與《古音叢目》收字比較，叶音例一致標準的要求並無貫徹於《古音叢目》中，因此「三品」理論在應用上具有侷限與困難。楊慎除「三品」之外，對於吳棫研究有著其他的批判，像是對於吳棫語料時代性的不滿，認爲多雜宋人之作。此等說法卻未能納入「三品」範疇。究其原因，由於學術風氣影響，楊慎無法擺脫「仿古」語料的應用，所以語料時代性的看法未於「三品」中論述。透過筆者分析，認爲楊慎的「三品」，其理論性質高於實際應用價值。

肆、《轉注古音略》提供古音學擇音標準

在《古音叢目》與《轉注古音略》相同韻字上，時有音讀呈現方式相異的情形，筆者藉此進行探究。發現二者即使音讀呈現方式有異、釋文或有不同，透過《廣韻》分析，大都實屬音同關係。雖然「三品」理論未能實際用於《古音叢目》，楊愼以《轉注古音略》作爲音讀判斷標準。吳棫研究若與《轉注古音略》具相同韻字，楊愼則以《轉注古音略》音讀爲據，判斷是否納入《古音叢目》。其中研究過程與《廣韻》分析不合者，一部分韻字與明代語音相關，王力、葉寶奎的明代語音研究可作輔證。另一部分，則可能屬楊愼的新都方言混用所致。在擇音標準研究中，其中仍有譌誤與出例的情形，筆者也進行了整理與說明。

伍、《古音叢目》具輯佚價値

按楊愼所言，《古音叢目》結合吳棫《韻補》、《詩補音》、《楚辭釋音》與己身《轉注古音略》而成。然《詩補音》、《楚辭釋音》至今已亡佚，今人雖致力《詩補音》輯佚，但仍有未全之憾。《古音叢目》既結合《詩補音》、《楚辭釋音》，則具有輯佚價値。筆者透過與《轉注古音略》、《韻補》比對，校勘，從彼此音讀相同、釋文相異的比較中，得《古音叢目》彙整資料的方式，而在楊愼補充資料的證據中，亦包含《詩補音》的文獻。筆者整理《古音叢目》文獻資料中與《韻補》、《轉注古音略》無關者，共得一千一百三十例，並與張民權〈吳棫《詩補音》彙考校注〉輯佚成果比較，其中確實有相同處。由於如今《詩補音》輯佚，以楊簡《慈湖詩傳》爲主體，引用文獻數量有限，因此張民權研究雖與《古音叢目》輯佚有相符之處，比例卻不高，這也呈現《古音叢目》具有更多《詩補音》資料的可能。比較張民權〈吳棫《詩補音》彙考校注〉的輯佚時，與《古音叢目》相符的韻字，該釋文大都與《詩》相關。同理，在筆者整理的一千一百三十例中，有一部分釋文指其《楚辭》，筆者懷疑此屬吳棫《楚辭釋音》的資料。筆者透過《古音叢目》注「叶」特徵及《慈湖遺書》文獻爲證，認爲《古音叢目》雖結合《韻補》、《詩補音》、《楚辭釋音》、《轉注古音略》而成，其中仍可能受到朱熹音釋及其他資料的影響。

陸、楊慎古音學受復古、韻緩觀念影響

楊慎古音學文獻，其韻目呈現值得探討。楊慎雖深受吳棫影響，卻不採《韻補》二百零六韻的分韻基礎，而以《平水韻》韻目作爲綱目。筆者藉平田昌司的背景研究，認爲此與復古學風相關。宋、元時期，《平水韻》韻書除作爲正字字典外，更爲復古文風的押韻憑藉。楊慎受此學風影響，大量創作「擬古體」，因此著作古音學文獻時，《平水韻》韻目自然成爲歸納綱目的依據。

楊慎使用的《平水韻》韻目，在不同的古音學文獻中，呈現著不同的合併面貌，前人研究認爲這呈現出楊慎的上古韻部觀念。對此，筆者以〈古音駢字題辭〉爲證，推翻此說。並以新發現材料——《韻林原訓》，探其〈凡例〉、〈韻目〉，佐以楊慎擬古詩「自然諧協若出於己」的用韻特點，認爲楊慎的韻目分合變化，與接受前人「韻緩」觀念相關。

柒、楊慎古音體系多元紛雜

筆者探討楊慎古音學說的研究盲點時，對於《古音略例》、《古音駢字》、《古音複字》進行分析，認爲三書對於研究楊慎古音體系具有侷限。楊慎古音體系以「轉注古音」爲基礎，搜羅古今異讀。由於缺乏古今音變觀念，以及研究方法的獨特性，使其內涵頗爲紛雜。若直以如今上古音韻成就分析楊慎古音學體系，筆者以爲以今律古，並未適切。對此，筆者以《轉注古音略》切語、直音引書成果爲基礎，《廣韻》歸類爲比較樞紐，上古音研究爲佐證，建立考釋凡例，以求楊慎古音結構。所得結果，古韻統計方面，有例字與切語同韻者，其中又可細分爲韻同聲異、聲韻相同兩部份。韻同聲異方面，爲《廣韻》之後的分化音讀，而聲韻相同則屬《廣韻》中的罕用音。有例字與切語聲調相異者，此亦爲《廣韻》以後的音韻分化。筆者以爲楊慎反對宋人「類推」求「四聲」、「切響」，強調須藉由古籍、方言謠俗求證，而這些聲調相異例，則屬楊慎理論的實踐。有例字與切語調同韻異者，這其中部分雖可以上古韻部作說明，但並未能代表楊慎具有鮮明的上古韻部觀念，只能解釋他透過古籍證據探尋的音讀中，有些韻字具有「存古」之跡。

古聲統計上，楊慎的古聲近七成比例與《廣韻》聲母相同，但其中則可分爲聲同韻異及聲韻相同部份，承古韻研究成果，聲同韻異屬《廣韻》以後分化

音韻，聲韻相同則與《廣韻》罕用音讀相關。其餘三成相異部分，歸納十分散亂，雖有部分與上古聲母相關的「存古」之音，但未能表示楊慎具有古聲母歸納的觀念。因此由於楊慎自身的「轉注古音」研究方法，導致他所收的古音多元紛雜，各具特性，不能以單一視角檢視，更不可直以上古音韻觀點進行分析。

捌、古音理論承繼「叶音」觀念

筆者透過「叶音」研究史發展，說明「叶音」不單屬「強爲之音」，與古音研究不相違背，雙方實屬銜接關係。楊慎對於宋人「叶音」研究，並非全然反對，其中繼承了韻書中多音選一音、找尋韻書失載之音等觀念。否定「類推」說法，強調回歸古籍考證，對於「叶音」至「古音」的研究發展，具有助力。此外，楊慎「轉注古音」標準具層次，「古音」、「本音」與「叶音」有別，他認爲在古代韻文中，具有「韻緩」的「叶音」特性，因此與「古音」、「本音」不同，除非大量的韻文證明，始能判爲「古音」。此等區分態度，無疑是將古音學研究導向正確的路途前進。

玖、古音學說影響後世古音研究發展

楊慎古音學影響後世層面甚廣，由於相關著作風行當世，啓迪陳第對於「叶音」的檢討。陳第古音著作，隱含楊慎的考據資料。就陳第自身而言，對於楊慎古音學，有承繼的態度於其中。

清初大家顧炎武，直以說明《唐韻正》著作，與楊慎《轉注古音略》密切相關，其〈轉注古音略跋〉自云:「余不揣寡昧，僭爲《唐韻正》一書，一循唐音正軌，而尤賴是書，以尋其端委。」相較於吳棫著作，顧炎武更早、直接接觸的是楊慎的古音學。因此，比較二人的古音學觀念，會發現彼此「韻緩」、「叶音有別」、「還之淳古」等觀念互通。

此外，在楊慎之後，《韻經》、《韻通》、《康熙字典》、《欽定叶韻彙輯》、《古韻標準》、《小品叢鈔》等多方面著作，一定程度皆受到楊慎影響。或爲引據資料的沿用，或在其基礎上的駁斥、論述，或是直引楊慎古音研究的音讀成果。筆者以《轉注古音略》、《古音叢目》、《古音獵要》、《古音餘》等文獻，分析傅斯年圖書館藏《轉注古音》，認爲如《欽定叶韻彙輯》的編纂，除了受到楊慎

《轉注古音略》的影響外，亦重視楊愼後期古音修訂本《重訂轉注古音》的文獻資料。以上說明，可見在古音學史的研究上，我們對於楊愼的重視性，似乎不如他對於後人的深刻影響。

拾、楊愼語言學體系仍待開發

筆者在前人研究基礎上，進一步探析楊愼古音學文獻內容。楊愼語言學著作廣泛，兼容文字、聲韻領域。顧應祥《轉注古音略·序》云：「升庵子謫居於滇，慨古學之弗明，而六書之義日晦，於是乎有《古音略》之作焉。」〔註 1〕王文才《楊愼學譜》指出楊愼重要的治學方法爲「明音義」：

> 自宋人廢注疏，漢、唐音義之學已不被重視，更無論漢以上文字聲音。故楊愼《六書索隱·序》云：「今日此學，景廢響絕，談性命者不過勦程、朱之藩魄，工文詞者止拾《史》、《漢》之贅牙。」他解經說字，以至詮釋詩詞，皆由此入，以漢人訓詁，通周、秦遺文。〔註2〕

楊愼古音學在其語言學研究中佔著重要地位。未來研究方向，將以本研究成果爲基，進行拓展、延伸。如聲韻方面，《升菴雜刻》有《五音拾遺》、《雜字韻寶》等音韻著作，與《轉注古音略》、《古音叢目》等形式相仿，可藉此門徑對於該書主旨進行分析，從中了解楊愼「五音」、「雜字」等觀念。文字方面，《四庫全書存目叢書》收錄楊愼《六書索隱》，楊愼對於該書自信頗深，其言：

> 欲以古文籀書爲祖，許氏《說文》爲宗，而諸家之說之長，分注其下，以衰老之年，精力不逮，且圖籍散失，遍閱不能，乃拔其精華，存其要領，以爲此卷。深於六書者，試欽玩之，知其會同發揮乎古人，而非雷同剿說於諸家矣。所收之字，幸勿厭其少，可以成文定象，砭俗復古矣；所注之義，幸勿厭其繁，可以詁經證史，訂子匯集矣。〔註3〕

〔註 1〕〔明〕楊愼：《轉注古音略》（《函海》本），頁 10935。

〔註 2〕王文才：《楊愼學譜》（上海：上海古籍出版社，1988 年），頁 16。

〔註 3〕〔明〕楊愼：《六書索隱》，收錄於《四庫全書存目叢書》經部第 189 冊（臺南：莊嚴文化出版社，1997 年），頁 357。

《六書索隱》與其古音學研究般，均以韻統字，某些字注亦附直音、切語及釋文，筆者以爲欲明楊愼文字學成就，其古音觀念亦屬關鍵。綜合以上所言，筆者未來將以楊愼古音學文獻研究成果爲起點，對於楊愼語言學體系作一全盤探析。

參考書目

一、楊慎著作

1. 《轉注古音略》，臺北：宏業出版社，1968 年，《函海》第 18 函。
2. 《轉注古音略》，臺北：臺灣商務印書館，1986 年，《景印文淵閣四庫全書》第 239 冊。
3. 《古音叢目》，臺北：宏業出版社，1968 年，《函海》第 18 函。
4. 《古音叢目》，臺北：臺灣商務印書館，1986 年，《景印文淵閣四庫全書》第 239 冊。
5. 《古音叢目》，臺北：宏業出版社，1968 年，《函海》第 18 函。
6. 《古音叢目》，臺北：臺灣商務印書館，1986 年，《景印文淵閣四庫全書》第 239 冊。
7. 《古音附錄》，臺北：宏業出版社，1968 年，《函海》第 18 函。
8. 《古音叢目》，臺北：臺灣商務印書館，1986 年，《景印文淵閣四庫全書》第 239 冊。
9. 《古音餘》，臺北：宏業出版社，1968 年，《函海》第 18 函。
10. 《古音餘》，臺北：臺灣商務印書館，1986 年，《景印文淵閣四庫全書》第 239 冊。
11. 《古音略例》，臺北：宏業出版社，1968 年，《函海》第 18 函。
12. 《古音略例》，臺北：臺灣商務印書館，1986 年，《景印文淵閣四庫全書》第 239 冊。
13. 《古音駢字》，臺北：宏業出版社，1968 年，《函海》第 18 函。
14. 《古音駢字》，臺北：臺灣商務印書館，1986 年，《景印文淵閣四庫全書》第 228 冊。
15. 《古音複字》，臺北：宏業出版社，1968 年，《函海》第 18 函。
16. 《古音後語》，臺北：宏業出版社，1968 年，《函海》第 18 函。
17. 《六書索隱》，臺南：莊嚴文化，1997 年，《四庫全書存目叢書》經部第 189 冊。
18. 《石鼓文音釋》，臺南：莊嚴文化，1997 年，《四庫全書叢日》部第 189 冊。

19. 《韻林原訓》，明萬曆陳邦泰重訂本，南開大學圖書館藏本。
20. 《丹鉛總錄》，臺北：臺灣商務印書館，1986 年，《景印文淵閣四庫全書》第 855 冊。
21. 《丹鉛餘錄》，臺北：臺灣商務印書館，1986 年，《景印文淵閣四庫全書》第 855 冊。
22. 《升庵集》，臺北：臺灣商務印書館，1986 年，《景印文淵閣四庫全書》第 1270 冊。
23. 《升庵外集》，臺北：臺灣學生書局，1971 年。
24. 《升菴雜刻》，明萬曆刊本，臺灣中央研究院傅斯年圖書館藏本。

二、古籍（按四部分類，再依朝代爲序）

（一）經　部

1. 〔漢〕孔安國撰、〔唐〕陸德明音義孔穎達疏：《尚書注疏》，臺北：臺灣商務印書館，1986 年，《景印文淵閣四庫全書》，第 54 冊。
2. 〔漢〕鄭玄箋〔唐〕陸德明音義孔穎達疏：《禮記注疏》，臺北：臺灣商務印書館，1986 年，《景印文淵閣四庫全書》，第 115～116 冊。
3. 《毛詩注疏》，臺北：臺灣商務印書館，1986 年，《景印文淵閣四庫全書》，第 69 冊。
4. 〔漢〕鄭玄注〔唐〕陸德明音義賈公彥疏：《儀禮注疏》，臺北：臺灣商務印書館，1986 年，《景印文淵閣四庫全書》，第 102 冊。
5. 〔漢〕趙歧注、〔宋〕孫奭音義：《孟子注疏》，臺北：臺灣商務印書館，1986 年，《景印文淵閣四庫全書》，第 195 冊。
6. 〔漢〕史游撰〔唐〕顏師古注：《急就篇》，臺北：臺灣商務印書館，1986 年，《景印文淵閣四庫全書》，第 223 冊。
7. 〔漢〕劉熙：《釋名》，臺北：臺灣商務印書館，1986 年，《景印文淵閣四庫全書》，第 221 冊。
8. 〔魏〕王弼注〔唐〕陸德明音義孔穎達疏：《周易注疏》，臺北：臺灣商務印書館，1986 年，《景印文淵閣四庫全書》，第 7 冊。
9. 〔魏〕張揖撰：《廣雅》，臺北：臺灣商務印書館，1986 年，《景印文淵閣四庫全書》，第 221 冊。
10. 〔晉〕杜預注〔唐〕陸德明、音義孔穎達疏：《春秋左傳注疏》，臺北：臺灣商務印書館，1986 年，《景印文淵閣四庫全書》，第 143～144 冊。
11. 〔晉〕范甯撰〔唐〕陸德明音義楊士勛疏：《春秋穀梁傳注疏》，臺北：臺灣商務印書館，1986 年，《景印文淵閣四庫全書》，第 145 冊。
12. 〔晉〕郭璞注〔唐〕陸德明音義〔宋〕邢昺疏：《爾雅注疏》，臺北：臺灣商務印書館，1986 年，《景印文淵閣四庫全書》，第 221 冊。
13. 〔梁〕顧野王：《重修玉篇》，臺北：臺灣商務印書館，1986 年，《景印文淵閣四庫全書》，第 224 冊。
14. 〔唐〕釋玄應：《一切經音義》，臺北：新文豐出版社，1980 年。
15. 〔唐〕陸德明：《經典釋文》，臺北：臺灣商務印書館，1986 年，《景印文淵閣四庫全書》，第 182 冊。
16. 〔唐〕顏師古：《匡謬正俗》，臺北：臺灣商務印書館，1986 年，《景印文淵閣四庫全書》，第 221 冊。
17. 〔南唐〕徐鍇撰、朱翱反切：《說文繫傳》，臺北：臺灣商務印書館，1986 年，《景印文淵閣四庫全書》，第 223 冊。
18. 〔宋〕徐鉉增釋：《說文解字》，臺北：臺灣商務印書館，1986 年，《景印文淵閣四庫全書》，第 223 冊。
19. 〔宋〕陳彭年等撰：《重修廣韻》，臺北：臺灣商務印書館，1986 年，《景印文淵閣四庫全書》，第 236 冊。
20. 〔宋〕丁度等修訂：《集韻》，臺北：臺灣商務印書館，1986 年，《景印文淵閣四庫全書》，第 236 冊。
21. 〔宋〕丁度等修訂：《附釋文互註禮部韻略》，臺北：臺灣商務印書館，1986 年，《景印文淵閣四庫全書》，第 237 冊。
22. 〔宋〕郭忠恕：《汗簡》，北京：中華書局，1983 年。
23. 〔宋〕夏竦：《古文四聲韻》，北京：中華書局，1983 年。
24. 〔宋〕吳棫：《韻補》，臺北：臺灣商務印書館，1986 年，《景印文淵閣四庫全書》，第 237 冊。
25. 〔宋〕毛晃增註、毛居正重增：《增修互註禮部韻略》，臺北：臺灣商務印書館，1986 年，《景印文淵閣四庫全書》，第 237 冊。
26. 〔宋〕朱熹：《詩經集傳》，臺北：臺灣商務印書館，1986 年，《景印文淵閣四庫全書》，第 72 冊。
27. 〔宋〕朱熹：《周易本義》，臺北：臺灣商務印書館，1986 年，《景印文淵閣四庫全書》，第 12 冊。
28. 〔宋〕朱熹：《詩集傳》，北京：中華書局，2011 年。
29. 〔宋〕王應麟：《詩攷》，臺北：臺灣商務印書館，1986 年，《景印文淵閣四庫全書》，第 75 冊。
30. 〔宋〕王質：《詩總聞》，臺北：臺灣商務印書館，1986 年，《景印文淵閣四庫全書》，第 72 冊。
31. 〔金〕韓道昭：《五音集韻》，臺北：臺灣商務印書館，1986 年，《景印文淵閣四庫全書》，第 238 冊。
32. 〔元〕黄公紹原編、熊忠舉要：《古今韻會舉要》，臺北：臺灣商務印書館，1986 年，《景印文淵閣四庫全書》第 238 冊。
33. 〔元〕周伯琦：《六書正譌》，臺北：臺灣商務印書館，1986 年，《景印文淵閣四庫全書》，第 228 冊。
34. 〔元〕陰勁弦 陰復春 編：《韻府群玉》，臺北：臺灣商務印書館，1986 年，《景印文淵閣四庫全書》第 951 冊。
35. 〔元〕楊桓：《六書統》，臺北：臺灣商務印書館，1986 年，《景印文淵閣四庫全書》，第 227 冊。

36. 〔元〕劉鑑：《經史動靜字音》，臺北：新文豐出版社，1989 年，《叢書集成續編》，第 74 冊。
37. 〔明〕樂韶鳳等撰：《洪武正韻》，臺北：臺灣商務印書館，1986 年，《景印文淵閣四庫全書》，第 239 冊。
38. 〔明〕趙撝謙：《六書本義》，臺北：臺灣商務印書館，1986 年，《景印文淵閣四庫全書》，第 228 冊。
39. 〔明〕張之象編：《韻經》，臺南：莊嚴文化，1997 年，《四庫全書存目叢書》經部小學類第 206 冊。
40. 〔明〕陳第：《毛詩古音考 屈宋古音義》，北京：中華書局，2008 年。
41. 〔明〕蕭雲從：《韻通》，國立臺灣師範大學國文研究所藏本。
42. 〔清〕梁詩正等：《欽定叶韻彙集》，臺北：臺灣商務印書館，1986 年，《景印文淵閣四庫全書》，第 240 冊。
43. 〔清〕陳僅《詩誦》，上海：上海古籍出版社，1995 年，《續修四庫全書》，第 70 冊。
44. 〔清〕顧炎武：《音學五書》，北京：中華書局，1982 年。
45. 〔清〕顧炎武：《韻補正》，臺北：廣文書局，1966。
46. 〔清〕江永：《古韻標準》，臺北：廣文書局，1966 年。
47. 〔清〕張玉書 等編：《康熙字典》，北京：中華書局，1958 年。
48. 〔清〕王念孫：《廣雅疏證》，南京：江蘇古籍出版社，2000 年。
49. 〔清〕段玉裁注：《說文解字注》，臺北：洪葉文化事業有限公司，1998 年。
50. 〔清〕曹仁虎：《轉注古義考》，上海：商務印書館，1936 年。
51. 〔清〕陳澧撰、羅偉豪點校：《切韻考》，廣州：廣東高等教育出版社，2004 年。
52. 〔清〕謝啓昆：《小學考》，上海：漢語大辭典出版社，1997 年。
53. 〔清〕江有誥：《江氏音學十書》，臺北：廣文書局，1966 年。
54. 〔清〕不著編人：《重排石鼓文音訓》，早稻田大學圖書館藏本。

（二）史 部

1. 〔漢〕趙煜：《吳越春秋》，臺北：臺灣商務印書館，1986 年，《景印文淵閣四庫全書》，第 463 冊。
2. 〔漢〕班固：《漢書》，臺北：臺灣商務印書館，1986 年，《景印文淵閣四庫全書》，第 249～251 冊。
3. 〔吳〕韋昭：《國語》，臺北：臺灣商務印書館，1986 年，《景印文淵閣四庫全書》，第 406 冊。
4. 〔南朝宋〕范曄〔唐〕李賢注：《後漢書》，臺北：臺灣商務印書館，1986 年，《景印文淵閣四庫全書》，第 252～253 冊。
5. 〔北魏〕酈道元：《水經注》，臺北：臺灣商務印書館，1986 年，《景印文淵閣四庫全書》第 573 冊。

6. 〔宋〕歐陽修撰：《新唐書》，臺北：臺灣商務印書館，1986 年，《景印文淵閣四庫全書》第 272～276 冊。

7 〔宋〕歐陽修撰：《集古錄》，臺北：臺灣商務印書館，1986 年，《景印文淵閣四庫全書》，第 681 冊。

8. 〔宋〕司馬光〔宋〕胡三省音註：《資治通鑑》，臺北：臺灣商務印書館，1986 年，《景印文淵閣四庫全書》第 304～310 冊。

9. 〔宋〕鮑彪：《戰國策校注》，臺北：臺灣商務印書館，1986 年，《景印文淵閣四庫全書》，第 406 冊。

10. 〔宋〕宋庠：《國語補音》，臺北：臺灣商務印書館，1986 年，《景印文淵閣四庫全書》，第 406 冊。

11. 〔宋〕黄伯思：《法帖刊誤》，臺北：臺灣商務印書館，1986 年，《景印文淵閣四庫全書》，第 681 冊。

12. 〔元〕托克托等修：《宋史》，臺北：臺灣商務印書館，1986 年，《景印文淵閣四庫全書》，第 280～288 冊。

13. 〔清〕張廷玉等撰：《明史》，北京：中華書局，1974 年。

（三）子　部

1. 〔漢〕高誘注：《淮南鴻烈解》，臺北：臺灣商務印書館，1986 年，《景印文淵閣四庫全書》，第 848 冊。

2. 〔晉〕郭璞注：《山海經》，臺北：臺灣商務印書館，1986 年，《景印文淵閣四庫全書》，第 1042 冊。

4. 〔晉〕張湛注〔唐〕殷敬愼釋文：《列子》，臺北：臺灣商務印書館，1986 年，《景印文淵閣四庫全書》，第 1055 冊。

5. 〔晉〕李軌注〔唐〕柳宗元注〔宋〕宋咸、吳秘、司馬光、添注：《揚子法言》，臺北：臺灣商務印書館，1986 年，《景印文淵閣四庫全書》，第 696 冊。

6. 〔晉〕張華注：《禽經》，臺北：臺灣商務印書館，1986 年，《景印文淵閣四庫全書》，第 847 冊。

7. 〔唐〕楊倞注：《荀子》，臺北：臺灣商務印書館，1986 年，《景印文淵閣四庫全書》第 695 冊。

8. 〔唐〕陸羽注：《茶經》，臺北：臺灣商務印書館，1986 年，《景印文淵閣四庫全書》，第 844 冊。

9. 〔宋〕宋祁：《宋景文筆記》，臺北：臺灣商務印書館，1986 年，《景印文淵閣四庫全書》，第 862 冊。

10. 〔宋〕王黼：《重修宣和博古圖》，臺北：臺灣商務印書館，1986 年，《景印文淵閣四庫全書》，第 840 冊。

11. 〔宋〕程大昌：《演繁露》，臺北：臺灣商務印書館，1986 年，《景印文淵閣四庫全書》，第 852 冊。
12. 〔宋〕項安世：《項氏家說》，臺北：臺灣商務印書館，1965 年。
13. 〔宋〕孫奕：《示兒編》，臺北：臺灣商務印書館，1986 年，《景印文淵閣四庫全書》，第 864 冊。
14. 〔明〕陶宗儀等 編：《說郛三種》，上海：上海古籍出版社，1988 年。
15. 〔明〕焦竑：《焦氏筆乘》，上海：上海古籍出版社，2008 年。

（四）集 部

1. 〔唐〕李善註：《文選》，臺北：臺灣商務印書館，1986 年，《景印文淵閣四庫全書》，第 1329 冊。
2. 〔唐〕李善、呂延濟、劉良、張銑、呂向、李周翰：《增補六臣註文選》，臺北：華正書局，1980 年。
3. 〔宋〕蘇軾：《東坡全集》，臺北：臺灣商務印書館，1986 年，《景印文淵閣四庫全書》，第 1107～1108 冊。
4. 〔宋〕黃庭堅：《山谷集》，臺北：臺灣商務印書館，1986 年，《景印文淵閣四庫全書》，第 1113 冊。
5. 〔宋〕朱熹：《原本韓集考異》，臺北：臺灣商務印書館，1986 年，《景印文淵閣四庫全書》，第 1073 冊。
6. 《楚辭集註》，臺北：臺灣商務印書館，1986 年，《景印文淵閣四庫全書》，第 1062 冊。
7. 〔宋〕洪興祖：《楚辭補註》，臺北：臺灣商務印書館，1986 年，《景印文淵閣四庫全書》，第 1062 冊。
8. 〔宋〕章樵註：《古文苑》，臺北：臺灣商務印書館，1986 年，《景印文淵閣四庫全書》，第 1332 冊。
9. 〔宋〕魏仲舉注：《五百家注昌黎文集》，臺北：臺灣商務印書館，1986 年，《景印文淵閣四庫全書》，第 1074 冊。
10. 〔宋〕郭知達：《九家集注杜詩》，臺北：臺灣商務印書館，1986 年，《景印文淵閣四庫全書》，第 1068 冊。
11. 〔宋〕楊簡：《慈湖遺書》，臺北：臺灣商務印書館，1986 年，《景印文淵閣四庫全書》，第 1156 冊。
12. 〔明〕程敏政：《篁墩文集》，臺北：臺灣商務印書館，1986 年，《景印文淵閣四庫全書》，第 1252～1253 冊。
13. 〔清〕顧炎武：《顧亭林詩文集》，北京：中華書局，1959 年。
14. 〔清〕黃宗羲編：《明文海》，臺北：臺灣商務印書館，1986 年，《景印文淵閣四庫全書》，第 1454 冊。
15. 〔清〕許瀚：《攀古小盧全集》，濟南：齊魯書社，1985 年。
16. 〔清〕馬國翰輯：《玉函山房輯佚書》，臺北：文海出版社，1967 年。

17. 〔清〕汪立名編：《白香山詩集》，臺北：臺灣商務印書館，1986 年，《景印文淵閣四庫全書》，第 1081 冊。
18. 〔清〕錢大昕：《潛研堂集》，上海：上海古籍出版社，2009 年。
19. 〔清〕不著編人：《小品叢鈔》，今藏於國家圖書館。

三、今人論著（依編著者筆劃爲序）

1. 王力：《清代古音學》，北京：中華書局，1992 年。
2. 王力：《漢語音韻學》，濟南：山東教育出版社，1986 年。
3. 王力：《漢語語音史》，北京：商務印書館，2008 年。
4. 王文才、張錫厚 輯：《升庵著述序跋》，昆明：雲南人民出版社，1985 年。
5. 王文才：《楊愼學譜》，上海：上海古籍出版社，1988 年。
6. 王文才、萬光治等編注：《楊升庵叢書》，成都：天地出版社，2002 年。
7. 王美盛：《石鼓文解讀》，濟南：齊魯書社，2006 年。
8. 四庫全書研究所整理：《欽定四庫全書總目《整理本》》，北京：中華書局，1997 年。
9. 李新魁、麥耘：《韻學古籍述要》，西安：陝西人民出版社，1993 年。
10. 李開：《漢語語言研究史》，南京：江蘇教育出版社，1993 年。
11. 何九盈：《中國古代語言學史，新增訂本）》，北京：北京大學出版社，2006 年。
12. 杜澤遜：《四庫存目標注》，上海：上海古籍出版社，2007 年。
13. 汪業全：《叶音研究》，長沙：嶽麓書社，2009 年。
14. 周祖謨：《問學集》，北京：中華書局，1966 年。
15. 林慶彰、賈順先編：《楊愼研究資料彙編》，臺北，中央研究院中國文哲研究所，1992 年。
16. 林慶彰：《明代考據學研究》，臺北：臺灣學生書局出版社，1983 年。
17. 金師周生：《吳棫與朱熹音韻新論》，臺北：洪葉文化事業有限公司，2005 年。
18. 胡樸安：《中國文字學史》，臺北：臺灣商務印書館，1937 年。
19. 胡楚生：《訓詁學大綱》，臺北：華正書局，2005 年。
20. 徐寶貴：《石鼓文整理研究》，北京：中華書局，2008 年。
21. 桂詩春、寧春岩：《語言學方法論》，北京：外語教學與研究出版社，2008 年。
22. 耿振生：《20 世紀漢語音韻學方法論》，北京：北京大學出版社，2004 年。
23. 高小方：《中國語言文字學史料學》，南京：南京大學出版社，2005 年。
24. 曹韋杰《中國古籍輯佚學論稿》，長春：東北師範大學出版社，1998 年。
25. 馬宗霍：《《說文解字》引經考》，臺北：臺灣學生書局出版社，1971 年。
26. 馬宗霍：《《說文解字》引群書考》，臺北：臺灣學生書局出版社，1973 年。
27. 馬宗霍：《《說文解字》引通人說考》，臺北：臺灣學生書局出版社，1973 年。
28. 張世祿：《中國古音學》，上海：商務印書館，1930 年。

29. 張世祿：《中國音韻學史》，臺北：臺灣商務印書館，1986 年。
30. 張建葆：《説文音義相同字研究》，臺北：弘道文化事業有限公司，1974 年。
31. 張民權：《清代前期古音學研究》，北京：北京廣播學院出版社，2002 年。
32. 張民權：《宋代古音學與吳棫《詩補音》研究》，北京：商務印書館，2005 年。
33. 張舜徽：《中國文獻學》，武昌：華中師範大學出版社，2004 年。
34. 張玉春，應三玉：《史記版本及三家注研究》，北京：華文出版社，2005 年。
35. 章太炎撰、龐俊、郭承永疏證：《國故論衡疏證》，北京：中華書局，2008 年。
36. 陳垣：《校勘學釋例》，北京：中華書局，1959 年。
37. 陳師新雄：《古音研究》，臺北：五南圖書出版有限公司，1999 年。
38. 陳師新雄：《廣韻研究》，臺北：臺灣學生書局出版社，2004 年。
39. 陳長祚：《雲南漢語方音學史》，昆明：雲南大學出版社，2007 年。
40. 國家圖書館藏組編：《國家圖書館善本書志初稿》，臺北：國家圖書館，2000 年。
41. 甯忌浮：《漢語韻書史・明代卷》，上海：上海人民，2009 年。
42. 黃侃：《黃侃論學雜著》，北京：中華書局，1964 年。
43. 黃德寬、陳秉新：《漢語文字學史》，合肥：安徽教育出版社，2006 年。
44. 程千帆、徐有富：《校讎廣義・校勘篇》，濟南：齊魯書社，1998 年。
45. 馮蒸：《馮蒸音韻論集》，北京：學苑出版社，2006 年。
46. 彭金祥：《四川方言語音系統的歷時演變》，成都：巴蜀書社，2012 年。
47. 葉寶奎：《明清官話音系》，廈門：廈門大學出版社，2001 年。
48. 楊時逢：《四川方言調查報告》，臺北：中央研究院歷史語言所，1984 年。
49. 楊光榮《詞源觀念史》，成都：巴蜀書社，2008 年。
50. 董同龢：《漢語音韻學》，臺北：文史哲出版社，2002 年。
51. 雷磊：《楊愼詩學研究》，北京：中國社會科學，2006 年。
52. 劉琅編：《精讀錢玄同》，廈門：鷺江出版社，2007 年。
53. 濮之珍：《中國語言學史》，臺北：書林出版有限公司，1990 年。
54. 魏建功：《魏建功文集》，南京：江蘇教育出版社，2001 年。
55. 豐家驊：《楊愼評傳》，南京：南京大學出版社，1998 年。
56. 黨懷興：《宋元明六書學研究》，北京：中國社會科學出版社，2003 年。

四、學位論文（依姓氏筆劃爲序）

1. 王金旺：《楊愼古音學研究》，蘭州：西北師範大學漢語文字學所碩士論文，2010 年。
2. 王曉嵐：《《毛詩叶韻補音》與《毛詩古音考》比較研究》，泉州：華僑大學漢語言文字學研究所碩士論文，2011 年。
3. 包麗虹：《朱熹《詩集傳》文獻學研究》，杭州：浙江大學中國古典文獻學研究所博士論文，2004 年。

4. 伍明清：《宋代之古音學》，臺北：國立臺灣大學中國文學研究所碩士論文，1987 年。
5. 江美儀：《孔廣森之生平及其古音學研究》，臺北：國立臺灣師範大學國文學系碩士論文，2010 年。
6. 李妍周：《顧炎武的古音學》，臺北：國立臺灣大學中國文學研究所碩士論文，1990 年。
7. 周美華：《趙撝謙《六書本義》研究》，新竹：玄奘大學中國語文研究所碩士論文，2001 年。
8. 侯吟璇：《《欽定叶韻彙輯》研究》，臺北：世新大學中國文學系碩士論文，2011 年。
9. 康欣瑜：《《集韻》增收叶韻字字音研究》，臺北：輔仁大學中國文學系碩士論文，2005 年。
10. 陳文玫：《吳棫《韻補》研究》，臺北：中國文化大學中國文學研究所碩士論文，2003 年。
11. 陽旖晨：《楊慎詩歌用韻研究》，長沙：湖南師範大學漢語言文字學究所碩士論文，2011 年。
12. 劉人鵬：《陳第之學術》，臺北：國立臺灣大學中國文學研究所碩士論文，1987 年。
13. 鄭伊庭：《明代考據學之博學風氣研究》，臺北：國立臺灣師範大學國文研究所碩士論文，2010 年。
14. 盧淑美：《楊升菴古音學研究》，嘉義：國立中正大學中國文學研究所碩士論文，1993 年。
15. 駱瑞鶴：《《毛詩叶韻補音》研究》，武漢：武漢大學漢語言文字學研究所博士論文，2005 年。
16. 韓小荊：《楊慎小學評議》，武漢：湖北大學漢語言文字學研究所碩士論文，1999 年。
17. 叢培凱：《段玉裁《說文解字讀》研究》，臺北：輔仁大學中國文學研究所碩士論文，2008 年。

五、期刊與會議論文（依姓氏筆劃為序）

1. 〔日〕平田昌司：〈音起八代之衰——復古詩論與元明清古音學〉，《中華文史論叢》，2007 年第 85 輯。
2. 李運益：〈楊慎的古韻學〉，《西南師範大學學報（哲學社會科學版）》，1990 年第 4 期。
3. 李新魁：〈論明代之音韻學研究〉，《第二屆國際暨第十屆全國聲韻學學術研討會論文集》，1992 年 5 月。
4. 李勤合：〈楊慎研究論著目錄增補〉，《國立中央圖書館館刊》，2005 年 6 月。
5. 杜季芳、吳科啓：〈論賈昌朝《群經音辨序》的內容及學術價值〉，《聊城大學學報》，2013 年第 1 期。
6. 竺家寧：〈論殊聲別義〉，《淡江學報》，1989 年第 27 期。
7. 金師周生：〈漢字叶音韻史論〉，《國科會中文學門小學類 92～97 研究成果發表會》，2010 年 3 月。

8. 侯美珍：〈楊愼研究論著目錄續編〉，《中國文哲研究通訊》，1995 年 6 月。
9. 高小慧：〈楊愼研究綜述，下)〉，《天中學刊》，2006 年 6 月第 21 卷第 3 期。
10. 張民權、田迪：〈論韻譜歸納法在古韻部研究中的意義和作用〉，《古漢語研究》，2013 年第 1 期。
11. 陳鴻儒〈《詩集傳》叶音辨〉，《古漢語研究》，2001 年第 2 期。
12. 傅定淼：〈清代古音學中的叶韻觀〉，《黔南民族師範學院學報》，2010 年第 1 期。
13. 賁順先、林慶彰：〈楊愼研究論著目錄〉，《國立中央圖書館館刊》，1991 年 6 月。
14. 雷磊：〈楊愼古音學源流考辨〉，《井岡山師範學院學報（哲學社會科學版)》，2004 年 8 月第 25 卷第 4 期。
15. 劉青松：〈楊愼《古音略例》述論〉，《西南師範大學學報（哲學社會科學版)》，1990 年第 4 期。
16. 劉青松：〈楊愼古音學思想初探〉，《古漢語研究》，2000 年第 3 期。
17. 劉青松：〈晚明時代古音學思想發微〉，《語言研究》，2001 年第 4 期。
18. 劉人鵬：〈「叶音」說歷史考〉，《中國文學研究》，1989 年第 3 輯。
19. 劉曉南：〈論朱熹詩騷叶間的語音根據及其價值〉，《古漢語研究》，2003 年第 4 期。
20. 劉曉南：〈朱熹叶音本意考〉，《古漢語研究》，2004 年第 3 期。
21. 劉曉南：〈重新認識宋人叶音〉，《語文研究》，2006 年第 4 期。
22. 劉曉南、周賽紅：〈朱熹吳棫毛詩音叶異同考〉，《語言研究》，2004 年第 12 期。
23. 黎千駒：〈歷代轉注研究述評〉，《湖南城市學院學報》，2008 年第 29 卷第 4 期。
24. 韓小荊：〈楊愼的「四經二緯」說〉，《河北科技大學學報（社會科學版)》，2002 年 6 月第 2 卷第 2 期。
25. 豐家驊：〈楊愼卒年卒地新證〉，《南京師範大學文學院學報》，2006 年 3 月第 2 期。
26. 叢培凱：〈陳澧《說文聲表批注考辨》〉，《中國音韻學研究會第十六屆學術研討會暨漢語音韻學第十一屆國際學術研討會》，2010 年 8 月。
27. 叢培凱：〈論楊愼「三品說」對吳棫叶音理論之改造〉，《第十二屆國際暨第二十九屆全國聲韻學研討會論文集》，2011 年 11 月。
28. 顧永新：〈《詩集傳》音釋本考〉，《文獻季刊》，2012 年 10 月第 4 期。